ディスカヴァー文庫

ロンリー・プラネット

雄太郎

JN152855

Discover

目次

プロローグ

「――で、あれって何なんだよ？」

ちょうど三年前のあの夜、武田は会うなりそう訊いてきた。

向こうは東京からの便で福岡に着いたばかりだったが、先立って歩きはじめた私の行き先より、着陸寸前に上空から見えた巨大建造物のほうが気になるようだった。

「Ｓａｈａｒａの配送センターです。去年から稼動してるみたいですね」

私たちは天神の地下街を歩いていた。少し前までハロウィン一色だった街並みは、まだひと月以上も先なのにクリスマス一色に変わっていた。

「ふーん。二つ並んでたけど、両方ともか？」

「あのうちの一つが配送センターです。上から見て、田の字じゃないほうですね」

「じゃ、田の字のほうは何なんだよ？」

「ロンリー・プラネットです」

そう答えると、武田は分かりやすく顔をしかめた。

「あー、あれがそうか。春先に殺人事件が起きたっていう……」

「みたいですね。もう全く話題にもならないですけど」

「まあな。けど、事件抜きで考えても、そもそも発想自体が気持ち悪いよなー、独身者限定マンションなんて。Saharaの創業者の……、っと、テル・カサハラ。あいつもたしか独身だったか？」

「ええ。実際にあそこで暮らしてるそうです」

「なるほどな。ってことは、最上階が丸ごとあいつのペントハウスになってるわけか。気付かなかったけど、プールとかヘリポートとかもあるんだろうな」

「何か、そうじゃないみたいです。普通に、他の人と同じワンルームだそうです」

「は？　世界で十指に入る金持ちが、わざわざ福岡くんだりで、わざわざワンルーム暮らしってか？　何の冗談だよ」

嫌味には慣れていたので、その部分は聞き流した。

「まあ、マンションとはまた少し違うみたいですね。最初に終身利用権を買うらしいですから、むしろ老人ホームとかに近いんですかね」

「終身利用権、ってのもまたゾッとする響きだけどな。……ちなみに、いくらぐらいするんだ？」

「一括なら二百四十万だそうです。あとは部屋代が一日三百円みたいですね」

「何だよ、やけに安いな」

「ええ。だから応募倍率も高いらしいです」

「ふーん。何歳から入れるんだ？」

「四十歳からです」

「じゃ、仮に四十で入ったとして……、八十まで生きたら、いくら払うことになるんだ？」

「七百万弱ですかね」

「って、即答かよ」

武田は呆れた顔を向けてきた。

「お前、まさか入る気じゃないよな？」

「いえ、まだ三十八ですから」

「だったよな……。考えたら、お前も俺と同じ歳なんだよな……」

言葉としてはそこで途切れた。彼なりに気を遣ったつもりかもしれなかったが、全てを言ったも同然だった。

武田はメーカー本社の人間だった。

名刺には『エリア統括マネージャー』の肩書きが入っていて、たとえその必要がなくても地方出張の前乗りが認められていた。既婚者で二人の子供がいて、吉祥寺近辺のマンションを購入済みだった。そのあたりは何度も口にしていたので、どうやら誇りにしているらしかった。

だから、というよりあくまで彼個人の人間性によるのだが、代理店の人間を明らかに見下していた。私のように、独身の転職組ならなおさらだった。

その夜はもう一人、生え抜きの同僚も一緒のはずだったが、当日になって逃げられた。奥さんの急病と言われてしまえば、嘘だと分かっていても何も言えない。一軒目はその同僚が予約していた居酒屋だったが、味にも値段にも何の特徴もない店で、彼のやる気のなさがあらわれていた。

二軒目は決まっていなかった。できれば帰りたかったが、さすがに解散には早すぎる時間だった。とりあえず中洲に向かったが、私自身ほとんど中洲で遊んだことがなく、知った店もなかった。

結局、客引きにうながされて入った詐欺同然のキャバクラで、かなり気まずい時間を過ごした。やけになって水割りをあおり続ける武田を眺めていると、さすがに申し訳ない気持ちにもなった。

だから武田が〆《シメ》にラーメンを食べたいと言ったときには、あえて長浜に連れて行くことにした。味はともかく、東京にも進出している有名店とは違って、地元ならではの雰囲気を味わってもらえると思ったのだ。

武田はかなり酔っていて、移動のタクシーの中では居眠りをしていた。店に入ってからも何度か沈みかけていたが、ラーメンを何口か食べたあたりで、とうとう箸を握ったまま眠ってしまった。

先に食べ終わっても、私はすぐには起こさずに武田を見守っていた。せめてもう少し食べてほしかったとは思いながら、それでも穏やかな気持ちだった。反省もしていた。もし次回があるなら、一軒目も二軒目もきちんと考えておこうと思っていた。

武田はしばらくして顔を上げた。

やけに眩しそうだった。自分のラーメンがほとんど減っていないことに気付くと、私を見上げながら言った。

「あらためて今日分かったけどさ……、やっぱ、お前、ダメだわ」

面白くなさそうに、箸でラーメンを掻き回していた。

「このラーメンも何だよ……、マズくて食えねえって。お前のソウルフードだの何だの、こっちはどうでもいいんだよ……」

完全に目が据わっていた。

「前任者はまだ分かってたぞ……。連れて行かれたSMクラブも面白かったし……、ラーメンもあえて中洲の醤油ラーメンでさ……。お前もなあ……、サラリーマンやってくんなら、そういうセンスが必要なんだよ……」

怒りだけではなかった。もっともな部分があることは、自分でも分かっていた。ただ、そんな武田の顔がぶくぶくとラーメンに沈んでいくのを、静かに思い描いていた。あるいは祈っていたのかもしれない。

ふらふらの武田をホテルの前で降ろした。

同じタクシーでそのまま自宅に戻るつもりだったが、しばらく走っていたところで、私は運転手に行き先の変更を伝えた。

「ロンリー・プラネットって……、あの海べりの?」

運転手は明らかに戸惑っていた。

「だったら早く言いなよ。長浜ならすぐ近くだったろ。あんたから先に降りてりゃよかったのにさ……」

何を言われても構わなかった。

とにかく一人でマンションに帰るのが怖かった。眠れないことには慣れていたが、あの夜だけは異質だった。自分の打たれ弱さにもショックを受けて、ほとんどパニックを起こしていた。何事もなく朝を迎えられる気がしなかった。それを拒んでいるかもしれない自分が信じられなかったのだろう。

初めて目の前で見上げてみて、その迫力に圧倒された。

グーグルマップの航空写真では何度も見ていたが、実物はそれよりもはるかに巨大に感じた。

隣接の配送センターと同じように、一辺がおよそ百メートルの正方形だった。立方体とまではいえなかったが、高さはそれでも三十メートルほどはあった。

ほとんど窓のない配送センターとは違って、上方には隙間なくびっしりとベランダが並んでいた。とっくに真夜中のはずだったが、ちらほらと明かりも灯っていた。電光掲示板を見上げている小人のような気分だった。

一階のフードコートまでなら、部外者でも立ち入れることは知っていた。

まだ十分に明るくて、それなりに人影もあった。手近なカウンターでホットコーヒーを買って、正面口付近のこのあたりの席についた。

あのときも隣の並びのテーブルでは、白人たちが酒盛りをしていた。年格好もばらばらで、いかにもここで知り合ったバックパッカーどうしに見えた。レッドブルと焼酎のペットボトルが散乱していた。やけに甘ったるい煙草の匂いも漂っていた。

三十代に入ってから、私はしばらくバックパッカーらしきことをしていた。しょせんは東南アジア止まりだったが、私のそれまでの半生では唯一ともいえる冒険で、唯一ともいえる恋しい時間だった。

それを思い出させる懐かしい空気が、ここにはたしかにあった。非日常の空間で、心細さと好奇心とが、胸のあたりでちょうどよく混ざり合っていった。

別のテーブルでは、配送センターの夜勤者たちが休憩していた。眠れずにおりてきた住民なのか、パジャマ同然の姿もあった。そこにスーツ姿で紛れ込んでいたが、さすがに溶け込んでいるとは思えなかった。

それでも私は落ち着いた。

いろいろな個体が、お互いに干渉することなく、身の丈どおりに過ごしていた。肯定もされないが否定もされない。妬みも羨みも、驕りも蔑みも見当たらなかった。

特に誰かと話すわけでもなく、あのときもこんなふうにただぼんやりと、暗い海と点々を眺めていた。そのうちに奥のほうの照明が落ちて、夜勤者や住民の姿がなくなった。バックパッカーも減りはじめて、そのぶん寝袋が増えていった。

ここに住みたい——。

あらためてそう思った。

四十歳の誕生日までは、あえて足を運ばないつもりだった。うっかり逃げ込んでしまったものの、ここが期待どおりの場所だということは確認できた。正直、あと五十年も生きると思うと息苦しさしかない。それでも、あと五百日なら何とか耐えられそうな気がした。ここに辿りつくことさえできれば、この空気の中で過ごせるのだから、と。

二時間ぐらいだろうか、ビジネスバッグを枕にして、私も床で眠らせてもらった。時おり肌寒さは感じたが、身の危険は感じなかった。それ以上に満たされていく眠りだった。

朝食の準備に下りてきたのだろう、パートのおばちゃんが起こしてくれた。

まだ夜明け前だった。

始発を目指して、一人で天神まで歩きはじめた。

青一色だったはずの空に、下のほうから赤みが差していった。青と赤の混ざるところから、なぜか水色が広がっていった。その三色のグラデーションがきれいで、しばらく眺めながら歩いていた。

途中で何度も振り返って、ここを見上げた。そのときにはもう、自分はここで暮らすことになると確信していた。

第一章

1

まだ梅雨の真っ只中だったが、入居説明会の当日はよく晴れていた。

私たち住民候補者は、二階の管理事務所のミーティングルームに集められていた。二十人前後だったと思う。もちろん私より年上ばかりのはずだったが、思っていたよりは若めで、四十代から五十代が大半を占めていた。明らかに男性が多かった。

所長の宇崎氏とも、それが初対面だった。

彼の第一印象にかぎっては、珍しくネットでの口コミが正しかった。Ｓａｈａｒａとは別会社にしても、企業イメージとは大きくかけ離れていた。ホスト上がりのような髪とジャラジャラしたアクセサリーの多さからまだ三十代前半に見えたが、何を経験してくればそうなるのか、そのままでも冷たくて厳しい目つきをしていた。

自己紹介もそこそこに、さっそく彼から必要書類の提出を指示された。住民票と独身証明書、他にもＳａｈａｒａ系ネットバンクの口座開設申込書などを揃えて提出した。書類確認の間に部屋の見学を行うらしく、その後には、住民代表としてテル・カサハラ氏との個人面談が予定されていた。

「――私の出番は今日はこれだけですが、もし何か質問があれば今のうちにどうぞ」

書類の束を揃えながら、宇崎氏は早口でそう訊いてきた。

少しの間があって、一人が手を挙げた。

「このあとの面談で落とされることはあるんでしょうか？」

「ありますね。逆に辞退されることもありますね、それも構いません」

「じゃ、たとえば落ちたときですが……、また受けることはできるんでしょうか？」

「できますね。二回目の面接の例もありますが、それも構いません。テルさん曰く、人は変われるらしいんでね」

カサハラ氏のことを、やけに気安くそう呼んでいた。

あのー、と背後から遠慮がちな女性の声がして、すぐに宇崎氏に促された。

「こんなこと伺うのも何ですけど……、何度か事件が起きてますよね？」

「起きてますね」

「その……、具体的に、何か対策は講じられているんでしょうか？」

「講じてないですね。ちなみに対策というのは例えばどんな？」

萎縮してしまったのか、女性からの返事は特になかった。

「エントランスはカードキー認証のオートロックで、監視カメラがついてます。事件の前も後もそれだけですよ。ここに限らず、防犯はどこまでも自己責任ですからね」

女性は何も言わなかったが、空気からは怒りにも近い不満が伝わってきた。たとえ法律上はそうだとしても、堂々と答弁してしまう神経が許せなかったのだろう。

それも全く意に介しないのか、宇崎氏は続けた。

「はっきり言っておきますよ。皆さんも知ってるでしょう、テル・カサハラは『世界一恨まれてる人間』です。『世界一敵の多い人間』と言ってもいいかな。とにかく、皆さんはそんな人間と一緒に暮らそうとしてるんです。まず、それを理解しないといけない」

言いながら、私たち一人ひとりと目を合わせていった。

「理解できないなら、あるいは防犯面に納得できないなら、それも構いません。その一人分の席を次の人に譲ってあげましょうよ。ね？」

誰かが立ち上がる音がした。おそらくは質問した本人だろう、鼻息も荒く宇崎氏に歩み寄っていった。

それを予測していたのだろうか、宇崎氏は書類の束から抜き出していた何枚かを、ちょうどのタイミングで女性に差し出した。ひったくるように奪った彼女は、そのままヒールを鳴らして出ていった。

「他に質問はないですかね？」

今度は最前列の男性が手を挙げた。

「今の話だけど……、重大な犯罪歴のある奴はさすがに断っとるんだろ？」

「そうとも限らないですね」

男性の質問の意図するところは、私にも理解できた。

その頃にはもうホームページからの応募に一本化されていたが、エントリーシートの入力項目は全部で百五十以上もあった。学歴こそ問われなかったが、職歴以外にも生活習慣や価値観や人生観について、かなり細かな質問が並んでいた。そして最後に、ストレートに犯罪歴を問われていたのだ。

「とはいっても、まさか殺人犯は紛れ込んどらんのだろ？」

「分かりませんね。あくまで自己申告に基づいてるんで」

そろそろ打ち切るのか、宇崎氏は半分腰を上げながら言った。

「その点、堂々と前科を申告できる人のほうがまだ信用できるんじゃないかな。テルさん曰く、人は変われるらしいんでね」

部屋見学の引率係は、その日は染谷氏だった。

宇崎氏と入れ替わりで登場した彼はさらに若く、明らかにまだ二十代だった。サロンで焼いているとしか思えない不自然な黒さで、宇崎氏以上にジャラジャラとアクセサリーをぶら下げていた。夜の香水の匂いもした。

同じ二階の住居用エントランスは、染谷氏のカードキーで通過した。

集合ポストとエレベーターの説明を受けたあと、私たちは階段を使って一フロア上の三階に上がった。

「――ま、あんまり上まで行くのもキツいでしょ。ちょうど昨日住人が亡くなったばかりの部屋があるんで、今日はそこにしますねー」

何の邪気もなさそうに言いながら、染谷氏は三階の廊下に踏み込んだ。後に続いた私たちは、廊下に入るなり次々と低い声を漏らしてしまった。

視界の左右に細長く伸びている廊下は、幅と高さは常識的だった。

驚いたのはその長さだ。

外観からすると当たり前のはずだったが、とても百メートルとは思えないほど果てしなく見えた。両側に部屋が並んでいて自然光が射し込んでいないぶん、そう感じたのかもしれない。左右それぞれに歩いている人の姿があったが、どれも豆粒のようだった。

ほんの一瞬だけ、本当に小粒などうやら子供の姿が飛び出してきたが、こちらを見てすぐに引っ込んだ。染谷氏も目撃したはずだったが、小さく舌打ちをしただけで、それには何も触れなかった。

「ま、見てのとおり廊下も長いんでね。低い階やエレベーター近くの部屋は、なるべくお年寄りに譲ってやってくださいねー」

それぞれの部屋のドアには、『AS〇〇』という部屋番号らしき表示があった。

「あ、それが部屋番号。最初のAは三階の意味で、Bは四階、Cは五階、って感じで十階のHまで。次のSは南の意味で……、えーとサウスだっけサザンだっけ、とにかくそれ。だから他にはNとEとW、で並べたらニュースになるって知ってました？って言ってるオレがつい最近知ったんだけど。ウケるー」

残りの二桁の数字は、どうやら順番に並んでいるだけのようだった。

部屋番号の他に、私はもう一つ気になっていた。それぞれの玄関ドアのすぐ横、ドアノブの斜め上あたりに、小さなショーウインドウのような空間があった。

とはいえ、染谷氏は苦手なタイプだった。なかなか訊けないでいると、そのうちに別の人が質問してくれた。

「あ、そうそう、これが重要。このスペースはテルさんのアイデアでね、ま、言ったら表札みたいなもんかな。ずーっとおんなじドアが並んでるから、うっかり番号忘れたりしたら迷っちゃいそうでしょ？」

年配者は何人か頷いていた。

「まんま表札とか入れてもいいけど、名前とか知られたくない人もいるかもだし、むしろいろいろアピールできるでしょ、ってことで。何でも好きなものでいいんで、入居したら速攻で何か入れちゃってくださいねー」

たしかに、入っているものはバラエティーに富んでいた。それこそ表札を入れている人もいたが、生け花であったり盆栽であったり、フィギュアであったり折り鶴であったり、野球のグローブが入っていたりした。好きな映画ベスト3なのか、DVDが三枚入っていることもあった。とりあえず私もDVDになりそうだった。

目的の部屋のウインドウには、定型らしき『空き部屋』の貼り紙がしてあった。

先頭の人が手を合わせてから入室していたので、私もそれにならった。

室内は想像していたよりも広く感じた。

込み込みでも条例ぎりぎりの十八平米のはずだったが、それにしては開放感があった。入ってすぐの脇がバスルームになっていたが、丸ごと強化ガラスで囲まれていて、上半分は完全に透けていた。わざわざ覗き込まないかぎり中は見えないし、そもそも二人以上で過ごす想定がないのだろう。部屋が広く見えるというメリットしか感じなかった。

玄関にもバスルームにも段差がなかった。便座の配置なども含めて、介護のしやすさが考えられているようだった。

「バスタブが小さいのは割り切ってくださいねー。そのかわり一階のスーパー銭湯が特別に三百円でいけますんで、たまには使ってやってください。スーパー銭湯にはテナント料もめちゃくちゃ安くしてやってるんでねー」

部屋自体も問題なかった。ベッドとサイドボードを置いたとしても、何とか床に座れそうな幅だった。クローゼットは思っていたよりも小さかったが、希望すれば各階の貸しロッカーを使えるらしかった。というより、ここに入居するということは、必要最小限のもの以外は捨てるということのはずだった。その決心はついていた。

ベランダからは都市高速が見えた。その先には天神のビル群も覗いていた。

染谷氏は、私たちをそのまま屋上にも案内してくれた。

田の字型のそのスペースは、いつもグーグルマップの航空写真を眺めていた私にとっては、とてもなじみ深いものだった。実体験こそなかったが、ずっと思い焦がれていた女性の部屋に、初めて招かれたときのような嬉しさがあった。

大きく口を開けている四つの吹き抜けを順番に指差しながら、染谷氏が言った。

「さっき話してたニュースのN、E、W、Sは、それぞれこの四つの吹き抜けに沿ったブロックってことで。どれでもいいんで、ちょっと覗いてみてくださいねー」

染谷氏を田の字の真ん中に残して、私たちはそれぞれ吹き抜けに散った。

私は海寄りのNの吹き抜けを覗き込んだ。よく晴れていることもあったが、内部は思いのほか明るかった。

「さっきは外側の部屋を見てもらったんで明るかったけど、吹き抜け側でもぜんぜん大丈夫ですよねー。ちゃんと芝生にも光が届いてるでしょ」

吹き抜けの底にあたる三階が芝生広場になっていたが、染谷氏の言うとおり、たっぷりと日光が降り注いでいた。

芝生のちょうど真ん中あたりに、丸く積み上げられた石のオブジェがあった。そばに立っている人の大きさと比べると、実際には三メートル以上はありそうだった。グーグルマップではただの埃みたいな存在だったが、この距離で見てみると何か意味のあるものに思えた。色とりどりの花が供えてあるのも気になった。

「あれは何かのモニュメントなんですかね？」

隣にいた初老の男性が訊いてくれた。

「モニュ……？　あー、たぶん、そんなめんどくさいものじゃないでしょ。テルさんがどっかで手に入れて、適当に置いちゃっただけなんですけどねー。しょっちゅう亡くなるもんだから、みんな勝手にお墓みたいに思っちゃってるみたいで」

「……そんなにしょっちゅう亡くなってるんですか？」

Eの吹き抜けを覗き込んでいた女性が、不安そうに訊いた。

「昨日までで百十三人ですかねー」

染谷氏の口から出た数字に、一瞬息を呑んでしまった。

「ま、そんなにびっくりする数字じゃないでしょ。日本の死亡率だと、千人のうち十人が毎年亡くなってるっていうし。ここには三千人が住んでるんだから、そのままでも毎年三十人でしょ」

染谷氏は平然と続けた。

「で、ここの平均年齢は日本の平均より十四歳も上なんだから、そのぶん多めになるのは当然でしょ。週刊誌の書き方とか、あれって数字のマジックだから。住んでる人たちはちゃんと分かってると思うなー」

それ以上、その話題は続かなかった。

隣の初老の男性につられて、四つの吹き抜けを順番に眺めて回った。

どこも同じサイズの芝生広場になっていたが、真ん中のオブジェはそれぞれ違っていた。形はもちろん、色も微妙に違っていた。NとWのはいかにも石らしい灰色だったが、Sのはほんのり小豆《あずき》色で、Eのはほんのり緑色だった。

「あー、これは本小松石でしょうな」

最後のEの吹き抜けで、初老の男性がそう呟いた。ちょうど傍に来ていた染谷氏が、それを聞いて指を鳴らした。

「そう、それ、本小松？　テルさん言ってたかも。タダ同然のやつを拾ってきたって」

初老の男性が鼻を鳴らした。その後エレベーターの中で教えてもらったが、その石には三色あって、中でもEの緑色が最高級品らしかった。あのサイズならおそらく、という値段を聞いて切なくなった。私の年収の五倍以上だった。


面談はどうやら年齢順だった。

一人あたり五分と聞いて、一番最後の私はいったんフードコートに下りた。週末の昼下がりで家族客も多かったので、アイスコーヒーをテイクアウトして建物の周りをしばらく散歩した。

周辺には古びた倉庫や工場が並んでいたが、この建物の四辺だけは緑地と遊歩道が整備されていた。それを食パンの耳に例えていたニュース記事があって、読んだときには感心したものだった。

路面のテナントは、それぞれ小型ながら充実していた。私が必要とするコンビニと弁当屋とドラッグストアと千円カット店が見事に含まれていた。

まだ案内は受けていなかったが、二階には総合クリニックとスポーツジム、介護業者とクリーニング店が入っているはずだった。

隣の配送センターとは二階の連絡通路で繋がっていて、住民専用のレンタル窓口があるらしかった。中古品とはいえ、ＤＶＤもゲームも漫画も、それこそ服も借りることができるという。

フードコートも含めて、それら全てをカードキーだけで利用できると思うと胸が弾んだ。何しろ、ここの計画を知ってからの五年間――うっかり逃げ込んできたあの夜も含めて、ずっと思い焦がれてきたのだ。当初は千人の募集で、まだ倍率も数倍との噂だった。二千人、三千人と住民が増えていくなかで、たしかに二度の殺人事件はあった。それでも倍率は右肩上がりらしく、公表どおりの部屋数ならそろそろ定員に達するはずだった。私にとっては、おそらく最初にして最大のチャンスだろう。迫っていたカサハラ氏との面談は怖かったが、今さら落ちるわけにはいかなかった。

ミーティングルームに戻ってからも、必死で気持ちを落ち着かせようとしていた。残り三人でいよいよ緊張してきたところで、不意に宇崎氏が飛び込んできた。

もう誰もいないと思っていたのかもしれない。一瞬だけ思惑の外れた表情を浮かべていたが、切り替えたのも一瞬だった。いかにもそれが目的だったかのように、私たちに向かって声を掛けてきた。

「あんたら三人、最年少だからさ。入ってきたら色々と手伝ってよ」

戸惑いで頷けないうちに、宇崎氏は消えていった。

どうやら他の二人が同じ四十歳だということは分かったが、その時点で会話も交わしていなかった。きっかけも必要も見当たらなかったのだ。

宇崎氏に促されたふうに、私はあらためて二人を振り返ってみた。

それぞれ最後列に座っていたが、一人はいかにも気が弱そうで、一人はいかにも神経質そうだった。タイプこそ違うものの、見た目からも雰囲気からも、スクールカーストやオフィスカーストの最下層を歩んできたことを思わせた。

私は立ち上がって、そのまま彼らの元に歩み寄った。

低次元のマウンティングには違いなかったが、それなりの使命感もあった。この状況を動かせるとすれば、三人のうちおそらく私だけだった。プライベートはともかく、仕事ではいつも客先を回っている。何往復かまでの挨拶なら、スキルとして備えていた。

視線を辛うじて合わせてきたのは、気弱そうなほうの一人だった。とりあえず彼だけに会釈して、そのまま隣に座った。

「……緊張しますね」

そう切り出したことで、いよいよ緊張させてしまったのかもしれない。声にもならない短い息と、小さな頷きが返ってきた。

あらためて彼の服装を見た。入居説明会だというのに、わざわざスーツ姿だった。おそらく着るのも久しぶりなのだろう、明らかに体型に馴染んでいなかった。私もジャケットは羽織っていたが、カジュアルな服装だった。それだけでも、いくらか風上に立てている気がした。

いくつか言葉を投げてみたものの、ほとんど会話にはならなかった。そのうちに案内役の女性が戻ってきて、彼一人だけを連れて行った。救われた気がしたのも一瞬で、今度は神経質そうな男と二人きりになっていた。

向こうは真っ黒のジャージの上下に、樹脂製のスリッパを履いていた。気弱そうな男とは対照的に、あまりにラフすぎる格好だった。ボサボサで脂っぽい髪の毛の隙間から、低く前方を見つめていた。

よく思われていないことは分かっていた。隣で会話を始めたときに、一瞬とはいえ睨まれてしまっていた。だから声も掛けなかったが、といって静寂に包まれているわけでもなかった。

彼は両手をテーブルに乗せたまま、全ての指を落ち着きなく動かしていた。好意的に見れば、ピアノを弾いているか、キーボードを叩いているようにも思えただろう。ただ、私には異常で不安定な行動としか思えなかった。よく知らないなりに、社会不適合者だと確信していた。マウンティングどころか、絡むことさえも尻込みしていた。

だから彼が連れて行かれたときには、それだけで安心した。向こうだけが面談で落とされることを心から願っていた。

テル・カサハラ氏の自伝は、これまでに二冊出版されている。

彼が三十歳のときに出版された通称『黒本』と、四十歳のときに出版された通称

『白本』の二冊だ。

ロンリー・プラネットの計画を知るまでは全く興味もなかったが、さすがに読んでおきたくなった。まずは当時のベストセラーだった『白本』をＳａｈａｒａの新刊で買った。面白かったので、すぐに『黒本』をＳａｈａｒａの中古本で買った。

カサハラ氏は両親が日本人で、本人は福岡で生まれている。二歳年上の姉との四人家族で、十歳までは福岡市内で暮らしていた。その後渡米したが、彼が十四歳のときに、自宅火災で家族三人を亡くしている。長らくバックパッカーとして世界中を放浪していた彼は、二十六歳のときにＳａｈａｒａを起業した。『黒本』が出版された三十歳の時点で、すでにＳａｈａｒａを世界一のネット通販企業にまで成長させていた。

そんな彼がいきなり引退を発表したのが、『白本』の出版された四十歳のときだった。

世間にとっては晴天の霹靂《へきれき》だったが、彼自身は創業前から決めていたらしく、周囲にはあらかじめ相談していたようだ。両親の亡くなった四十三歳で、いったん人生に区切りをつけたかったのだという。

引退発表のおよそ半年後にここの計画が明かされたのだが、当時はまだカサハラ氏本人が入居するという話でもなく、海外ではそこまでのニュースにはならなかったようだ。四十三歳になった彼の入居がスクープされたのは、最初の殺人事件が起きた数ヶ月後のことだった。

カサハラ氏は、一人きりで窓際のL字型のソファーに座っていた。

立ち上がって笑顔で迎えてくれた。写真やプレゼンテーションの動画では何度も見たことがあったが、実際に会ってみると、思っていたよりも大柄な人だった。向こう《海外》では巨漢と並んでいることも多かったので、そのぶん細く小さく見えていたのかもしれない。

Tシャツに短パンで、素足にサンダルだった。隠居中なのによく日焼けしていて、白い歯がやけに輝いていた。

促されて、私もソファーに腰を下ろした。

「お待たせしましたね、桑田修一さん」

そばに低めのテーブルがあったが、資料らしきものは見当たらなかった。笑顔で私を眺めながら、カサハラ氏は続けた。

「そういえば桑田さん、エントリーは四月でしたよね？」

「……あ、はい」

「あー、三ヶ月もお待たせしたかー。Ｓａｈａｒａでは当日お届けにこだわってたんですがねー。まあ、今は引退して一般人なんで。ごめんなさいね」

それがお詫びの仕草なのか、カサハラ氏は自分の額に人差し指を当てた。

「あ……、ええ、それは全然大丈夫でした。……それよりカサハラさん、その指はどうなさったんですか？」

緊張していたが、自分からも何か話さなければいけないとは感じていた。ちょうどカサハラ氏の右手の指に赤黒い傷が見えたので、思い切って訊いてみた。

「あ、これですか……」

カサハラ氏は両方の手のひらを開いてみせた。十本の指の全てに、生々しい縫い跡が走っている。見ているだけで寒気がした。

「いや、春先からちょっと東南アフリカを回ってたんですがね、途中で二回、襲われちゃって。一回目がタンザニアのこれで、二回目がジンバブエで背中にざっくりと。あ、よかったらそっちも見ます？」

「あ、いえ……、大丈夫です」

「これは全然よかったんですが、背中ので足止め食っちゃいましてね。そのぶんお待たせしちゃいました」

　カサハラ氏に合わせて、私も控えめに笑っておいた。

「で、桑田さん。今日は一つだけ伺いたいんですがね……」

　ほんの少し、カサハラ氏の顔が寄ってきた。

「犯罪歴にあった『万引き（二回）』について、私に話してください」

「あ、……はい」

　それを書いた時点で、聞かれたときの準備はできていた。もちろん、正直に書いたので正直に話すことに決めていた。

「一回目は中学一年のときで、学校の近くの駄菓子屋でアイスを盗りました。二回目は高校一年のときで、量販店でスーパーファミコンのソフトを盗りました」

　最終の一人とはいえ、五分という目安時間は意識していた。カサハラ氏は何も言わなかったが、目で促されたような気がしたので話を続けた。

「一回目は単純に悔しかったんです。周りは全員、平気で万引きしていて、私だけが怖くてできなくて……。真面目だとか臆病だとか言われ続けて、とにかくそれを止めさせたかったんです」

　実際に言われなくなったが、周りは逆につまらなそうだった。飲み込むように一人で黙々とそのアイスを食べ続けたのと、その夜に熱を出したのはよく覚えていた。

「二回目は断る勇気がなかったんです。入学したばかりで、もしそのグループから外されたら、三年間孤立してしまうんじゃないかと怯えてました」

盗んだソフトでさっそく遊んだが、全く面白くないゲームで、一時間もせずに全員に飽きられてしまった。床に放置されたソフトが私自身と重なって見えて、そのうちに自分からグループを離れてしまった。もちろん誰からも引き止められなかった。

「二回とも、今でも情けないし恥かしいです。……とりあえず、そんなところです」

どう思われたのか、カサハラ氏の目からは何も読み取れなかった。

そのまましばらく固まっていると、やがてカサハラ氏は小さく頷いて、笑顔で右手を差し出してきた。

「じゃ、これからよろしくね、桑田さん」

傷の膨らみまでしっかりと伝わってきた。自分で思っていた以上に緊張していたのかもしれない。カサハラ氏の手を握ったまま、気が付くと私は涙を流していた。

2

実家の両親には、その日のうちに電話で伝えた。

父は入浴中だったので、母に大体のことを話した。ロンリー・プラネットは名前くらいしか知らなかったらしく、何から質問していいのかも分からないようだった。とにかく何も心配ないことを伝えて、こちらから早めに通話を打ち切った。

翌日の夜、部屋を訪ねてきたのは弟の祐二だった。

部屋の片付けも一段落して、軽く晩酌をしていたところだった。事前の連絡はなかったが、玄関のチャイムが鳴った時点でそうだろうと思った。ステテコしか穿いていない半裸状態だったので、いちおうTシャツを着てから迎え入れた。

表情を見ただけで、これから説教されるのは理解できた。

「おふくろに聞いたけど、とうとう四時間を切ったんだってね……」

そんな私の声が聞こえていないかのように、部屋の中を見渡していた。

「やっぱり祐二はすごいな。とても俺の弟とは思えない」

「ってさ……、それってもう、三ヶ月前の市民マラソンの話だぞ」

言いながら祐二は、テーブルの上に視線を落としていた。缶ビールと焼鳥と麦チョコで散らかっていた。

「あ……、せっかくの日曜の夜なのに、家族サービスはいいの？」

明らかに不自然だったが、とても沈黙に耐えられなかった。

「って、こっちもいちおう家族だろ」

「……ビールでも、飲む？」

祐二は車のキーをぶら下げて見せた。

「オフクロが心配して、オレに電話してきた」

「別に、心配するようなことは言ってないよ。心配するなとは言ったけど……」

制するように睨んできた。

祐二の言うことは、おそらく半分は本当だった。母から電話があったのは間違いなかったが、心配していたというのは疑わしかった。母は自分で何かを調べるようなタイプではなく、何でも気軽に祐二に訊いてしまう人だ。だから正確には、祐二が母に、わざわざ心配になるようなことを吹き込んだのだろう。それが昔からの母と祐二の繋がりかたで、家族の中では一番強力だった。

「で、契約はまだしてないんだよな？」

「いや、もう済ませてきたよ」

それは嘘だったが、気持ちを変えるつもりはなかった。夏のうちには引っ越してしまおうと思っていた。

「あそこがどういうところか、ちゃんと分かってるのか?」

「分かってるよ。じゃないと契約なんてできない」

「ってことはさ、一生独身って宣言するってことか?」

「いや別に、一生ってわけでもなくてさ……。この先どこかで結婚するなら、それはそれでいったん他の所に住めばいいわけで……。その先でまた一人になったら、あらためて戻れるわけだしさ。あくまで保険みたいなもんだよ」

祐二の目には、疑いしか浮かんでいなかった。

「通じると思うなよ。これでもいちおう弟なんだ」


祐二は三つ年下の、たった一人の兄弟だ。

長男でよく怒られていた私と違って、決して甘やかされていたわけではないが、自由にのんびりと育てられていた。二人目の気楽さもあったのだろう、そのぶん両親とも仲が良く、それは成人してからも変わっていなかった。

世間ではよく兄弟ゲンカで兄だけが怒られるというケースを聞くが、私たち兄弟には当てはまらなかった。

というのも、ずっとケンカをしたことがなかったからだ。申し合わせたわけでもなかったが、私には私なりの、祐二には祐二なりの遠慮があったのだろう。たまに考え方の違いを感じることはあっても、わざわざ主張するほどでもなかった。

初めてのケンカは十年前、私が三十歳手前で会社を辞めるときだった。

同じように部屋に乗り込んできた祐二は、やはり同じように「おふくろが心配している」と言うなり、私を責めはじめた。そのときに初めて、そんな母と祐二の繋がりかたに腹が立った。あまりにも一方的な気がした。

ただ、振り返ってみれば、あのとき祐二に言われたことはほとんどが正しかった。

私が七年間勤めていたコピー機メーカーを辞めたのは、あくまで「公務員になるため」だった。実際にそれから三年間、県と市の中途採用試験に挑戦し続けた。結局は叶わなかったが、最小限のバイトをしながら、ひたすら試験勉強に打ち込んだのも事実だった。

祐二はあのとき、私が「今の仕事から逃げたいだけ」だと言い切った。両親が反対できないように、後付けで「公務員」を持ち出しただけだと。

当時の私は全力で否定したが、本音を掘り返せば、やはり辞めたい思いが先にあった。毎日毎日、分かりきった同じコピー機のメンテナンスだけを繰り返していた。それが退屈で、同時に不安だった。

それなのに結局、私はまたコピー機のエンジニアに戻ることになった。メーカーから代理店に変わって、給料も二十代の頃よりずいぶんと下がった。

その間に、祐二は大学時代のテニスサークルの同期と結婚して、一児の父になった。三人で毎月必ず実家に顔を出しているらしかったが、私はまだ姪っ子に二回しか会ったことがなかった。

「——ひどい暮らしぶりだろ」

祐二がテーブルのそばに座ったので、言われる前に自分から口にした。

「今週は用事があったからまだよくてさ。……金曜の夜から月曜の朝まで、ざっと六十時間。たいてい誰とも話さずに一人で過ごしてる」

「……だったら、たまには実家に顔を出せばいいだろ」

どう伝えたらいいのか、言葉が見つからなかった。

「結婚しろ、とかさ……、オレも今さらそんな野暮なこと言うつもりもなかったけど。しないって宣言されると言いたくもなる」

宣言したつもりはなかったが、そこには触らなかった。

「正直、怖いんだよ。ここでこのままズルズルといっちゃうのが……」

「怖いって、何が？」

「今後……、っていうか老後かな。老後の不安」

耳慣れたフレーズだったが、自分で口にしてみるのは初めてだった。

「それこそ祐二みたいな、奥さんと子供がいる生活に憧れることもある。もちろん家族を守っていく大変さはあると思うけど、それ以上に満たされるものがあると思う……」

頷くこともなく、祐二は私を見据えていた。

「だから、結婚したくない、なんて思ってないよ。ただ、できなくてこのまま一人かもしれない、とは思う。祐二とは違って、そのときのことは自分自身で考えとかないといけないだろ。今回のはそういう決断なんだ」

「……わざわざあそこじゃないとダメなのか？」

「ああ。安心できるんだ」

おそらく事件のことが浮かんだのだろう、祐二は信じられないという顔をしていた。

「このマンションも十八年目だけど、これまでの家賃の合計だけで、もう九百万も払ってる。もしこのまま八十歳まで住むとしたら、この先だけで二千万ちょっと。……でも、あそこなら七百万くらいで済むんだ。それだけでもかなり安心できる」

そう伝えても、祐二はかなりもどかしそうだった。他にも私なりの安心につながる要素はあったが、口にするのは控えた。

「……共感はしないけど、言いたいことは分からなくもない。でもさ……、先に結婚して父親になった身として、せめて一言だけケチつけさせてくれ」

睨むように私を見ていた。

「そりゃ、たしかに誰がどう見ても、この国の将来は明るくない。……だからってさ、オレたちが今からビビッててどうすんだよ。たかだか残り四十年ぐらいだろ？じゃ、オレたちの子供は七十年も八十年もビビり続けなきゃいけないのかよっ」

テーブルの上で、ビールの缶が跳ねた。

殴り合いの喧嘩をしたことも、どちらかが暴力をふるったことさえも私たちにはなかった。それができていれば、もっと分かり合えていたのかもしれない。

「……って、ぜんぜん一言じゃなかったな。……とにかく、そんな逃げ腰じゃ結婚どころか恋愛もできないし、ぜったいに子供なんて作れない。それだけは忘れないでくれ」

私は祐二の目を見て、頷いた。

帰り際、玄関でスニーカーを履いている祐二の背中を見ていて、ふと声を掛けた。

「なあ、祐二……」

「……ん？」

「長生き、ってしたいか？」

「もちろん」

気持ちいいくらいの即答だった。

私もそう思えるようになりたかった。

3

去年の夏は雨の日が多かった。

引っ越しの当日も朝から雨だったが、濡れて困るような荷物も少なかったので、それほど気は滅入らなかった。下道でも一時間足らずの移動で、昼過ぎには私も荷物もここに入っていた。

私の最初の部屋は、十階のＨＳ５８だった。

いくつかの候補から選べたが、見学時に染谷氏が言っていたことを意識して、最上階の一番エレベーターから遠い部屋にした。部屋を替わる機会はいくらでもあるとのことだったので、わりと気軽に選んだ。

吹き抜け側だった。部屋に入るなり、さっそくベランダから覗き込んでみた。あいにくの雨混じりの曇り空で、真夏の降り注ぐ陽光はなかった。それでも十分に明るく、眼下に広がる芝生の緑は鮮やかだった。

その中央にある石のオブジェは、雨に濡れていることもあってか、いくらか小豆色が濃くなっていた。積み方には特に意匠は感じられなかったが、私の部屋の角度からは壊れたカスタネットのようにも見えた。

室内に戻ると、またしても染谷氏に言われていたとおりに動いた。荷物の段ボールからＤＶＤを一枚だけ取り出して、玄関に向かった。

下駄箱の中、ちょうどショーウインドウの裏側にあたる位置にボックスがあった。その中にＤＶＤを収めると、いったん部屋を出て廊下側から確認してみた。

私の一番好きな映画、『ブレードランナー』のＤＶＤだった。

無趣味に近いのかもしれなかったが、趣味を訊かれたら「映画鑑賞」と答えていた。好きな映画を訊かれたら、それだけは迷いなくこの作品だった。同じ作品を三回以上観ることはめったになかったが、『ブレードランナー』だけは特別だった。いくつかのヴァージョンを合わせると、もう百回以上は観ていた。全てを覚え込んでしまっているのに、なぜか飽きることがなかった。

周りの部屋のショーウインドウも眺めてみた。右隣はいびつな焼き物のコーヒーカップで、左隣はホークス選手のサイン色紙だった。対面のルービックキューブはともかく、両隣はわりと行動的な人なのかもしれなかった。

並びの何部屋かを眺めて回ったあとで、あらためて自分の玄関先に立ってみた。嬉しかった。

小さなショーウインドウの存在は、思っていた以上に大きかった。そのささやかなカサハラ氏のアイデアを、私は全面的に支持していた。

部屋のセッティングを後回しにして、私は管理事務所に顔を出した。

その日は宇崎氏が休みだった。染谷氏とは最初にカードキーを受け取っただけで、あとは絡むことがなかった。面倒くさそうに何度も事務所を出入りしていた。

私への対応は、行政書士の信国さんが直接やってくれた。彼も管理事務所のスタッフだったが、同時に一人の住民で、同時に三代目の運営委員長だった。

私は信国さんに、死後事務委任契約の手続きをお願いしていた。

それについてはホームページにも案内があって、入居前から考えていた。いわゆる孤独死になったときの後処理を代行してもらえるもので、自分に必要な内容だけを選ぶことができた。私の場合、葬儀と埋葬については実家も絡むので保留にしたが、それ以外はほとんど全てをお願いすることにした。

自分の死後のことを考えるのは妙な感じだったが、これを機に独身者として備えておきたかったし、信国さんの話にも前向き感があった。報酬額も相場の半値以下だと知っていたので、特に交渉することもなかった。

「――やっぱり、遺言状とかの相談もあるんですか？」

きっと職業病だろう、事務所の応接セットだと普段よりも口数が増える。手続きが一段落したところで、思いついたまま信国さんに訊いてみた。

「ありますよ、もちろん。ここに住んでる人でも二割ぐらいかなあ、いろいろと手伝ってますよ」

「例えば、遺産の何割かはここに寄付したい、とかもあるんですか？」

「もちろん、もちろん。まあ、若い方ならご両親の遺留分ってのもありますけど、できることなら丸ごと全部、って人も増えてきましたよ、去年ぐらいから特に」

「へー、全額ですか……」

「ええ。何も書き残してなかったら、それこそ丸ごと国に持っていかれちゃうだけですからね。それよりはここに残したい、ここで使ってほしい、っていうのはわりと自然なんでしょう」

信国さんの表情や話しぶりには、相手を安心させるものがあった。宇崎氏や染谷氏とのギャップに最初は戸惑ったが、やはり私はこちらのほうがありがたかった。

事務所には信国さんの他にも十名近くのスタッフがいた。明らかに私より年上ばかりで、奥のテーブルでは何やらミーティングも開かれていた。

「皆さん、住民の方なんですか？」

私の質問に、信国さんはぐるりとメンバーを見回してから答えた。

「一人だけ、あそこのウェブ担当者は別のマンションに住んでますね。彼と私の二人だけがここのスタッフで、他は運営委員。住民のボランティアですよ」

それからの信国さんの説明によると、運営委員というのはマンションでいう管理組合のようなものだったが、あくまで有志のみで構成されていた。特に権限や予算があるわけでもなく、管理事務所と住民とのつなぎの役割を果たしているのだという。ちょうど両方に属している信国さんが、成り行きで三代目の委員長を務めているらしかった。

「まあ、暇を持て余したお年寄りも多いですから、住民ボランティアはあちこちでやってますよ。それこそ、今から桑田さんを案内してくれる長谷部さんもそうです」

事務所に迎えに来てくれた長谷部さんは、とても五十代には見えなかった。

やわらかな栗色のウェーブが、彫りの深い小顔によく似合っていた。シャツの胸ボタンを三つ目まで開けていて、パンツはあまがえるのような明るいグリーンだった。

「すいません、せっかくの土曜日に……」

事務所を出たところで長谷部さんに声を掛けた。お礼を言いたかったのだが、出てきたのはそんな言葉だった。

「あ、そんなのいちいち気にすんなって」

長谷部さんは少し呆れたように笑った。

「やりたい人間が、やりたい事をやりたい時にやってるだけなんだから。ここでは気を遣うのも遣われるのも余計なこと。おれも今日はたまたまそんな気分なだけなんだって」

「……あ、はい。ありがとうございます」

微妙に苦手な人かもしれないと思った。

最初に一階のフードコートに向かった。エスカレーターを下りながら、何度か利用したことを伝えた。床で眠ったことまでは言わなかった。

「じゃ、住民しか知らないことだけを教えていこうかな」

フードコートに到着すると、長谷部さんはテナントをぐるりと指差していきながら、耳元で囁いてきた。

「二十四時間営業のこの一角はここの直営だけど、あのへんは知られたチェーン店が入ってるだろ。コーヒーにラーメンに牛丼にハンバーガー。実はさ、あのへんも安泰ってわけじゃなくて競争社会なんだ」

長谷部さんの話では、ジャンルごとに競合数社で争わせているそうで、住民の人気投票で入れ替えが発生しているらしかった。直営部分の店舗メニューなども、同じように住民の人気投票で決まっているという。

「投票って、どういうふうに行うんですか？」

「住民用のポータルサイトはもう見てみた？」

「いえ、さっき事務所で教えてもらったばかりで……」

「あ、そう。見たらすぐ分かるけど、その中でできる。基本、ここで必要な情報のほとんどはポータルに揃ってるから。例えば、このフードコートのスタッフもほとんどが住民だけど、その募集なんかもポータルに載ってる。ここだけじゃなくて、スーパー銭湯もクリニックも、それこそ隣の配送センターの募集まで全部載ってるから」

「へー。やっぱり、働くのもここ、って人が多いんですね」

「実際おれもそうだから。そうだな、隣も含めたら二割ぐらいはここで働いてるんじゃないかな、だいたい七、八百人？　うん、それぐらい。時給は安いけど、自分たちのために働いてるってのが分かりやすくてさ。ある意味、中高年フリーター天国。フフッ」

耳元で笑われたので、背筋がゾクッとした。

「みんな、それぞれ前職とか特技とかを生かしててさ。おれはずっとアパレルだったから隣の四階にいるわけだし。ここの直営のメシなんて超うまいぞ。部屋のミニキッチンじゃ物足りないバアちゃんたちが、ガチで腕ふるってるわけだからな。味噌汁の安定感なんかハンパないって」

まだ食べたことはなかったが、ネットで評判は聞いていた。

一階には、フードコート以外にも裏手にいくつかの飲食店が並んでいた。

それぞれ小さな店だったが、焼肉屋や焼鳥屋、カラオケスナックや無国籍バーなどが並んでいた。夕方からの営業で店の中までは見られなかったが、一人での入りやすさと居心地のよさが最優先で、こちらも人気投票で入れ替えが発生するらしかった。

「あ、この店だけは、わざわざ説明する必要もないよな」

その和食店の前で、長谷部さんが言った。私はもちろん頷いた。

「長谷部さんは食べたことあるんですか？」

「あるよ、今のところ四回。年度はバラバラだけど、とりあえず四季のコースをフルコンプしてみた」

「やっぱり、凄いんですか？」

「泣くぞ。マジで」


自分の職場ということで、長谷部さんは隣の配送センターも案内してくれた。

二階からの連絡通路を渡った先は、五階建てのセンターでもやはり二階だった。

二階から四階までが倉庫になっているらしく、置いてある商品ジャンルが違うだけで、入口のレイアウトは全く同じだった。従業員用の認証ゲートの脇に、住民用のサービスカウンターがあった。

二階では本やＣＤやＤＶＤ、三階ではゲームや家電、雑貨類を取り扱っていた。四階では服や靴を取り扱っていて、そこが長谷部さんの職場だった。

私は長谷部さんに、彼が着ているのと同じようなシャツを見繕ってもらうことにした。

カウンターにあった端末で、初めて住民用のポータルサイトにログインした。私のフルネームもさっそく表示されていて、それだけで少し嬉しかった。

長谷部さんに教わりながら、住民用の商品購入ページに入った。そこから先は、見慣れたＳａｈａｒａの商品検索画面だった。中古のリネンシャツをとりあえず三枚選んでもらった。

すぐに伝票が打ち出されて、長谷部さんはしばらく商品のピッキングに消えた。戻ってきたときには、両手に目的のシャツを抱えていた。

「キャンセルもこの場でできるから。この先は自分で選んでみなって」

それぞれＴシャツの上から試してみた。長谷部さんは三枚とも「ばっちり」としか言わなかったので、そのうちの水色の一枚を自分で選んだ。

長谷部さんが二枚分のキャンセル処理をしてくれている間、私はずっと、カウンターに身を乗り出して、パーテーションの隙間に目を凝らしていた。動画では見たことがあったが、実際の巨大倉庫がどんなものなのか、わりと興味があった。

「よし、ＯＫ。じゃ、このシャツ一枚お買い上げ。このスキャナーにカードキーをかざしてみて」

そのとおりに実行した。ピッという読み取り音がして、長谷部さんがニッと笑った。

「簡単だろ？」

私は大きく頷いた。

「ま、今日はこのシャツ一枚だけど、クリーニングして戻すんなら最大八割で再買い取りできるからさ。パーティー用のブランドスーツとか、レンタルみたいで便利だぞ。下の階のＤＶＤとかも同じ仕組みだ。そのときはレシートを捨てないようにな」

打ち出されたレシートと、買ったばかりのシャツを渡された。

キャンセルしたシャツをすくい上げた長谷部さんが、カウンターで勤務中だったもう一人の女性に何やら話しかけていた。何度か頭を下げていたかと思うと、私に向き直って言った。

「今日だけは特別だ。そっちのゲートの前で待ってろ」

体育館なら二十個分、と長谷部さんは表現した。

隣の廊下の長さや屋上の広さから、ある程度は想像できていた。それでも実際にワンフロアの空間として見渡すと、あまりの巨大さに圧倒された。

棚のエリアとハンガーのエリアがあったが、どちらも商品で埋め尽くされていた。古着屋かクリーニング屋かは微妙だが、あのあたりの慣れない匂いがした。しばらくは口だけでの呼吸に切り替えた。

他のスタッフの邪魔にならないよう、長谷部さんに張りついて歩いた。

「この階はまだまだ先だけど、二階あたりはそろそろロボット化していくみたいだな」

「……じゃ、スタッフも減らされちゃうんですかね？」

「まずは派遣からだろ。住民は優遇されるよ、そのためのロボット化だろうしな。どうしても平均年齢が高くなるから、あんまり長い距離は歩けないわけよ」

ハンガーのエリアに入った。わずかな隙間を見つけ出した長谷部さんは、ハンドスキャナーで何か処理をしてから、シャツを二枚とも収めてしまった。

単純な作業なのかもしれないが、初めて見るぶんには新鮮だった。傍に立ったたまま、そうやって働く自分の姿をしばらく思い描いていた。

「どんな感じ？」

そう声を掛けられて、やっと現実に戻った。

「ここでの暮らしは楽しめそう？」

ハンガーに手を掛けたまま、長谷部さんが私を見据えていた。

「……あ、はい」

「大丈夫？　不安とか不満とか心配とか、ひょっとして悩みとか。そんなの抱えちゃったりしてないか？」

「……はい」

それ以上の答えは浮かばなかったので、とりあえず長谷部さんの顔を見た。彼が頷いて、口角を上げたのもじっと見ていた。

「うん。まあ、君は顔色も目つきもOKだな」

正直、あまりいい気持ちはしなかった。ふと、面談前の他の二人を思い出した。彼らならどんな判定を下されるのだろうと思った。

「まあ、いろいろあったのは知ってるだろうけどさ……、おれはけっこう居心地いいんだよな、ここ」

「……ええ。僕も何となく、自分に合ってる気がします」

「そっか」

長谷部さんが微笑んだ。私のほうが先だったのかもしれない。

「ま、とはいえ、気楽なようで独り身ってのもいろいろあるからな。気を遣わない、ってのは遠慮もしないってことだ。くれぐれも一人で抱え込むんじゃないぞ」

「……はい」

「二階のクリニックには心療内科もあるからさ。心が風邪を引いたときはさっさと駆け込め。……以上、本日のオリエンテーションはおしまい」


部屋のセッティングも、日が暮れる前には終わった。

二時間もかからなかった。

クローゼットの小ささを知っていたので、あらかじめ荷物を減らしてきていた。

ルールとして、三年以上触っていなかったものはことごとく捨てた。既製品はともかく、自作のビデオテープやカセットテープまで捨ててしまうのは少しだけ迷ったが、
それでも初志を貫いた。

マンガとゲームとCDとDVDは全部持ってきていたが、同じルールで仕分け済み

だった。しばらく触っていなかったものは全部、夕方に配送センターのサービスカウンターに持って行った。買い取り査定額の連絡待ちだったが、〇円でも引き取ってもらうことになっていた。

おかげで、すっきりとした部屋に仕上がった。

その頃にはもう雨も上がっていた。日が沈みはじめて、吹き抜けがだんだん暗くなっていくのが分かった。

ベランダから覗き込むと、芝生広場は控えめにライトアップされていた。それがきれいだったので、私はしばらくその場で時を過ごした。

三方のベランダの明かりが、一つまた一つと灯っていった。

白かったり黄色かったり、色合いの微妙な違いはあった。ただ、どれもが一人のための明かりだった。Sの吹き抜けだけで、ざっと四百のベランダがある。それが全部明るくなったとしても、たった四百人のためだった。

電力の浪費には違いなく、世間の見る目によっては批判もあった。

それを分かっていながらも、やはり私には望ましかった。家族団らんの明かりがないことに、久しぶりの安らぎを覚えていた。星空を見上げるのと同じような気軽さで、明かりが灯っていくのを眺めていた。

初めての夕食は、一階の焼肉屋でとることにした。

十五分ほど待たされたが、土曜の夜にしては許容範囲だった。ベンチで並んでいた客も、カウンターで並んでいた客も、私も含めた全員が一人客だった。テーブル席もなかった。一人使いしてひんしゅくを買うことも、気まずい相席になることもない。一人用の小さなコンロに、小さな焼き網が乗っていた。

私は、一人用の晩酌セットAにした。二切れずつの六点盛りに、生ビール二杯とキムチの小鉢がついていた。量は控えめでも晩酌にはちょうどよくて、何より肉質がよかった。次回は三切れずつ四点盛りの晩酌セットBにしようと思った。

食後はスーパー銭湯に立ち寄って、ジャグジーで引っ越しの疲れを抜いた。

湯上がりに仮眠室を覗いてみると、白人やアジア人のバックパッカーたちが思い思いにマットに転がっていた。夜が更ければ、そのうちの何割かはフードコートに繰り出して、明け方まで酒宴を張るはずだった。それが自分の家で当たり前に起きているのだと思うと、なぜか嬉しくてたまらなかった。

スーパー銭湯の隣には、マッサージサロンがあった。

料金も安くて寄ってみたかったが、予約が満杯で断られた。住民はポータルサイトから優先予約できるらしく、次の週末での出直しを誓った。

いったん路面に出て、コンビニで細々とした買い物をしてから部屋に戻った。財布は念のため持ち歩いていたが、一度もポケットから出さずに終わった。

ポータルサイトからの通知が入った。開いてみると、三階のサービスカウンターから買い取りの査定結果が届いていた。すぐに二階からも届いた。どちらも妥当な金額だったので、そのまま承認ボタンを押した。月曜には口座に振り込まれるはずだった。

何もかもが快適だった。

長谷部さんも言っていたが、ここで働いている人は、本当にスマホとカードキーだけで生きていけているのかもしれなかった。

記念すべき最初の夜なので、やはり映画を観ることにした。

いろいろ検索してみたが、なかなかふさわしい作品が見当たらなかったので、やはりあの作品にすることにした。

下駄箱のボックスから、『ブレードランナー』のＤＶＤをいったん持ち出した。

それが百何回目になるのかは分からなかったが、間違いなく上位に入る鑑賞会だった。

部屋の中が、映画を楽しむにはちょうどいい気持ちと空気で満たされていた。ベッドの上でビーズソファにもたれながら、ただ静かに見入っていた。

ふいにチャイムが鳴ったのは、クライマックス間近の、主人公がアパートに突入したあたりでのことだった。

下なのか玄関なのか、初めて聞く音だったので確信がなかった。拾い上げたTシャツを被りながら、そのまま早足で玄関に向かった。

ドアスコープを覗くと、たしかに人の姿があった。どうやら女性のようだった。相手に当たらないよう、ゆっくりと静かにドアを開けた。隙間から顔を覗かせてきたのは、おそらく平均寿命あたりの小柄なおばあちゃんだった。

「……夜分に、どうも」

つられて私も小さく頷いた。

「あ……、え、と……、何か、ご用でしょうか？」

お互いにそのまま顔を見合わせていた。

しばらく真顔だったおばあちゃんが、やがて急に表情を崩した。やけに照れくさそうに、玄関のショーウインドウを指差しながら言った。

「あ……、ごめんなさいねえ……、何にも入ってなかったから、誰もいらっしゃらないのかと思って……、出ていらっしゃったから、あれれって……、もう、何してたのか分からなくなっちゃってねえ……」

かなり申し訳なさそうにしていた。たしかにいい場面で水を差されてしまっていたが、ここで暮らしていく以上、お年寄りには丁寧に接したかった。

「いいえ、僕のほうこそすみません。さっきまでDVDを入れてたんですけど、いったん取り出しちゃって。紛らわしくてごめんなさい、すぐに戻しておきますね。……あ、……ひょっとして、お隣さんでしょうか？」

「いいえ……、どうも、夜分に。ごめんくださいい」

丁寧なお辞儀を残して、おばあちゃんはゆっくりと去っていった。珍客にも恵まれた、そんな最初の夜だった。

4

秋にはもう、新しい生活にもすっかり慣れていた。

私に大した適応力があったとは思わない。あくまでここのシステムが分かりやすく、扱いやすかったのだと思う。お年寄りがスマホとカードキーだけで暮らせるということは、全てのデザインがその目線で考えられていることを示している。最年少の私が、いちいち戸惑うはずもなかった。

その土曜日、私は朝から行動的だった。

ほんの数ヶ月前までは考えられなかったが、わりとそんな週末が増えてきていた。あらかじめ予定を組むこともあれば、朝起きてからの思いつきで動くこともあった。その日は両方を組み合わせたハイブリッドな一日だった。

寝起きからさっそく洗濯機を回していた。ついでに布団を干して、そのままベランダで目覚ましのコーヒーを飲んでいるうちに、ふとそれを思い立った。前々からいつかはやろうと思っていたが、その日の青空と暖かさが、始めるなら今日だと言っていた。なるほど理想的な気がした。

さっそくＳａｈａｒａで商品を探して、十分後には注文していた。

ポータルサイトを開いたついでに、他のメニューも確認した。

週末はもちろん、特に用事のない平日でも、毎日必ず一回はポータルサイトを開くことにしていた。

何気ない住民サービスの一つだったが、設定期間に一度もアクセスがなければ、管理事務所から確認のメールかインターホンが入るらしい。それに応答がなければ、確認の訪問になるという。特に持病もない私は、とりあえず「四十八時間」に設定していた。

洗濯物を干してしまっても、午後一のマッサージまでは時間があった。

遅めの朝食というか、早めの昼食をとることにした。少し迷ったが、いくらか使命感のようなものも湧いて、結局はスマホを手にしていた。

『——はい、こちらガブ。どうぞっ』

甲高い声と、背景にざわざわと人混みのノイズがあった。

「あ、ガブくん、今どこ？」

『ちゃんと名乗って。どうぞっ』

そのあたりがいつも面倒だったが、付き合うしかない。

「……こちらブレードランナー。どうぞ」

他の誰にも聞かれていないのに、やはり顔が熱くなった。

『了解。……ぼく、今、フードコート。チーズバーガーと、ポテトが揚がるのがまだで、まだ待ってる』

「あ、そう。……ぜんぜん遅くなってもいいんだけど、お願いできるかな？」

『ひゃー、ぼく今日大忙しだー。いいよ、これのあとでね』

「うん、それの後でいいよ。……あ、中の日替わり弁当って、今日は何？」

『待って。……ナスみそ、だって』

「そっか。じゃ、外のチキン南蛮弁当で。お金はある？」

『いっぱいある。けど、ポテトがもうすぐ揚がるってよ。揚げたて。おばちゃんも美味しいって』

「……じゃ、やっぱりポテトにしようかな。Lサイズね。あと、てりやきチキンバーガーを一つ。お金は足りる？」

『いっぱい足りる。じゃあ、これのあとにね』

「うん。ゆっくりでいいよ」

そう念を押したのに、たった五分で玄関のチャイムが鳴った。ドアを開けると、ぜーぜー言いながらも得意そうな笑顔があった。


ガブとは当時、毎週のように顔を合わせていた。

最初に話したのは、まだ入居して間もない盆休みのことだった。

夕方にぼんやりと廊下を歩いていて、階段から飛び出してきた彼とぶつかりそうになった。小さくてそう焦りもしなかったが、つい短い声を上げてしまった。

見学会のときに飛び出してきた、幻の子供に違いなかった。

そう思いながら見下ろしていると、ガブのほうから声を掛けてきた。

「何？　ぼくに何か、お願いしたいの？」

それから彼の説明を受けたのだが、どうやら非公式のおつかい少年だった。出不精な住民たちから、ちょっとしたおつかいをお駄賃つきで頼まれているらしかった。

そのときのガブは手ぶらだった。

ちょうどフードコートに向かおうとしていた私は、成り行きで日替わり弁当のおつかいをお願いすることになった。やはり五分で部屋にあらわれたガブは、ぜーぜー言いながらも笑顔を浮かべた。働いている男の顔だった。

私の部屋のショーウインドウを見て、ガブは何かと訊いてきた。作品のタイトルを教えると、彼はそのとおりに私をアドレス帳に登録した。

以来、ほぼ週末には限られたが、なるべく仕事を頼むようになっていた。ここでは唯一ともいえる財布の出番だった。

「――ねえ、ぼくって役に立ってる？」

私の渡した千円札を財布にしまいながら、ガブが訊いてきた。

「うん。いつも役に立ってるよ」

「そっか。……じゃ、ちょっと昼休みね」

勝手に部屋に入っていったガブは、ビーズクッションに飛び込んで、しばらく子犬みたいにはしゃいでいた。落ち着いたところで、私はポテトを手渡した。リクエストのコーラを持って戻ったときには、なぜか正座してポテトをつまんでいた。

本人曰く三年生だったが、もう少し幼く感じた。

母親の勤め先がソープランドだと、まるでディズニーランドであるかのように話していた。平日は夕方から、週末は午前中からここに潜り込んでいるらしい。管理事務所も知っていて、黙認しているようなものだった。帰るのはいつも夜の六時過ぎだったが、どうやら染谷氏のマイカーで送ってもらっていた。

染谷氏がデリバリーヘルスの運転手だったことも、ガブに聞いて知っていた。デリヘルドライバーだったと、まるでブレードランナーだったかのように話していた。

母親を見たことはなかったが、ガブはかわいい少年だった。そう呼び始めたのは染谷氏らしかったが、なるほど『レ・ミゼラブル』に出てきた少年にも似ていた。

子供のあだ名にもかかわらず、私は気安く呼び捨てにできなかった。最初は「ガブちゃん」と呼んでみたりもしたが、「もう子供じゃない」と本人に怒られて「ガブくん」に落ち着いた。

そんな大人のガブは、ポテトとコーラだけで、世界一の幸せ者のような笑顔を浮かべていた。

「やっぱり揚げたてが美味しいね」

「うん。……って、まだ食べてないから。おじさんにもくれよ」

「おじさん、って。違うし。ほら……、あれ、あれ」

「ブレードランナー？」

「そう、それ、それ」

ガブがポテトを分けてくれた。まだ温かくて、たしかに美味しかった。そう伝えると、ガブは満足そうに笑顔を見せた。

不思議な気分だった。

子供好きだという自覚はなかったし、むしろ逆だと思っていた。それなのに、ガブに懐かれていることには抵抗がなかった。楽しみにもなりはじめていた。

だから同時に、心配にもなりはじめていた。

「ガブくん、最近、いよいよ仕事がんばってるみたいだね」

「まあね。いっぱいお金をかせいで、お母さんを助ける」

胸に刺さった。そんなこと、私は言ったことも思ったこともなかった。

「えらいよ、ガブくんは。……でも、気をつけてね。ここにはいろんな人がいるかもしれないし……」

「いろんな人がいるって、だって、いろんな人がいるし」

「そうだね、ごめん……。ほら、こわい人とか。今日はいいけど、あんまり部屋に入っちゃ――」

「ぼく全然こわくないし！」

ガブの甲高い声が鼓膜に刺さった。

「こわい人とか、店長に言ったら全然こわくないし！」

店長というのは初めて聞いたが、おそらく宇崎氏のことだと理解した。

「殺人事件とかも、ぼく全然こわくないし。……謎とかも解けるし、犯人も捕まえるし。ぼくがいっぱい役に立つんだって！」

それも心配の種だった。

ガブは無防備なだけでなく、事件に対して興味を持ちすぎていた。そのために潜り込んでいるのでは、と疑ったくらいだった。一番好きなアニメが『名探偵コナン』で、そのあたりは母親の影響もあるらしい。客を待つ間にひたすらミステリー小説を読んでいるそうで、最初ガブに聞かされたときは少し切なくもなった。

「……うん、いっぱい役に立ってるけど、危ないことはやっちゃダメだよ」

ガブは途中から聞いていなかった。震えはじめたスマホを確認すると、嬉しそうに次の仕事に走って行った。


事件について、当時の私はほとんど意識していなかった。

たしかに、それまでの三年間で二つの殺人事件が発生していた。ニュースにもなっていたので、そのこと自体は信じていた。最初の事件は直後に犯人が捕まっていたが、前年冬の事件のほうはまだだった。犯人がそのまま暮らし続けている可能性もあって、それも理解はできていた。

二つの事件には共通点もあった。

どちらも被害者が一人で、ここの住民だった。どちらも自室で、真夜中に同じ手口で殺されていた。

最初の事件の犯人も、ここの住民だった。

犯行に及んだあと、明け方には自首していた。誰にも付き添われることなく、一人で天神の中央警察署まで歩いたようだった。その後の自供で個人間のトラブルだと判明して、ニュースとしては長続きしなかった。

だから応募の意志も変わらなかったが、二件目のニュースを聞いたときには少し揺らいだ。犯人が捕まらなかったことから、いやな想像が働いてしまうこともあった。応募を止めようかと悩んだこともあった。

吹っ切れたのは、なぜかデパートの地下二階だった。

仕事帰りの天神で、半額のお惣菜を買うために立ち寄っていた。人混みにうんざりしながら優柔不断にぶらぶらしていて、ふと思った。

三千人の中に殺人経験者が一人だけ紛れ込んでいるとして、だから何だと思った。例えば同じデパートのどこかのフロアにいるとしても、向こうは今から人を殺すわけでもなく、普通に買い物をしているだけのことだった。

実際にいるだろう、とも思った。こんなに平和そうなデパートの中にも、駅のホームにも、市役所にも、総合病院にも、テーマパークにも。三千人も集まっていれば、一人はいるだろうと思った。それを知らなければ、あるいは知っていても気にしなければ、全然怖くないと思った。

実際に入居してからも、そんな考え方を保っていた。

部外者のガブはともかく、周りの住民からは同じような意識を感じていた。会話そのものが少ないこともあったが、余計な噂話は聞こえてこなかった。気にしないようにしていたはずが、ほとんど忘れかけてしまっていた。

ガブの残していったポテトを完食してから、一階のマッサージサロンに向かった。ポータルサイトから予約していた。住民は二週間前から可能だったが、人気のマッサージ師にはリピーターも多く、とても参戦できなかった。私のような新参者でも予約できるのは、どうしても菅原さんのような人になってしまった。

初めて揉んでもらったのは、やはり盆休みだった。

予約画面には写真がなかったので、初めて会ったときには逃げ出したくなった。歳は六十前後に見えたが、目つきも剃り込みの角度も鋭かった。他のスタッフと同じクリーム色のポロシャツを着ていたが、左右の袖口からは鯉のうろこが飛び出していた。ネームプレートの「すがわら」という丸文字フォントが、かえって怖かった。

そんな見た目については、慣れてしまえば問題なかった。菅原さんの不人気は、どちらかというと施術面の問題だった。

もう何回もお願いしていたので、施術の流れも分かっていた。パーテーションで囲まれた狭い空間に滑り込むと、特に指示されることもなく、自分からベッドにうつ伏せに寝そべった。

菅原さんの指が、背筋を裂きちぎるように食い込んできた。

初めてのときは気を失いかけたので、これでも弱めにとお願いしていた。かなり耐性もついてきていた。じっと歯を食いしばりながら、鼻だけで静かに呼吸を繰り返した。

初めて受けたあとは、揉み返しが丸々一週間も続いた。短縮こそしていたが、おそらくは毎回、それなりに全身の筋繊維を傷めてしまっているはずだった。

それでも予約してしまう自分がいた。他の人のマッサージでは物足りなくなっていたし、そもそもマッサージが必要なほど仕事で疲れてもいなかった。菅原さんの指というのは、慣れるのが難しいだけで、慣れてしまえば癖にもなった。まず誰の共感も得られないはずだったが、実際に私がそうだった。

その日も、ほんの一瞬も眠ることなく四十五分間を耐え抜いた。

ラストはいつも頭頂部で、背後から鷲づかみにされた。頭蓋骨を潰されそうな圧力だったが、産まれてくるときの感覚に近かったのかもしれない、耐えるのが気持ちよかった。

圧力が緩んで、両肩をポンと叩かれた。

私はぼんやりと前を向いたまま、お礼の言葉を口にした。おう、とだけ小さく返ってきて、それが当時のほぼ唯一のやり取りだった。

サロンから路面のコンビニとドラッグストアを回ったその足で、配送センターの三階にも立ち寄った。

午前中に注文した商品の受け取りだった。

初心者向けの燻製キットと、燃料用のスモークウッドを買った。

興味は以前から持っていた。ムック本を買って読んだりもしていたが、煙や匂いの心配もあって、マンション時代にはなかなか実行できなかった。ここの広い屋上でやるのなら、火元にさえ気をつければ、誰にも迷惑をかけないはずだった。

そんな環境面の変化もあったが、やはり心境面の変化のほうが大きかった。

たまに各階を一人でぶらついては、玄関のショーウインドウを眺めて回った。もちろん多少のカブりはあったが、それでも人の数だけ趣味があることを痛感した。映画鑑賞は続けるにしても、何か新しいことも始めてみたくなった。

ポータルサイトにも、様々なジャンルの参加者募集が並んでいた。インドア系もあったが、そうやってお誘いの声を掛けているのは、やはりアウトドア系が多かった。

スポーツは苦手だったが、河川敷でのバーベキューあたりには今さらの憧れがあった。長らく縁のなかった私には、多少の慣らし運転も必要だった。

注文していた商品は、すでにサービスカウンターに用意されていた。あとはもう受け取るだけのはずが、あいにく新人スタッフの研修中だった。スキャナーの取り扱いを間違えたりで、思いのほか待たされた。

不快感をあらわしたつもりもなかったが、何度か身を乗り出したりで無意識に急かしてしまったのかもしれない。教わっているほうの新人に、鋭く睨まれてしまった。

私は普段から、店員をあまりジロジロと見ないようにしている。ぼんやりと視界に入れているだけのことも多く、だからそのときも睨まれるまでは気付かなかった。

その新人とは、私は夏にも会っていた。カサハラ氏との面談前――最後まで待っていた他の二人のうち、いかにも神経質そうな男のほうだった。あまりにも印象がよくなかったので、かえってよく覚えていた。

向こうも気付いたはずだったが、何も表現されなかった。睨んだままで視線を戻されてしまった。

入居以来、初めてともいえる負の感情が湧いた。

ここで働きはじめたということは、まず間違いなくここに住んでいる。睨まれたこと以上に、そのことが何となく不本意で、不愉快だった。

5

秋晴れが多少のもやもやを消し去ってくれた。

昼下がりの屋上には、当たり前だが家族連れの姿もなかった。所々にぽつぽつと人影はあったが、お互いに干渉しないくらいの適度な距離感が保たれていた。

風もほとんどなく、燻製作りにはうってつけの日だった。

田の字の真ん中で、しばらく場所を考えた。どうせなら海を眺めながら飲み食いしたかったので、誰も見当たらない海寄りのコーナーに決めた。

その一角を目指して、Nの吹き抜けを回り込むように歩いていった。

吹き抜けの角を曲がったところで、その誤算に気付いた。コーナーのすぐ近く、吹き抜けの手すりの陰に一人の女性が座っていた。帽子とシャツの色が、吹き抜けの手すりと壁の色にちょうど溶け込んでしまっていた。

本を読んでいた。

まだこちらには気付いていなかったが、今さら引き返すのも悩ましかった。目指すコーナーと彼女は、それでも優に五メートル以上は離れているように見えた。

私はそのままコーナーに向かった。

前を通り過ぎようとしたときに、彼女がふと顔を上げたのを感じた。ひとこと挨拶を交わすだけでもその先が違ったのだが、私はその機会を逃した。彼女と目を合わせないまま小さな会釈をして、気付けばもう通り過ぎていた。

やや情けない気持ちのまま、コーナーで燻製作りに取り掛かった。

説明書を見ながら何とか本体を組み立ててみると、出前の岡持ちのような燻製ボックスが完成した。

初回ということで、具材は難易度の低そうなものを選んでいた。コンビニで、ベビーチーズとアーモンドとピスタチオとあらびきウインナーを買ってきていた。ナッツ類だけはアルミホイルに乗せて、それぞれボックス内にセットした。

燃料も初回ということで、直接点火するブロック状のものにしていた。チップ状のものより熱が弱くても、コンロを使わないぶん気楽だった。クルミやリンゴの燃料もあったが、無難といわれているサクラを選んでいた。

点火したブロックをよく燃えるという縦置きにして、ひとまずボックスを密閉した。ブロックが燃え尽きてからさらに三十分放置するとして、たっぷり二時間はその場で過ごす必要があった。

コーナーの壁にもたれて座って、燻製のムック本を読みはじめた。文章を読まないと理解できるはずもなかったが、目では追っていても全く頭に入ってこなかった。ひたすら燻製の写真だけを眺め続けていたこともあって、むしょうに喉が渇いてきた。フライングで缶ビールを開けてしまったが、いくら飲んでも喉が渇いている気がした。

自分でも気付いていた。本が読めないのも、喉が渇くのも、ずっと彼女のことが気になっているからだった。

お互いの視線からは外れていたが、お互いの視界には入っていた。大きめの声なら、会話もできるくらいの距離だった。その近さはたしかに苦手なものだったが、なぜか私は、そのときの彼女との近さが嫌ではなかった。むしろ好ましく思った。

彼女は、ずっと本を読んでいた。

そうやって過ごすことに慣れているのか、丸い低反発クッションを用意していて、いわゆるお姉さん座りをしていた。そっと伸ばしている背筋は、触れているようにも見えて壁には少しも触れていなかった。

十五分に一回——それもほんの数秒だったが、彼女は視線をこちらに向けた。もちろん私ではなく、少し逸れた先の海を見ていた。そうやって目を休めては、彼女はまた続きを読んでいた。わざわざ時計を見なくても、彼女さえ感じていれば時間が分かった。

ブロックが燃え尽きるまでの一時間半は、そんなふうにして過ぎた。

私はいったんボックスを開けて、途中でも何度かそうしていたように、具材をそれぞれひっくり返していった。チーズもナッツもウインナーも、どれも色が濃くなっていた。あと少しの我慢で、きっと美味しいはずだった。喜んでもらえるはずだった。

ボックスを閉じて、自分でも少し大げさに回り込みながら、また壁にもたれて座った。そしてやっと、彼女の姿がなくなっていることに気付いた。しばらくはずっと、同じその場所を見つめていた。

外国の小説を買ったのは、その夜が初めてだった。

燻製作りと同じように、カレー作りにも密かな興味があった。ムック本を買って読んだりはしていたので、その表紙の写真がスパイスボックスだという見当はついていた。

探すのは苦労した。「スパイスボックス」「本」「表紙」での画像検索から始めて、丸々三時間もかかった。そのぶん辿りつけたときは嬉しかった。『停電の夜に』という、インド系アメリカ人の女性が書いた短編集だった。

文庫本もあるようだったが、やはり同じ表紙がよかった。新品でもよかったが、中古なら隣の配送センターにも在庫があった。

配送センターへの連絡通路を渡りながら、そんな自分が不思議だった。

また同じ場所で会えたとしても、どうせまた声も掛けられずに終わるはずだった。同じ小説を読んだからといって、そんな話題に持っていけるとも思えなかった。何を期待しているのかは分からなかったが、何かを期待しているのは久しぶりな気がした。

先に三階に寄ってから、その本を受け取りに二階のサービスカウンターに行った。

私は普段から店員をジロジロ見ないようにしていたが、そのときに限っては無理だった。二度見して、三度見したままで固まってしまった。

キャンセルも今さらだった。もう本は用意されていたし、私の手には三階で受け取ったばかりの丸型の低反発クッションもあった。

嬉しいのか、悲しいのか、自分でもよく分からなかった。

「……美味しくできましたか？」

私の本をスキャンしながら、彼女がそう訊いてきた。

「次は……、次は、たぶん、大丈夫です」

とっさの言葉だったが、あれでよかったのだと思う。とにかくあれが、佐倉さんとの初めての会話だった。

6

このあたりの景色は、どちらかというと色彩に乏しい。

昔からの工場や倉庫が重々しく建ち並んでいる。そんな周りの空気を読んだのだろう、いくつかラブホテルが点在しているが派手さはない。ほぼグレースケールであらわすことのできる世界だ。

緑化されているこの周囲だけが鮮やかに浮いている。観たことのある映画でいうなら、『天国と地獄』や『シンドラーのリスト』を思い出させるものがある。

そんな景色にもかかわらず、法律的には、このあたりは工業地域ではなく商業地域にあたるらしい。

病院も学校もつくることができるので、だから二階にはクリニックが入っている。

それでもこのあたりに学校ができることは、おそらく永遠にないだろう。

公共の交通手段はバスしかなかったが、それでも不便は感じなかった。何より、始発のバス停なのがありがたい。歩いて一分のバス停には、屋根もベンチもあった。たいていは座ることができたし、出発時刻も信じることができた。

全てのバスが天神経由で、天神までは五分だった。本数は一時間に五本前後だったが、朝の通勤ラッシュ時には増便があった。天神までのピストン運行のおかげで、五分と待たされることはなかった。

天神までは自転車でも五分、歩いても十五分とかからなかった。

九州一の繁華街から徒歩圏内に住んでいるということは、本来なら何よりも大きなメリットのはずだった。もちろん私も含めた大半の住民がそう感じてはいたが、入居前のイメージとは違った。わりと小さなメリットだった。

私はバス通勤派だったが、天神に立ち寄ることがしだいに減っていった。

当初は天神で乗り換えて、会社の前のバス停まで行っていた。ところが半年後の定期券の更新で、さっそく路線を変更してしまった。天神をスルーしてそのまま南下して、できるだけ会社寄りのバス停で降りて、そこから十分近く歩くようになった。もちろん帰りも同じだった。

乗り換えの面倒を避けたかったのもあるし、健康のために少し歩きたかったのもある。ただ、それ以前に、私は天神にこだわらなくなっていた。少なくとも、何か用事がないかぎり、わざわざ立ち寄ろうとは思わなくなっていた。

それは、自分でも意外な変化だった。

私にはずっと天神が必要だった。何も用事がなくても、そのまま家に帰りたくないときは天神で時間を潰していた。パチンコをしたり、ゲーセンでメダルゲームをしたり、居酒屋で何十回とメニューを眺めたりしていた。

節約していた時期でもそうだった。立ち読みをしたり、CDを試聴したり、カフェでスマホをいじったりしていた。それでも眠れないときは眠れなかったが、何もしないよりはいくらかマシだった。

そんな天神とせっかく近所になったのに、むしろ距離をおきはじめていた。あんなに嫌だったはずの自宅と職場とを往復するだけの生活に、自分からわざわざ身を沈めようとしていた。

春という季節も、実はずっと嫌いだった。

好き嫌いの問題というより、相性の問題かもしれない。

物心がついた頃からそうだった。別れを悲しんでいて、出会いを楽しんでいる、そんなふうに春を満喫している人たちが不思議で、羨ましかった。私にとって、別れは安堵でしかなかったし、出会いは恐怖でしかなかった。逆さになっただけのようで、やはり正反対のところにいた。春とは相性が悪かったのだ。

社会人になってからはなおさらだった。

三月は年度末の決算月で、それは競合他社の多くも同じだった。毎年乱暴なキャンペーンが展開されて、毎年強引に達成しなければいけなかった。営業マンはもちろん、私たちエンジニアも一年で一番苦しかった。栄養ドリンクと胃腸薬が欠かせない毎日だった。

だが、今年の三月は少し違った。

もちろん年度末で決算月だったが、これまでに経験したことがないくらい、全く忙しくなかった。

去年の秋に発売した最新機が不評で、全く売れなかったからだ。

現場レベルでは自他ともに認めている、明らかな改悪型だった。余計な高機能化の影響で、ロムの初期不良と更新頻度が増えた。暴走も増えた。強引なコストダウンの影響で、紙詰まりや部品の交換も増えた。そのあたりはいつものことで、わざわざ改悪だと叫ぶほどのことでもなかった。

致命的な改悪は、そのルックスだった。

しかも、何がどう悪いのか、よく分からないというのが致命的だった。色使いも、形状も、サイズ感も、たしかに全てが微妙だった。ただ、それぞれの項目ごとに考えてみると、他社機や従来機を含めて、もっと微妙な例はいくらでもあった。それなのに、今回はユーザーからことごとく敬遠された。嫌われた、と言ってもいいレベルだった。「何となく」「生理的に」と言われてしまうと厳しかった。そして実際に同感だった。

他社ユーザーに食い込めないのはともかく、長年の自社ユーザーを次々と奪われていった。今年の三月だけで武田が二回も遠征してきたが、あわせて三泊五日で六連敗して、なぜか部長に説教して帰っていった。

奪われてしまった客先で、一人黙々と撤収作業をすることには慣れていた。それでも何件もそればかり続いていると、さすがに気持ちも沈んでいた。以前の私ならそうだった。

真新しい他社機の周りに、顔なじみの社員さんたちが集まっている。そこに並んでいる興味津々の笑顔を遠巻きに眺めていても、なぜか悔しくも腹立たしくもなかった。多少の寂しさはあったが、それを上回る共感があったような気がする。

この春にはもう、私は以前とは明らかに変わってきていた。

変化や変更に対していくらか前向きになっていたし、実際にそれを楽しんでいた。その日の仕事が終わって、真っすぐ家に帰るのが楽しみになっていた。夜が来るのが楽しみで、週末が来るのはもっと楽しみだった。


私の知っている住民の中では、長谷部さんの耳が一番早かった。

本人も興味があるのだろう、特にテナントの入れ替わりに関する情報は、誰よりも早くて正確だった。

その日も、長谷部さんはコーヒー店のテナント速報を教えてくれた。住民からのリクエストで日本未上陸のコーヒーショップが検討されはじめていたが、さっそく決定したらしかった。

「……でも、まだ試飲会もこれからですよね？」

「まあな。でも、まず間違いないって。昨日の夜、風呂で直接カサハラさんから聞いたんだから」

「カサハラさん、戻ってきてるんですか？」

「ああ。木曜に戻ってきたって。それこそ候補の四つのショップの本店を全部回ってきたって言ってたよ。もちろんお忍びで」

相変わらず、というのも馴れ馴れしかったが、カサハラ氏はどこまでも不思議な人だった。住民向けの試飲会まで段取りされているのに、そうやって一人旅ついでに普段着で出向いたりもするようだった。

「でも、別に決定権があるわけじゃないでしょう？　あくまで一住民ですし……」

「権利はなくても嗅覚はあるだろ。ま、この場合は味覚かな。とにかく、そのギリシャのカフェだけはレベルが段違いらしいぞ。混むのはイヤだからこっそり呼ぶって」

「へー。早く飲んでみたいですね」

カサハラ氏はもちろんバックパッカーも続けていて、戻っている間にまとめて入居者面談をおこなっているようだった。

それ以外の暮らしぶりは、私たちと変わらなかった。フードコートやスーパー銭湯で見かけることもあったが、本人も私たちも素のままで過ごした。たまに白人のバックパッカーたちに捕まって、コンビニのレジ袋を抱えたまま、夜中のフードコートで語っていることはあった。

部屋は八階のＦＳかＦＷのあたりらしかったが、固定ではなく転々としているのかもしれない。いずれにしても、誰も特定にはこだわっていなかった。

「あ、そういえば、あれはどうだった？　何とかディスプレイ」

私の春物のアウターを見繕いながら、長谷部さんが訊いてきた。

「あ、ヘッドマウントディスプレイですかね？」

「そうそう、それ。珍しくお前だけ当たったやつ」

たしかに、長谷部さんが外れたのは珍しく、私が当たったのはそれが初めてだった。

ポータルサイトには、よく商品のモニター募集が載っていた。発売直後のものもあったが、ほとんどは発売前のものだった。私もたまに応募していたが、趣味として「映画鑑賞」を登録していたのがよかったのか、そのときに初めて当選していた。

「たしかに、軽さとかフィット感とかは、かなり頑張ってるんじゃないですかね」

「ま、それが今回の売りだもんな」

「ただ、僕は字幕派なんで……。目玉だけで字幕を追ってると、どうしても痛くなっちゃうんです。たしかに絵の迫力はすごいんですけどね……」

「ふーん。ま、おれは吹き替え派だから大丈夫だな。あと何日あるんだ？」

「今月いっぱいです。よかったら、長谷部さんも試してみますか？」

「ああ、頼む。レースゲームがしてみたいのと、あと、こっそりＡＶが観てみたい。……お、このナイロンパーカーとかどうだ？　春先にはぴったりだろ」

長谷部さんの指している画面を覗き込んだ。これまでは選んだこともない、淡いピンクの一着だった。

「さすがにピンクはちょっと……」

「だからいいんだよ。ま、グレーとの細かなチェックだから、実物はもうちょい渋いと思うぞ。ちょっと持ってきてやるよ」

「でも……、僕なんかが似合いますかね……」

「ま、試してみりゃ分かるって。お前みたいに、まんまと春に浮かれちまってる野郎にはぴったりだって」

「別に、浮かれてませんって」

「見たぞ、先週。フードコートでいちゃついてたのを」

「……別に、いちゃついてませんって。……ちょっと、今日の打ち合わせとかをしてただけです」

「ふーん。ってことは今日もまたいちゃつくってわけだな。せっかくだから、さっそく着ていきやがれって」

いやらしい笑みを浮かべながら、長谷部さんは倉庫に消えていった。

ナイロンパーカーを受け取って、そのまま二階のジムに向かった。

ジムとは呼んでいたが、かなり小規模ではあった。クリニックに隣接していて、さながら病院のリハビリルームのようだった。ルームランナーとエアロバイクが五台ずつと、コンパクトな筋トレマシンが三台並んでいた。

スタッフは一人だけで、防音ルームの受付も兼務していた。

防音ルームだけが有料だった。住民なら借りることができて、ポータルサイトからの予約もできた。大きさは二タイプあった。広いほうではエアロビクスやヨガの集まりや、ときにはプロジェクター持ち込みでの上映会が開かれたりしていた。狭いほうでは一人カラオケや楽器の演奏、そしてほとんど都市伝説のようだったが、軽めのSMプレイを楽しむ常連カップルもいるらしかった。

私はジムだけを、おもに土曜の午前中に利用していた。

動機はともかく、冬の間に筋トレの習慣がついていた。週末でマシンの競争率も高かったが、我流なりにメニューとスケジュールを組んでいたので、欠かすわけにはいかなかった。走ったり漕いだりしながら、マシンが空くのを粘り強く待っていた。いつも同じ時間帯だったので、顔見知りも増えていた。鉄人もそのうちの一人だった。

私が力説するまでもなく、彼はカサハラ氏に次いで著名な住民だった。「是政次郎」という名前は、大したグルメではない私でも、それこそ私の両親でも聞き知っていた。ただの個人名ではなく、もはやブランドだった。

銀座の頃は、予約は六年待ちとも言われていた。それでも弟子をいっさい取らずに、一人きりでわずかな客数をこなしていたようだ。取材の申し入れにもいっさい応じない、明らかに難しい人間として伝えられていた。

そんな鉄人を、カサハラ氏がどうやって口説いたのかは分からない。引力なのか、魔力なのか、私たち常人には理解できない次元なのかもしれない。少なくとも金品で動いたはずはなかったが、鉄人もまだ五十代だった。二人とも隠居にはあまりにも早すぎた。

鉄人のきわめて私的なその店は、一階のテナントとしてひっそりと存在していた。もちろんスクープされてしまっていたが、部外者としての利用はまず無理だった。予約はポータルでしかできなかったし、支払いはカードキーでしかできなかった。一日限定四人だったが、もちろん二人以上での予約はできなかった。

ジムでの鉄人は、いつも同じマシンを使っていた。

自分なりのルーチンが決まっているのだろう、誰と話すこともなく、一人ただ黙々と筋トレを続けていた。どちらかというと痩せていたが、無駄のない、しなやかな筋肉がついていた。視線は常に、宙の一点に定まっていた。

時間は誰よりも長かったが、誰も文句は言わなかった。

その日も同じだった。

全てのメニューを終えると、鉄人はいつものように、マシンについた汗をタオルで拭き取っていた。当たり前のマナーだったが、誰よりも念入りで仕上がりも美しかった。その直後に使うときは、いつも少し緊張してしまった。


約束の二時よりも十五分早く、屋上に上がった。

よく晴れていたが、まだ少し肌寒さはあった。それでも人影はほどよく点在していて、今年の燻製シーズンの開幕としてはまずまずの好環境だった。

佐倉さんはもう来ていた。

以前と同じ場所で、以前と同じように本を読んでいた。

私も以前と同じように、海寄りの一角を目指して歩いた。以前と違ったのは、佐倉さんを通り過ぎずに、挨拶を交わしたことだった。

「少し、寒いですかね？」

膝上にブランケットを掛けていた彼女に声を掛けた。

「ええ、ちょっと。それでもいい天気になりましたね」

「ええ。本当に、いい天気になりました」

私はコーナーのすぐそばで、さっそくセッティングに取り掛かった。いったん読書を中断した彼女も、私のそばに来て、その作業を見守っていた。ほぼ四ヶ月ぶりだったので、それだけでも緊張してしまった。

「いい色ですね」

彼女がふと呟くように言った。訳が分からずに、私は彼女を見上げた。

「春って感じで。よく似合ってます」

思わず目を合わせてしまった。どうせなら、もう少し離れているうちに言ってほしかった。顔が熱くなるのが分かった。慌てて作業に手を戻した。

「春なんで……、ちょっと、桜色に……」

うっかりと口にしてしまっていたが、練習とは違った。もう少し早めに、さらっと冗談っぽく言うつもりだった。いよいよ顔が熱くなるのが分かった。

「ほんとですね。ふんわりと優しい感じがします」

どう応じていいのかも分からなかったが、そのくすぐったさは好ましかった。とりあえず長谷部さんには感謝しかなかった。

「……あ、そういえば、例の、ありますか？」

ボックスと焼き網を組み上げたところで訊いた。

「あ、そうでした。ええ、ちょっと待ってくださいね……」

そう言って佐倉さんは、いったん自分の定位置に戻っていった。ほんのわずかな時間だったが、それだけでも胸がぼんやりしてしまうのを感じた。


初めて会った日の夜は、本当にまさかの再会だった。

あれがなくても、翌週にはその場所で再会していただろう。佐倉さんは同じように本を読んでいたはずだし、私は本とクッションまで持って、同じように燻製を作りに来たはずだった。ただ、同じように会話すらできずにすれ違っていたとは思う。

本を受け取るときに予告していたとおり、私は翌週もその場所で燻製を作った。初回と全く同じ、ベビーチーズとアーモンドとピスタチオとあらびきウインナーにした。燃料も時間配分も全く同じにした。そして彼女にも食べてもらった。最高に美味しかった。初回と全く同じはずだったのに全然違った。彼女もそう言ってくれたし、本当に笑顔になっていた。

時間にして、わずか十分足らずだったとは思う。

読書から彼女を奪えたあの時間は、それでも私に大きな喜びと勇気を与えてくれた。緊張でまともに会話もできなかったが、もっと話したいとは思わせてくれた。もっと知りたいと思わせてくれたし、だからこそまた会いたいとも思わせてくれた。

以来、秋のうちにもう二回、その場所で一緒に燻製を楽しんだ。

毎回少しずつ時間を延ばすことができたし、会話もできるようになった。質問するのは不得意だったが、それでも楽しい時間に紛れて、いろいろと彼女について知ることもできた。

私よりも半年早く入居していて、配送センターの二階で週五日働いていた。

年齢は訊けなかったが、私より年上なのはともかく、いくつも離れていないはずだった。そのあたりは全く気にならなかった。というより、長男として生きてきた私にとっては、自分が年下だという気安さはむしろ好ましかった。実際、ここで暮らしはじめてからのほうが、人付き合いもいくらか軽やかになってきていた。

冬の間は、さすがに屋上での燻製作りは休止していた。

海からの冷たい北風が強烈で、三分と立っていられなかった。それでも私は、彼女が望むのであれば続けたかった。

ただ、冷静に思い直してみると、やはりそれは間違いだった。彼女にとって一番大切なのは、燻製を作ることではなく、あくまで本を読むことだった。それには冬の屋上は寒すぎた。だから私は素直に春を待つことにした。あれだけ嫌いだったはずの春を、ひたすら待ち望んでいたのだ。

「――こんな感じで、いいですか?」

しばらく屈んでいた佐倉さんが、自信なさそうに見上げてきた。

「ええ、ばっちりです」

私は即答した。ずっと見守っていたので、わざわざ見るまでもなかった。

その日の具材については、あらかじめ二人で打ち合わせていた。それを長谷部さんに目撃されたのはうかつだったが、人目を忍ぶような関係でもなかった。

場所がフードコートだったからかもしれない。春の新シーズン開幕にあたっては、具材にも入れ替え制を導入することになった。

秋に試してみた具材のうち、佐倉さんはベビーチーズを残した。私はピスタチオを残して、あとは入れ替えることにした。私がホタテを入れて、彼女が味付け玉子を入れた。味玉は作ったことがなかったので、初回は下ごしらえをお願いすることにした。

佐倉さんの作った味玉は、色も艶も素晴らしかった。そのまま食べてしまいたかった。最初は四つあったので、頼み込んで一つは私がそのまま食べさせてもらった。燻製のビフォーアフターを確認するということで、彼女も理解を示してくれた。

感動した。美味しいのはもちろん、黄身がちゃんと半熟になっていた。

残りの三つを行儀よく焼き網に並べてもらったところで、いよいよ今年の初点火になった。スモークウッドはやはりサクラを選んだ。

チャッカマンで点火している私を、佐倉さんは隣で同じように屈んで見守ってくれていた。そうやって河川敷でバーベキューをしたり、花火をしたり、そんな時間がいくつも訪れることを思い浮かべてしまった。

いったん点火してしまうと、しばらくは読書の時間だった。

その頃には私も、彼女の影響で本ばかり読むようになっていた。屋上でのさりげないミーティングが叶わないのなら、あとはもう本で繋がり続けるしかない。そう思い込んでしまった私は、彼女におすすめの本を訊いて、買って、時には借りて、その感想を伝えることで、長い冬をくぐり抜けてきていた。

佐倉さんは、主に小説を読んでいた。そうありたいという願望を抜きにしても、彼女とはわりと作品の好みが合っているような気がした。

最初に読んだ『停電の夜に』もよかった。特にラストの『三度目で最後の大陸』という短編は、淡々とした語り口なのに最後は胸が熱くなった。夜中に壊れたようにぼろぽろと泣いてしまった。

十二月の『クリスマス・キャロル』もよかったし、一月の『アルケミスト』もよかった。二月の『幸福の王子』という童話集の、特に『ナイチンゲールとばらの花』という話がよかった。面白い、というのとは少し違ったが、他にも彼女の勧めてくれた本は、何かしら心に響いた。だから好みが合っていると思った。

その日の私は、彼女に借りたばかりの『ナイン・ストーリーズ』という短編集を開いていた。

文字を追いながらたまにページをめくっていたが、内容はほとんど頭に入ってこなかった。彼女と過ごしている間はいつもそうだった。自分の部屋で読み直して、初めてその面白さに気付くのだった。

その日の彼女は、可愛らしい表紙の文庫本を読んでいた。『たったひとつの冴えたやりかた』という、気になるタイトルの本だった。次はそれを借りようと思った。


佐倉さんの作った味玉は、燻製になるとさらに美味しかった。

缶ビールも用意していたが、その日の私たちは『櫻盛』という米焼酎をちびちびと飲み続けていた。私がＳａｈａｒａで発掘した。ボトルの形も可愛らしくて、佐倉さんも気に入ってくれた。

さくら尽くしの昼下がりだった。

さくらを着て、さくらを燃やして、さくらに借りた本を読んでいた。さくらの作った味玉を、さくらを飲みながら、さくらと食べていた。さくらとの休日を過ごしていた。

ありえないくらいの幸せだった。

ふと屋上での燻製作りを思い立ったあの朝から、何度も幸運に助けられていた。海寄りの一角が空いていたことも、中古本の在庫が一冊だけあったことも、平日勤務の彼女がたまたま代理でカウンターに入っていたことも、思えば全てが幸運だった。どれか一つでも欠けていれば、絶対にこのひとときには辿りつけなかった。

そう思うと、嬉しくて、ほんの少しだけ怖くなった。

「――さっきの本、どんな話ですか？」

ピスタチオをつまみながら、ふと佐倉さんに訊いてみた。

表紙は可愛かったが、どうやらＳＦのようだった。彼女はネタバレを避けながらも、何となくどんな話かを教えてくれた。訊いていながら失礼だったが、ほとんど聞いていなかった。幸せすぎて、ただぼんやりと眺めてしまっていた。

「でも、今日は私、何だかちっとも物語に入り込めなくて……」

久しぶりの飲酒だという彼女の、ほろ酔いぶりを初めて見ていた。

「あ、それじゃ、僕と同じだったんですね」

「はい。だって味玉が大丈夫なのか、気になって、気になって」

「……ですよね。ビフォーもアフターもばっちりでしたよ」

お互いにもう、読書を再開する気はなくなっていた。

しばらくは燻製と焼酎で語り合った。お互いの仕事や暮らしぶりについても、それとなく探り合った。

あらかじめ決算月とは伝えていたので、佐倉さんは私の体調を気遣ってくれた。逆に、私も彼女の体調を気遣った。二階での商品ピッキングは、かなりの距離を歩き回るものだと聞いていた。一日に二十キロ以上という噂もあった。

「あ、私、歩いたり走ったりは全然平気なんです。むしろ好きなのかもしれない」

佐倉さんの雰囲気からは、かなり意外な気もした。

「ここに来る前は、宅配便のドライバーをやっていたんです。オフィス街を担当していたから、車よりも自分のほうが走り回っていました」

いよいよ意外だったが、健康で体力があるのなら、もちろんそのほうがよかった。

ここでの数少ない知り合いとして、私はガブや長谷部さん、マッサージの菅原さんのことも話した。彼女はガブ以外の二人、長谷部さんと菅原さんのことは知っていた。話したことはないようだったが、見かけたことはあるようだった。たしかに、二人とも一度見たらなかなか忘れられないルックスだろうと思った。

ガブの紹介を頼まれたが、それは翌週の約束に回した。

ジムでの鉄人のことも話した。

私と同じで、彼女も鉄人の店は未体験らしかった。これもまた意外な気がした。それどころか、あまり興味もないような口ぶりだった。

「だって、お高いんでしょう？」

ＴＶショッピングの司会者でも真似るように、彼女は少しおどけて言った。

「お高いレストランとか、お高いホテルとか、そういうのって、ずいぶんと昔に連れて行ってもらったりもしたんですけど……、私には合わなかったです」

微笑みながら話していたが、私は少し動揺していた。あまり聞かされたくない、不本意な告白を受けてしまっている気もした。

「たしかに、原価を考えるとバカバカしくなりますよね。まあ、そんな人たちは、プライベートではいちいち原価なんて考えないんでしょうけど……」

動揺を隠そうとして、何とも面白くないことを呟いてしまった。それでも佐倉さんは話を拡げてくれた。

「どこに、どういう付加価値があってその値段になっているのかっていう、そのあたりはさすがに見当がつくんです。ただ、その付加価値が、私には価値の感じられないものなんでしょうね」

「僕もそうかもしれないです」

「誰かを連れて行ったり、誰かに話して聞かせたり……、そのための付加価値なんでしょうね、きっと。もちろん、その誰かが自分自身でもいいんでしょうけど。……私にはきっと、そういうコミュニケーションがなくて。その違いでしょうね」

「僕もそうかもしれないです」

話を合わせているようで、調子よく映ったのかもしれない。佐倉さんは笑っていたが、私は本当にそう感じていた。そして、それは私たち二人だけでなく、ここに集まっている人たちの多くに共通しているような気もした。

「でも、やっぱり鉄人のは、ちょっと食べてみたいですね、僕は」

「……そうですね。私も、一生に一度くらいは」

佐倉さんは小さく笑って、遠くの海に目をやった。

「基本的に……、本が読めるなら、私はそれだけで十分です」

せめて燻製も入れてほしかったが、その横顔が清々しかったので何も言わなかった。

7

会社帰りのバス停の前に、小さな花屋があった。

細長いほとんど隙間のような店で、私よりも若い女性が一人きりでやっていた。

私がバス停を使うようになった冬のうちから、その隙間だけにはとっくに春が来ているように思えた。実際に春が来てからも、色と香りと賑やかさで、それなりの存在感を放っていた。

一日に果たして何人が花を買っていくのか、バス待ちの私なりの観測からは、そう多くないと思われた。しっかりと上客を抱え込んでいるのかもしれなかったが、そうなると怪しげで、いくらか妄想にも近づいていった。

ともかく私は、小さくてもそうやって店を開いている人たちのことを無条件で尊敬していた。花や、魚や牛肉やケーキが、日が暮れてしまっても売れ残っているのを見るたびにそう思った。私なら毎日が不安で、とても眠れないだろうと思っていた。

四月のその仕事帰り、私は初めてその花屋で買い物をした。

何事も、思い立ってやってみるのは悪くないはずだった。私は赤いチューリップを四本だけ買った。自宅用だと伝えて、シンプルに束ねてもらった。それでも丁寧に仕上げてくれて、店主の仕事への誇りと花への愛情を感じた。

どんなに大変でも、花に囲まれていられるのなら、あの人はそれだけで十分だったのかもしれない。

貧弱な花束を抱えた私は、バスの車内で珍しく視線を浴びた。特に女性は、必ず一度は私と花束とを見比べていた。似合わないのは分かっていたが、それでも視線がおおむね好意的だったのは意外だった。面倒くさがりの実家の父が、定年後に飼いはじめたパピヨンを毎日せっせと散歩に連れ出している、その気持ちが少し理解できた。

翌日は代休だった。

買ったチューリップを手に、私は朝から三階に下りた。四つの吹き抜けを歩いて回るのは、入居以来初めてのことだった。

ホームのSを皮切りに、反時計回りに回っていった。

それぞれの石のオブジェの傍には、花を添えるための花立がいくつもあった。それぞれ住民が勝手に持ち込んだのだろう、材質も形状もバラバラだった。供えてある花もバラバラだった。いかにもここの雰囲気をあらわしていて、かえって愉快に思った。

それぞれのオブジェに一本ずつ、私はチューリップを供えていった。

先輩の住民たちにならったわけだが、自発的にやったことの意味は大きかった。そんな純粋な気持ちに辿りつくために、それまでの八ヶ月が必要だった。きわめて自然なことだと思った。

ラストのWの吹き抜けに入った頃には、すっかり巡礼者の気分だった。

初めて間近に見るWのオブジェは、いかにも石っぽい灰色をしていた。遠目にはNのオブジェと同じ色だったが、帯状の縞模様が入っている点が明らかに違っていた。食べかけのマーブルケーキが積まれているみたいだった。

そんなオブジェの隅には、並んで腰掛けているカップルの姿があった。そろそろ平均寿命にも差し掛かっていそうな二人は、特別何かを話しているわけでもなく、揃ってぼんやりと吹き抜けを見上げていた。

しばらくの間、私もその反対側に腰掛けさせてもらった。

座ってみて初めて、オブジェが理解できた。意匠が汲み取れたわけでもなかったし、霊的なものを感じたわけでもなかった。ただ、そこにはやわらかく射し込んでいる陽光があって、土と芝生の匂いがあった。落日のカップルがいて、休日の私がいた。何となく、そういうことなんだろうと思った。

私たち三人以外にも人の姿はあった。広場に面した四方のベランダでは、住民たちが思い思いの時を過ごしていた。本を読んでいる人もいれば、ただ日向ぼっこをしている人もいた。布団を叩いている人もいたし、昼間から酒を飲んでいる人もいた。

普通のマンションなら、吹き抜け側にしか窓のない部屋は不人気なはずだった。そもそも設計されないのかもしれない。それなのに、ここでは外向きの部屋よりも人気だった。空き部屋ができたときはポータルで知らされたが、どちらかというと吹き抜け側のほうが引っ越し希望者が殺到していた。

私はその巡礼のときまで、特にこだわっていなかった。たまたま吹き抜け側からスタートしただけで、別にどちら側でもよかった。

ただ、そのときに思った。ゴールは吹き抜け側がよかった。

方角はまだ決めかねていた。ホームのSのオブジェも嫌いではなかったが、何しろ小豆色は一番安いらしい。高いのはEの緑色だったし、座っているWのマーブル具合も好ましかった。Nはオブジェこそ地味だったが、何よりあの吹き抜けには感謝があった。運命の出会いをもたらしてくれたのだから。

そんなことを考えていたので、一人でニヤけてしまっていたのかもしれない。そう遠くないところからの視線を感じた。

それとなく見回しているうちに、前方のベランダの一つに彼の姿を見つけた。洗濯物を干す手を止めて、どうやら私を見つめていた。

目を合わせた私は、頭だけで小さくお辞儀をした。いきなり手を振ろうと思えばできないこともなかったが、あえて控えた。今さら低次元のマウンティングを仕掛けるつもりもなかったし、自分にはもうそんな必要もないはずだった。

それでも、おそらく逃げられるだろうと思っていた。お辞儀を返してきたのはともかく、部屋に引っ込まないのは意外だったし、ベランダのドアを開けてこちらに歩いてきたのも意外だった。

「初めてですね」

私から先に、にこやかにそう切り出した。相変わらず気弱そうだったが、それでも分かりやすい笑顔を返してきた。

「ええ、お久しぶりです」

きちんとした声は初めて聞いた。面談前だけでも三十分近くは一緒にいたはずなのに、あのときは会話もまともに成立しなかった。当時は特に思わなかったが、振り返ってみるとかなり不自然な状況だった。お互いに、よく面談をクリアできたものだ。

「たしか、同い年でしたよね？」

「ええ。……それなのに三階なんて、やっぱり変ですよね？」

顔にも出ていたのかもしれないが、実はそう思っていた。厳密なルールではないにしろ、珍しいケースのはずだった。

「別に、いいんじゃないですか？　そのへんも含めた緩さが、ここの魅力ですから」

フォローになっていなかったのかもしれない。彼はただ苦笑いを浮かべていた。隣に座ってくる気配がなかったので、私もその場に立ち上がった。

「でも、三階もなかなかいいもんですね。こうやって下りてきたのも、実は今日が初めてなんですけど」

「じゃ、お部屋は……」

「HSです」

彼も頷いていた。それだけで通じてしまうのが面白い気もした。

「今日はたまたま代休で。平日の昼間の雰囲気なんてめったに味わえないんで、いろいろと回ってるんですよ。……今日はお休みですか？」

「ええ。休みというか、ちょうど転職の真っ最中なんですけど……」

「転職？　また思い切りましたね」

弱々しい笑みを浮かべてから、彼は静かに話しはじめた。

「先月までは、隣の配送センターの二階で働いてたんです。ここに入居する前からで、丸々三年続けてたんですけど……」

佐倉さんと同じだった。少しだけうらやましくも憎たらしくも思った。

「来週から、こっちの管理事務所で働くことになったんです。今日は引き継ぎの方がお休みなので、私も」

「……ってことは、ひょっとしてウェブ担当？」

「ええ」

「へー、すごいじゃないですか。先月、募集してましたもんね」

「ええ。……前に、通販会社でウェブ担当をしていて。ひそかに募集を待ってたんです。いろいろとアイデアも溜めてました」

興味があったので、どんなアイデアなのか訊いてみた。いくつか教えてくれたが、どれも住民の目線からの発想で、なるほど便利になりそうだった。

松尾、という彼の名前もそのときに聞いた。彼のほうは私の名前を知っていた。引き継ぎの際に多少の職権乱用があったようだが、別に気にしなかった。私がその立場でも、いろいろと見てしまうに違いなかった。

榎本、というもう一人の同期の名前もそのときに聞いた。

燻製キットを受け取るときに睨まれて以来、一度も見かけたことがなかった。とはいえ、それ自体は別におかしいとも思わなかった。三千人もいれば、ほとんどの人はそうなるだろう。長谷部さんや菅原さんのような人だけが、見た目や仕事柄で多くの人に認知されていた。だから、私もほとんど知られていなかったし、ほとんど見かけられていなかった。もちろんそれでよかった。

松尾が紅茶をいれてくれて、しばらくは彼の部屋で話した。

カサハラ氏との面談のことや、お互いのここでの暮らしぶりについて話した。言葉遣いも座り方も、そのうちにどんどん崩れていった。

そうやって誰かの部屋でくつろぐのは、ずいぶんと久しぶりのことだった。何度も笑っていたし、実際に楽しんでいた。その夜に殺人事件が起こるなんて、まさか思いもしていなかった。

第二章

1

事件が起きたのは火曜日の夜だった。

日付はもう替わっていたので、正確には水曜日の未明だった。死亡推定時刻は二時から三時で、朝の九時過ぎに発見された。

殺されたのは住民で、六十三歳の女性だった。

昼過ぎにはニュースとして流れはじめて、そこでようやく私も知った。

牛丼屋でさっと昼食を済ませて、しばらく車内で昼寝をしようとしていたところだった。すでにシートも傾けていたが、目覚ましアラームのセットでスマホに触ったついでに、ネットニュースを見つけてしまった。

驚きはしたが、わりと冷静だったとは思う。怖さとか悲しさよりも、とうとうそんな日が来てしまったという悔しさが先にあった。

ともかく眠気は一気に覚めた。次のアポイントの時間まで、ひたすらニュースサイトを飛び回った。

速報レベルでも、女性の名前とまず他殺であること、まだ犯人が捕まっていないことは分かった。

死因と殺害の手口が、過去の二件と同じことも分かった。寝ているときに鼻と口を塞がれたことによる窒息死だった。睡眠薬と濡れタオルが使われていることも同じだった。

世間の反応は、覚悟していたよりはいくらか鈍かった。

ネットの掲示板もひととおり眺めて回ったが、事件としては地味すぎるのか、さほど群がってはいなかった。芸人がバラエティー特番で暴言を吐いたらしく、そちらが盛大に炎上していた。

夕方、会社に戻ってからも誰にも訊かれなかった。総務の連中は私が住民だと知っているはずだったが、ふだんから事務処理以外で絡むことがなく、それはその日も同じだった。とはいえ、陰では「ひょっとしてあの人が……」的な会話があったのかもしれない。あの頃から、いよいよ目線が合わなくなった感はあった。

ここの状況が全く読めなかったので、帰りは久しぶりに天神に立ち寄ってチャンポンを食べた。

緊張しながら戻ってみると、覚悟していたほどは混乱していなかった。警察関係の人と車と、あとは若干のマスコミの姿があるだけだった。フードコートには、住民たちが普通に夕食をとっている姿があった。

九時過ぎに、二人の刑事が部屋を訪ねてきた。

あるだろうとは思っていた。ちょうどシャワー後のビールを飲みはじめたところだったが、さすがに一気に緊張してしまった。

若いほうの刑事から、いろいろと訊かれた。名前と年齢と生年月日と勤務先を言わされて、さっそく本題に入られた。

「ところで桑田さん、昨日は何時ぐらいのご帰宅でしたか？」

それまでの質問とは、明らかに緊張感が違った。

「昨日は休みでした。日曜に客先の事務所移転があって、コピー機の設置に駆り出されましたので。そのぶんの代休でした」

「そうでしたか。……ちなみに、夕方以降はどうされてました？」

前日の私は、ここを一歩も出ていなかった。

昼前に松尾の部屋を出た私は、フードコートで昼食をとった。食べながらＳａｈａｒａで中古本を二冊買って、食後にその足で受け取った。

自分の部屋に戻ると、さっそく一冊目を読みはじめた。『深夜特急』という本で、その前週に佐倉さんに教えてもらっていた。私がバックパッカーもどきだった過去を話すと、「どうせ『深夜特急』でも読んだんでしょう」と彼女に言われた。実は全く知らなかったのだが、それを聞いて興味が湧いた。彼女も未読とのことだったので、珍しく先に読むことにした。六冊もあったので、ひとまず最初の二冊だけを買った。

夕方には一冊目を読み終わった。

気分はすっかりバックパッカーに戻っていた。また旅に出たくなった。

ほどよい余韻に包まれていたので、二冊目は温存することにした。スーパー銭湯に下りて、白人のバックパッカーたちと並んでジャグジーを楽しんだ。そのままマッサージを受けたかったが、不人気な菅原さんも含めて予約が満杯だった。読んだ感想をすぐに伝えたくて佐倉さんを夕食に誘ってみたが、用事があるらしく断られてしまった。一階の焼鳥屋で、軽めの夕食をとった。

DVDを借りて部屋に戻ったのが、八時過ぎだった。洗濯を済ませて、観はじめたのが九時過ぎだった。

懐かしい『恋人までの距離』という映画だった。

佐倉さんには恥かしくて言えなかったが、私がバックパッカーになったのは、『深夜特急』でも猿岩石でもなく、その映画を観たからだった。その後の『ザ・ビーチ』

という映画にも影響を受けたが、先に憧れたのはこちらだった。海外を一人旅してみれば、私にも同じような体験が待っているかもしれないと思ってしまった。

「――で、DVDを観終わったのが、だいたい十一時頃だったと思います。そのまま
いったんは寝ました」

あえて、そんな言い方をした。

「いったん、ですか?」

刑事の目が輝くのが分かった。

「ええ。布団に潜ってはいたんですけど、なかなか眠れなくて……。たぶん、頭がバックパッカーに戻りたがって、興奮していたんだと思います。ひとまず眠るのを諦めて、一階のフードコートに下りました」

「……じゃ、そちらで夜食でも?」

「いえ。焼酎のお湯割りを二杯だけです。ほとんど毎晩、あそこでバックパッカーたちが酒盛りをしてるんです。だから、その雰囲気にしばらく交ぜてもらって、眠くなったらすぐに部屋に戻ろうと思っていました」

「なるほど。部屋に戻られたのは何時頃でしたか?」

「たぶん、一時過ぎだったと思います。エントランスの認証ログで分かるんじゃない

でしょうか」

「ええ、ありがとうございます」

もう確認済みの顔をしていた。だから来たのかもしれなかった。

「フードコート、でしたかね……、そこにいた間に、何か気になることはありませんでしたか？　どんなことでもいいんですけど」

「……いえ、特には……」

「バックパッカー、でしたかね……、ちなみに何人ぐらいでしたか？」

記憶を呼び起こしながら、丁寧に答えた。

「白人の三、四人くらいのグループが二組と、アジア系……、中国か韓国かの男性二人組がいました。白人のほうはたしか英語で……、わりと若めで、せいぜい三十代前半までですかね。女性が二人交ざっていました」

私からの情報量のわりには、年配の刑事のメモが少ない気もした。とはいえ何も慌てる必要はなかったので、なるべく堂々としていた。

刑事たちが消えると、一気にぐったりしてしまった。

あまり遅くならないうちに、祐二に電話を入れておくことにした。

『——お、珍しいな』

祐二はワンコールで応じてきた。

「まあね。……どうだった、今年は？」

直前の日曜が、毎年恒例の市民マラソンだったはずだった。

『ああ……、去年より四秒遅かった』

「たった四秒なら、誤差みたいなもんだよ」

『たった四秒でも面白くないもんは面白くない。マラソン人生で初めての後退だ』

「……まあ、そういうときもあるよ。来年また、がんばればいい」

『って何だよ、上から。……で、早く本題に入れよ』

祐二の声が、急に真剣になった。

「……ああ。……もう知ってるよね？」

『何か、そうみたいだな』

「まあね。……これからまた、しばらくは騒がれると思う。心配いらない、っておふくろたちにも伝えておいてよ」

『自分で言えよ』

「祐二からのほうがいいと思う。俺よりよっぽど安心感があるからさ」

『って、それもまた逃げてるだけだろ。……大体、オレが止めるのも押し切って、そこに入ったんだろ？　こういうときの家族への説明も含めて、しっかり準備してたんじゃないのかよ？』

たしかに返す言葉がなかった。

「……そうだな。今日はもう遅いから、明日の昼にでも掛けてみる」

『ああ、それがいい。……無駄かもしれないけど、ちゃんと鍵は掛けて寝ろよ』

「分かってるよ。いろいろありがとう」

『おう。それとアニキ、明日が誕生日だろ。……ちと早いけど、おめでとう』

佐倉さんには、事件を知った直後にメールを打っていた。

文面に迷ったので、ひとまず『大丈夫ですか？』とだけ送ってみた。返信は夕方になってからだったが、『大丈夫です』だけだった。

夜に祐二に電話したあとで、あらためてメールを打った。『明日、夕食でも一緒にどうですか？』と思い切ってみた。『急用で流れてしまうかも。それでもよければ』と返ってきたので、もちろん了解した。

ドタキャンの覚悟はしていたが、約束通りに会えた。

一階の無国籍風バーを選んだ。『アクリルブッダ』というその店は、無国籍とはいいながらも若干アジアン寄りで、ふだんはバックパッカーたちもよく使っていた。事件の影響からか、その夜は全くバックパッカーの姿が見当たらなかった。私が東南アジアをうろついていた頃と比べると、彼らの情報ネットワークが目覚ましく進化しているのは間違いなかった。

「驚きましたね」

「ええ」

「ちゃんと眠れました？」

「ええ」

事件については、最初のそれだけで終わらせた。私はあまり眠れていなかったのだが、彼女が眠れていたのならそれでよかった。仮にそれが健気な嘘だったとしても、ちゃんと目の前に現われてくれただけでよかった。

店内にはひたすらボブ・マーリーが流れていた。

ジャークチキンとパッタイとポテトサラダを食べながら、私たちは本や映画の話を続けていた。自粛したわけでもなかったが、二人ともウーロン茶を飲み続けていた。

私からはもちろん『深夜特急』の話もしたが、思い切って『恋人までの距離』のことも話した。そのままのタイトルを口にするのは恥かしかったので、『ビフォア・サンライズ』というDVD発売時のタイトルを使った。

続編があることも話した。一作目の『ビフォア・サンライズ』でお互いにまだ二十代だった男女の、九年後を描いたのが二作目の『ビフォア・サンセット』で、さらにその九年後を描いたのが三作目の『ビフォア・ミッドナイト』だった。同じ役者が、役と同じように歳をとっていきながら演じ続けていた。

「――たぶん、この先も九年ごとに続編があると思うんです。少なくとも、僕は勝手に期待しちゃってます。監督もまだ五十代ですから……」

自分でも怪しかったが、実際に口にしてみると嘘でもなかった。

「それじゃ、私もまずは一作目からですね」

そう言ってくれたのが嬉しかった。

その夜の彼女は時々スマホを気にしていて、私ばかりが焦りをごまかすように喋り続けていた。私にとっても彼女にとっても、入居以来初めての事件だった。不安が全くないはずもなかった。何かしらの安心がほしくて、特に私はそれを彼女に求めていた。

「じゃ、二作目はそのあとで一緒に観ましょう。僕も久しぶりに観たくて……」

微笑んだ佐倉さんのスマホが震えた。どうやらメールだった。彼女が画面を確認している間、私は黙々とウーロン茶を飲み続けていた。わざわざ見なくても、そうなる気配が伝わってきていた。

「ごめんなさい、ちょっと……」

「ええ。すみません、お忙しいときに無理言っちゃって……」

「そんな……。きっと、心配してくれたんですよね。ありがとうございます」

恥かしくて、何も返せなかった。

「でも、私は本当に大丈夫です。だってこの先、一生をここで過ごすんですから。怖がってなんていられないです」

「……ですよね。僕も、そう思うことにします」

佐倉さんも頷いてくれた。

「あ、それともう一つ……、もちろん、私じゃないですからね」

思いもしていなかったので、しばらく呆気にとられてしまった。

「あ……、はい。もちろん、僕でもないです」

「はい。分かってます」

佐倉さんが帰ったあと、私は一杯だけハイボールをもらった。

飲みながら、黙々とスマホをいじっていた。ポータルを開くと、『ＨＡＰＰＹ　ＢＩＲＴＨＤＡＹ』という点滅メッセージが目に飛び込んできた。三千人もいれば、おそらく他にも十人近くはいるはずだった。

ガブは案の定、犯人探しに燃えていた。

その土曜の昼下がり、私たちは部屋で遅めの昼食をとりながら、事件について語り合っていた。

語り合う、といっても私のほうは全く情報をもっていなかった。好物のカルボナーラピザをごちそうするかわりに、彼の集めた情報と推理を聞かせてもらっていた。あえて事件の真相を追いたいわけでもなかったが、誰かがガブの受け皿になる必要は感じていた。私なら安全だと思った。

「――じゃ、ガブくんは、また同じ犯人がやったと思ってるの？」

話の触りを聞いたところで、私はガブに確認した。それならいったんそういう耳にしておきたかった。

「まあね」

ガブのべちょべちょの唇が言った。

「そっか。でも、最初の三年前の事件は、もう犯人が刑務所に入ってるよね？」

「あれはね。その次のと、今度のとが同じ」

べちょべちょの指のままでスマホを触りはじめた。どうやら事件のメモが入っているらしい。

ガブの情報源は二つで、管理事務所と、私も含めた顧客住民だった。顧客は百二十人ほど登録されていて、そのうちの百人近くはアクティブらしい。それには感心した。ほぼ口コミ頼りのはずなのに、なかなかの健闘ぶりだった。各階の各方角を完全制覇していて、それが捜査にも活きているらしかった。

「だって、両方で同じことがいっぱいあるから」

「……って、例えばどんなことが同じなの？」

ガブはスマホを覗き込みながら、半分読み上げるように話しはじめた。

「まずは、どっちも女の人でしょ。……えーと、あと、どっちもベッドに寝てて、濡れたタオルで窒息死だって」

それについては、ニュースでも触れられていた。

「でね、どっちもソメヤが発見してるし」

「え……、そうなの？　染谷さんが？」

「うん。ずっと返事がないから見に行ったんだって」

ガブの話によると、どうやらポータルサイトのアクセスチェックが絡んでいた。亡くなった六十三歳の女性は「十二時間」で設定していたらしい。発見前日の夕方四時には自動メールが飛ばされたが、翌朝まで反応がなかった。ひとまず事務所スタッフが出向いたようだが、インターホンに応答がなかったので染谷氏に報告した。マスターキー持参で突入した彼が、第一発見者になったのだという。

前回の女性も、設定や時刻はともかく、同じ流れで染谷氏が発見していた。

正直、アバウトすぎる運用だとは思った。その女性の「十二時間」という設定は短すぎる気もしたが、だからこそ本来は翌朝まで放置されてはいけないはずだった。

ただ、それがサービス自体のそもそもの性格で、同時に限界なのかもしれなかった。孤独死のまま放置されることに対する、あくまでセーフティーネットとして割り切るべきなのだろう。リアルタイム運用を求めるのであれば、せめて有料化は必要だった。

「部屋のドアは閉まってたんだよね？」

「うん。けど、チェーンは掛かってなかったって」

ドアロックはホテル式で、閉めれば自動的に施錠されるようになっている。

「カードキーは部屋の中にあったのかな？」

「うん、あったって」

「そっか。……部屋の中の様子は、どんな感じだったのかな？」

「ぜんぜん普通だったって。荒らされたりとか、してなかったって」

ニュースでも、金品を持ち出された形跡がないことは伝えられていた。ただ、実際には判断がつかないだけのような気もした。ここの住民には、部屋の中を誰にも見せたことのない人間も多いはずだった。

例えば当時の私でも、部屋の中に入れたことがあるのはガブ一人だけだった。自室以外では、松尾の部屋に一度入れてもらっただけで、あとは誰の部屋にも入ったことがなかった。長谷部さんの部屋は知っていたが、用事はいつも玄関先で済ませていた。鉄人や菅原さんのような顔なじみでも、部屋がどこなのかさえ知らなかった。

「……で、亡くなった女性も、特に乱暴された様子でもなかったんだよね？」

「うん。服もきれいだったって」

「服？　パジャマとかじゃなくて？」

「うん、服っていうか、ドレス。スベスベでツルツルの、紫色の長いドレス。それ着て、こんなふうに寝てたって」

言いながらガブは、私のベッドに横になった。布団はめくらずに、そのまま仰向けに寝そべっていた。

「ね？　眠ってたんじゃなくて、誰かに寝かされたみたいでしょ」

「うーん、どうかな……」

それよりもドレスというのが気になっていた。聞き込みの最後に、刑事に見せられた顔写真を思い出した。入居時のものだと思われたが、メイクも少し派手な印象があった。

「前回と同じ、ってことは……、前回の女性も、紫のドレスを着てたの？」

「ううん、違うって。ごちゃごちゃした色のセーターと、ごちゃごちゃした色のズボン。模様もごちゃごちゃしてたって」

「そっか。それでも、やっぱりパジャマとか下着とかじゃなくて、ちゃんと服を着てたんだね。……前回は、何歳の人だったかな？」

「待って。……えーと、四十九歳」

答えながら、べちょべちょの指をこっそり布団でぬぐったのが見えた。子供への注意のしかたがよく分からず、つい流してしまった。

「じゃ、服装と年齢にかぎっては、前回と違うってことか」

「あと、顔も。今度の人は美人だった、ってソメヤが言ってた」

基準も分からないし、何より失礼な話だった。仮にそう思ったとしても、それを小学生に話してしまう染谷氏には、さすがに嫌悪感を抱いた。

「ねえ、ガブくん……、今の顔の話は、もう言っちゃダメだよ」

「何で？　美人って、ほめてるのに」

「誰かと比べてじゃなかったら、いいよ、もちろん。比べて言っちゃうと、もうひとりの人は褒めてないよね」

ぷいと天井を見上げたまま、ガブはしばらく黙っていた。珍しく鋭い目つきをしていたので、私への切り返しを考えていたのかもしれない。私は私で、その沈黙に反省させられていた。子供への注意というのは、私には本当に難易度が高かった。

どうやって自分との折り合いをつけたのか、ふだんの目に戻ったガブは、自分からまた話を切り出してきた。

「あ、そういえばぼく、まだ他にも調べたことがあったし」

「ん？　それはとっても気になるね」

ガブが得意げに身を起こしてきた。べちょべちょの指がまた布団にめり込んでいたが、今さら何も言わなかった。

「玄関。何が入ってたか、近くの人に訊いて分かったし」

「何、何?」

「わんこの写真」

「……犬の写真?」

「うん、チワワの。あの中にいっぱい貼ってたって。子犬のとか、よぼよぼのとか、いろいろあったって」

「……ひょっとして、隠して飼ってたのかな?」

言いながらも、さすがにそんなはずはないと思った。ここには「一室一命」という唯一といってもいい大前提のルールがあって、破れば即退去のはずだった。わざわざ密告する人間は少ないかもしれないが、それでもわざわざ自分の違反をアピールする人間がいるとは思えなかった。

「うん。ぼくもそう思った」

ガブは頷きながら言った。

「……って、何か証拠でもつかんだの?」

「ううん。わんこを見たとか、吠えてたとか、誰も言ってなかったし。ソメヤもわんことかいなかったって」

「じゃ、ちょっと苦しい気もするね」

「でも、犯人がわんこを殺しちゃったのかもよ。まだまだ分かんないって」

何となく、ガブはなるべく複雑な真相を望んでいるような気がした。

「まあ、そうだね、まだ分からないよね。……ちなみに、前回の女性の玄関には何が入ってたのか、知ってる？」

「まあね。ゴキブリのスプレーが入ってたって」

「……って、殺虫剤の？」

「うん、たぶん。何か、ちょっとこわい人だったって、みんな言ってた」

そのあたりは、たしかに事件当時の週刊誌の記事からも匂っていた。同じフロアの住民の証言として、たびたび奇行が見られたというのがあった。攻撃性こそなかったが、夜中に半裸で徘徊していたり、芝生広場を素手で掘り返したりしていたようだった。

「ちなみに、前回の部屋はどのへんだったのかな？」

「待って。……ＥＥ５５」

部屋番号からすると、七階の吹き抜け側だった。その週の事件の部屋番号はＦＮ２９で、八階の外側だった。

ガブのスマホが震えはじめた。発信者を確認すると、彼は一瞬ちらりと私を見てから電話に応じた。

「はい、こちらガブ、どうぞっ」

ニヤニヤしながら、また私のほうを見た。

「……ひゃー、うん、いいよ。今、ブレードランナーのとこで仕事中だから、もうちょっとしてからでいい？」

傍で聞いているだけでも恥かしい。たまらなくなってトイレに立った。

麦茶のペットボトルを持って戻ると、ガブは残っていたピザに大慌てでかぶりついているところだった。

「相変わらずの大繁盛だね」

「まあね。今のはサクラからだったよ」

その探るような目つきを、なるべく平然と受け流した。

「……ああ、そう。……じゃ、何か頼まれたの？」

「うん、でも、何かは言えない。ぼく個人情報を守ってるから」

何を今さら、とは思ったが言えなかった。とはいえ、これから部屋に行くというのなら、それは素直に羨ましかった。

「えーと、彼女の部屋はたしかCWの……」

その先が知りたかったのだが、私の演技力では突破できなかった。ガブは知らんぷりでピザを食べ続けていた。

「あ、……っていうか、彼女もやっぱりコードネームとかあるのかな？」

「コードネーム？　それ、何か、かっこいいね」

知らないなりに通じたらしい。ガブはべちょべちょの指でスマホをいじると、先ほどの着信履歴を私に突き出してきた。

サクラ、とだけ表示されていた。

「……何か、そのままなんだね。……じゃ、例えばおじさんもクワタとか……」

鋭く睨まれてしまったので、それきりで取り下げてしまった。

2

菅原さんと話すようになったのも、あの事件の直後からだった。

それまでは最初の頃に何度かマッサージを弱めにとお願いしたくらいで、以降は施術後に私がお礼を言うだけだった。おう、という低い声は返ってきたが、とても会話と呼べるようなものでもなかった。

例の、ガブとのミーティングの夜だった。翌週の予約をしておこうとポータルを覗くと、菅原さんの空き枠がいつも以上に多かった。それこそ当日の直近枠にも空きがあったので、確保してさっそくサロンに下りた。

いつもと同じ流れで施術に入ったが、始まってすぐに気付いた。

菅原さんの指の圧力が、いつもより弱かった。

とはいえ、それでも一般的には強めの部類に入るはずだったが、いかんせん菅原さんの指に慣れている私には物足りなかった。

ふと、事件のことが頭をよぎった。

週末の一階の賑わいは、ほとんど事件の影響を感じさせなかった。さすがに家族連れの姿は減っていたが、バックパッカーたちの姿も戻っていた。すれ違う住民たちの表情も、普段どおりのように感じられた。

それでもやはり、全く意識していないかといえば、それは嘘だった。

少なくとも私自身がそうで、佐倉さんも長谷部さんも何となくそんな感じだった。早く犯人が捕まってほしい、という思いもあったが、前回のように捕まらないこともどこかで考えていた。むしろその可能性が高い気もしていた。

だから、あえて事件のことを考え込まないようにしていた。解決してもしなくても、とにかくやり過ごそうとしていた。だから誰も何気なくて、むしろ明るかった。ただ、それはやはり、全く意識していないのとは違った。

私の知っているかぎり、それまでの菅原さんは明るくなかった。

もちろん、多くの住民がまとっているような見た目の暗さはない。むしろ派手すぎるくらいの迫力があったが、ほとんど感情をあらわしていなかった。

指の圧力がいつもより弱いことが、菅原さんの何らかの感情をあらわしている気がした。何なのかは分からなかったが、初めて菅原さんの感情に触れている気がした。

指の食い込みが優しいぶん、歯の食いしばりにもいつもより若干の余裕があった。

私はぼんやりと、菅原さんの暮らしぶりを思った。バスルームの鏡の前で、剃り込みを手入れしている姿を思った。小さなバスタブに身を沈めている姿を思った。

できれば菅原さんには、紋々を躍らせながらスーパー銭湯を闊歩してほしかった。刺青《いれずみ》禁止とはいえ、実際にはバックパッカーたちのタトゥーであふれている。それでも菅原さんを見かけたことはなかった。

例えば昔はその筋の稼業だったとしても、現役でなければ気にならなかった。フードコートで見かけても、いつもクリーム色のポロシャツを着ていた。異様に目立ちながらも、一人で黙々と食べ続けていた。うどんか日替わり定食を食べていた。

そんな菅原さんの指の圧力が、ほんの少しでも弱いのが気になっていた。

「……いつもぐらいで、お願いします」

自分でも驚いたが、呟くように、でもたしかにそう口にしていた。

菅原さんの指が止まった。

それきり何の反応もなかった。二人きりの狭くて静かすぎる空間で、聞き取れなかったはずもない。緊張と後悔だけがあった。もう二度とサロンに来られないかもしれない、と覚悟しかけていたときだった。

菅原さんの指が、背筋に突き刺さってきた。

たまらず呻いてしまったが、すぐに歯を食いしばって立て直した。明らかにいつもよりも強かった。それでもなぜか嬉しかった。

「……こんなもん、だったか？」

一瞬だけ指が緩んで、初めて聞く菅原さんの声がした。

「はい、ありがとうございます」

その隙に私は素早く答えた。

菅原さんとはそれ以来、少しずつ会話を増やしていった。

サロンに通う頻度も増えていったが、それはあくまで私が意識して増やしたからだと思っていた。実際には一人分の競争率が下がって予約が取りやすくなっていたのだが、それに気付いたのはずっと後になってからだった。

春には遺言書も作った。

入居したときから決めていたことだった。事件直後というタイミングになってしまっていたが、気持ちは変わらなかった。

行政書士の信国さんに手伝ってもらった。書式を教わりながら、たっぷり一時間以上は掛けて、自筆の遺言書を作った。封印までを自分でしてしまってから、それを信国さんに預けた。保管と執行をお願いすることになった。

遺産の三分の一を両親に、残りの三分の二をここに遺贈することにした。

「――って、何か偉くなったようで、額は知れてるんですけどね」

手つかずのままだったお茶をすすりながら、私は言った。

「まあ、そう言わないで。……桑田さん、まだまだ四十代でしょう。これからどんどん稼いで、どんどん貯めちゃいましょう」

信国さんは嫌味なく笑った。以前の契約のときにも感じたが、相変わらず安心感のかたまりのような人だった。生死の絡む話をしていても、私たちの間にはどこかほのぼのとした空気があった。

「まあ、そんな桑田さんに気を遣うわけじゃないけど、金額の問題じゃないことはたしかですから……」

信国さんは自分のお茶をすすってから続けた。

「何しろ、カサハラ氏のポケットマネーだけでも、ここは間違いなく二十二世紀を迎えられるでしょうからね」

「……でしょうね」

カサハラ氏がここに個人的な補填《ほてん》をしていることも、おそらくは遺産全額をここに遺贈することも、容易に想像はできた。それを私たちにふだん意識させないところは、彼の美学なのかもしれなかったし、単に余裕なのかもしれなかった。

「私もいちおう、全額をそのつもりですけどね。全額でも半額でも、それこそ一円でも同じだと思うんですよ。あくまで私たちの気持ちの問題でしょう」

それから信国さんは、少しだけ自身の過去を話してくれた。

信国さんにはもともと兄弟も、子供もいなかった。ご両親も奥さんもすでに亡くなっていた。五年前に奥さんが亡くなったときが、特に辛かったそうだ。

「とにかく、私にとっては最高の、唯一のパートナーでしたから。せめてあと二十年は一緒に、と思っていました。だからもう、先のことが全く考えられなくなってしまって……、そのときに事務所もたたんでしまったんです」

笑顔のままだったが、搾り出すような口ぶりからは当時の苦しさが伝わってきた。

「何かもう、やけっぱちでしたね。働きもせずに、ひたすら散財していました。妻との老後を楽しむために、そこそこお金も貯めてましたからね。一円も残さずに使い切って、そのままポックリ死んでやろうと思って。それこそ、とっくに死んでるようなものだったんですけど……、って、すみません、すっかり暗い話をしちゃいまして……」

「あ……、いえ、大丈夫です。……何か、信国さんにもそんなときがあったなんて、信じられないです」

「過ぎてしまえば、ですね」

信国さんはまたお茶をすすった。

「まあ、あのまま使い切ってもよかったですし、国に取り上げられてもよかったんですけどね。やっぱりここに残せるっていうのは、少なくとも私は、幸せなことだと思っていますよ。おかげでまだまだ働き続けたいと思えていますから」

事務所の奥では、松尾が一人でPCに向かっていた。引き継ぎも終わって独り立ちしたようで、ずっと忙しそうに働いていた。

そろそろ切り上げようとしていたときに、染谷氏が事務所に戻ってきた。通りがかりに私たちのほうを覗き込むと、最初は信国さんに言った。

「ってさあ、またサボってるでしょ、とっくに話も終わってそうだし。宇崎さんにチクったら殺されちゃうよー」

事件から間もないのに不用意な気がしたが、あるいはわざとなのかもしれなかった。卓上に封筒を見つけて、今度はニヤけながら私に言った。

「へー、ありがとうございます。助かるわー、またテナント料下げちゃったばっかだからさー」

そう言い残して、事務所の奥に向かって行った。途中で松尾の席にも立ち寄っていた。どうやらまた同じように、冷やかしているだけのようだった。

ここには世間よりもモニター募集が多い。

Ｓａｈａｒａとの関係強化を図りたい魂胆が見えているケースもあるが、それ以上に、ここの住民がサンプルとして使いやすいのかもしれない。

およそ三千人の全員が単身者で、四十歳以上で、他にも属性としてはかなり揃っているのではないかと思う。

加えて、秘密が漏れにくいのも好都合なのだろう。口が堅いというより、単に口数が少ないというだけなのだが、このネット社会においては貴重な特性のはずだった。簡単なことでも、当たり前なことでもないと思う。カサハラ氏や鉄人への接近や、あるいは偵察や情報発信のために、ここへの入居を企む輩も少なくはないだろう。よく分からない選考のようで、案外うまく見極めているのかもしれなかった。

ともかく、住民はあくまで自由意志で、様々なモニターに応募することができた。健康食品や生活補助グッズあたりが特に多かったが、ゲームや家電製品、ときには一人乗りの電気自動車といった募集もあった。

私もよく応募していた。

当初はアンケートの少なそうなものを選んでいたが、外れると悔しくなって、どんどん応募する数が増えていった。ヘッドマウントディスプレイの他にも、亜鉛のサプリメントや加齢臭の消える石鹸などが当たっていた。背負うタイプの小型マッサージ機も当たったが、ふだん菅原さんのマッサージに慣れていたので、あれは全く物足りなかった。

そんな雑食の私でも、さすがに応募をためらうものもあった。

例えば、六月に一ヶ月間実施された『ネクタル』のモニター募集だ。

その『ネクタル』というのは、生きるために必要な栄養が全て含まれているという触れ込みの、完全代替食品と呼ばれるものだった。一口だけ飲んだことがあるが、見た目はストロベリーシェイクみたいで、味は薄めた豆乳みたいだった。バリウムよりは飲みやすかったが、スムージーよりは飲みにくかった。

当初は百名の募集で、私はその人数には達しないと思っていた。

たしかに一ヶ月間、一日三回、粉末を水に溶かして飲むだけでよかった。ただ、それ以外の食事がいっさいとれないという条件付きだった。二階のクリニックで週一回のドクターチェックを受けられるとのことだったが、そんな過酷なことに挑もうという人が多いとは思えなかった。

だが、実際には百名を大きく超えて、結局、定員は百五十名まで増やされた。私の顔なじみの中では長谷部さんが参戦して、彼は見事に完走していた。

カサハラ氏も、そんな百五十名のうちの一人らしかった。

日曜の、まだ午前中だった。スーパー銭湯のサウナに踏み込んだとたん、『ネクタル』特有の体臭に襲われた。先客はカサハラ氏だけで、まず間違いようがなかった。

モニター期間も三週目に突入していたが、その体臭は大きな問題としてフィードバックしてほしかった。『ネクタル』自体の匂いはほとんど気にならなかったが、全身から体臭として発散されるときには、不快度がかなり増していた。

匂いこそ少し違ったが、カオサンの安宿で一緒になった名古屋の大学生を思い出した。ドリアンをしこたま食べてからドミトリー部屋に戻ってきた彼は、明け方にカナダ人に蹴り飛ばされていた。

カサハラ氏とは少し離れて、私はおとなしく座った。

「……少し、痩せられましたか?」

少しどころではなかったが、私はそう訊いてみた。

「ええ、痩せましたねー、今月は六キロも。久しぶりに頬がコケました。実は、例の『ネクタル』にトライしてましてね」

「あ……、そうでしたか……」

「なかなかいいもんですよ。味もいいし、飲みやすいし、数値も全く問題なし。身体も軽くてねー。あ、うんちも『ネクタル』と全く同じ色でね」

それは長谷部さんも言っていた。将来的にはリサイクルできるのかもしれない、となぜか嬉しそうだった。

「ま、たしかに食事ってのは、ただ栄養をとるだけの行為じゃないですがね。そこを割り切れるんなら、これも十分アリかな。一食三分、一日三食で十分もかからないし」

脱落者もかなり発生しているようだったが、どうやらカサハラ氏は完走してしまいそうだった。

匂いにも少しだけ慣れてきていた。私は、その朝にカサハラ氏を見かけたときに気になっていたことを訊いてみた。

「そういえばカサハラさん、さっきフードコートで、カードキーの代わりに手をかざしてませんでしたか？」

「あ、それはホラ、……ココ」

カサハラ氏は、何やら自分の左手の甲を指差していた。促されてしまっては、私も確認させてもらうしかない。

親指と人差し指の又の部分に、たしかに小さな傷があった。

「おとといの夜、ココにICチップを埋めてもらいましてね。売り込みは何度もあったんですが、今度のはよさそうだったから、ちょっと試してて」

「へー」

言いながらも私は、カサハラ氏の指の腹を走っている傷跡を見ていた。面談のときに赤黒かった傷が、ほとんど肌と同じ色になっていた。もう一年が経つのだということを、あらためて実感していた。

「なかなかいいもんですよ、これも。異物感も、感度も全く問題ないレベル」

「へー。カードキーが要らないのは、たしかに便利ですね。それに、お年寄りなら居場所とかも分かって安心でしょうし……」

「これにはGPSはついてませんがね。ま、できることとやるべきこととはまた違うんでしょうが、たしかにニーズはあるのかなー」

カサハラ氏とそんな話をしている自分が信じられなかった。

「あ……、そうか、桑田さんも試したいんなら、いいですよ、すぐに。あとで手配しておきますから」

「あ、いえ、僕はまだ……」

「じゃ、いつでもいいですから。気が向いたら言ってね」

「はい。ありがとうございます」

さすがに怖かったのだが、それよりもまだ名前を覚えてもらっていたことに感動して、ついぼんやりしてしまっていた。

「そういえば……、僕も、もうすぐ一年になります。あっという間でしたけど……」

「そうでしたかー。どうです、楽しめてますか？」

「はい。おかげさまで」

たしかに事件が起きたりもしていたが、その気持ちに嘘はなかった。

「同じときに入った、松尾さんっていう同い年の方がいるんですけど、最近は仲良くしてもらってます」

「あー、松尾さんね。チェスが趣味で、たしか四月から管理事務所でウェブ担当をお願いしてるのかな」

「……ええ」

松尾のショーウインドウには、たしかにチェスの駒が並んでいた。

「じゃ、もう一人の同い年の、榎本さんとはどうですか？」

「あ、彼とはちょっと……、何か、嫌われてるみたいで……」

私は、燻製キットを受け取ったときのことを話した。黙って聞いてくれていたカサハラ氏は、話し終えた私に笑顔を向けてきた。

「ま、たしかに、そういうこともあったんでしょうがね。何といっても、彼はヒーローですからねー、オンラインゲームでは」

「……オンライン、ですか？」

「ええ。書類にゲーム名も書いてあったんで、私もこっそり紛れこんでみたんですがね。彼はたしかに、世界中の七十万人のユーザーに慕われているヒーローなんですよ」

へー、としか言えなかった。

「強いし、頼りがいもあるし、面倒見もいいし。何より、必ずいる。いないときがないんですよ、彼は。だから、誰からも慕われてる」

「……でも、それって実生活が……」

「NPC、要はコンピュータが正体なんじゃないか、って噂にもなってたくらいで。

とにかく、私もずいぶん世話になってましてね、こっそりと」

　相変わらず不思議な人だった。

　ほんの数年前までは、現実の社会で、ゲームのそれとは比較にならないほどのプレッシャーの中で、リーダーシップを発揮していたはずの人だった。どうしてわざわざオンラインゲームの世界で、ほとんど社会不適合者のような榎本に従っているのだろう。どうしても納得がいかなかった。

「桑田さんはたしか、『ブレードランナー』が一番好きな映画でしたよね？」

「……あ、……はい」

　一年以上も前の、何百人もいた応募者の一人の、趣味欄にカッコ書きされていただけの情報のはずだった。脳みそのどこから、どういうふうに引っ張り出してきているのか、全く分からなかった。

「例えば、こう考えてみませんか？　現実の世界での彼は、人間じゃなくてレプリカントなんですよ。よくできた複製人間。それなら理解してみたくなりませんか？」

　微妙でも頷くしかなかった。使うかどうかは分からなかったが、とりあえずゲーム名は訊いておいた。

ジャグジーでは、今度は私が先客になった。

ゆったりと寝そべっていると、隣にカサハラ氏が並んできた。全身を洗い上げてきたからなのか、『ネクタル』の匂いもほとんどしなくなっていた。

「また、どちらかに行かれるんですか？」

なかなか話せる機会もないので、私は訊いてみた。

「とりあえず『ネクタル』が終わらないと。今のところ、次は屋久島でね。その後はまだ決めてないかなー」

羨ましかった。

スケールの小ささは自覚していたが、私は数少ないバックパッカー体験を彼に話してみた。『深夜特急』を読んで、その思いが再燃してきていることも話した。

「本当は、もっとあちこち世界を飛び回りたかったんですけど……。やっぱり治安が悪そうなところは怖くて、東南アジアから飛び出せなかったんです」

それも正直に話した。万引きの話をしているときにも思ったが、相手とのレベルが違いすぎるときには正直になれるものだと思った。

「怖いのは当たり前です。別に恥かしいことじゃないですよ」

「でも、カサハラさんの話を聞いてると、怖いもの知らずな感じがして……、いよいよ思い知らされます」

カサハラ氏は苦笑いを浮かべていた。

「私が初めて一人旅をしたのが、十七歳のときだったんですがね。いきなりアフリカに行ったんですよ。最初に入った街が、ケニアのナイロビでね」

「へー。いきなりアフリカですか……」

「難易度高めでねー。ま、見栄もあったのかな。とにかく、実際はものすごく緊張してたね。真新しいバックパックを背負って、真新しいブランド物のスニーカーを履いて。トレーナーとジーンズにも、ブランドのロゴが入ってたね。ライオンの群れの真ん中に、インパラがぴょんぴょん飛び込んでいくようなもんだったと思うなー」

「危なっかしいですね」

「うん。……で、ビビりながらも何とか安宿までは辿りついてね。周りの先輩バックパッカーたちの格好を見てたら、もう呆れちゃってね。みんなタンクトップに海パンで、素足にサンダル履き。バックパックも持たずに、ぷらぷら街を歩いてる。思うよねー、コイツら舐めやがってる、って」

「思いますよね」

「同時に自分が恥かしくなりましたよ、ちょうどさっきの桑田さんみたいにね。……

でも、それは間違いだった」

「……って、どういうことですか？」

「ちゃんと怖がってるからこそ、あの格好に辿りついてたわけでね。タンクトップに海パンなら、おまけにサンダルで足も見えてるなら、ほとんど盗られるものがない。だから少しは狙われにくくなる、っていうね」

何となく、ここのセキュリティーについての考え方にも似ていると思った。

四月に事件が起きて以来、何度かテレビのニュース番組でも取り上げられていた。必ずセキュリティーの甘さが指摘されていたが、その後も変わらなかった。

例えば各階の監視カメラを増やしたとして、それが何になるのかという思いがあった。抑止力があるといっても、それは絶対でもない。ドアチェーンを掛けておくこと以上に、何をしても変わらないという思いはあった。どんなに素晴らしい医療チームに待機してもらっていても、助からないときは助からないはずだった。

「何事もそうだと思いますがね……、怖くなくなると、つまらない」

カサハラ氏は少しだけ寂しそうに言った。

そんな私たち二人を、猛烈な刺激臭が襲った。

思わず息を止めてしまった。『ネクタル』の体臭どころではなかった。明らかに誰かが脱糞しているはずだった。

その老人は、私たちのジャグジーのすぐ脇を歩いていた。

本人は全く気付いていないようだったが、両足がタール状の便で汚れていて、歩いたあとにも便が点々とこぼれ落ちていた。

そのまま洗い場に辿りついた老人は、椅子に腰を下ろそうとしてようやく、自分の両足が汚れていることに気付いたようだった。おそらくは匂いにも気付いたのだろう、椅子に座ったまま、自分の歩いてきたあたりを振り返りはじめた。

近くで待機していたのかもしれない。スタッフの制服を着た年配の男性が、すぐに駆けつけてきた。優しそうな丸顔が印象的だった。内容は聞こえなかったが、何やら身振りを交えながら、しばらく老人と話していた。

そのスタッフの男性が、やがて一人で掃除を始めていた。老人は座ったままで、ぼんやりと男性の作業を見つめていた。

他のスタッフが駆けつける気配もなかったので、さすがに気の毒になってきた。何かしら手伝おうと私が立ち上がろうとしたときだった。

カサハラ氏が、腕を押さえて私を制した。

何も言わなかったが、私とも目を合わせたので間違いなかった。

私たちは手伝いも、立ち去りもしなかった。口だけで息をしながら、ただジャグジーに寝そべっていた。

六月も半ばになると、屋上にもそろそろ夏の気配が感じられた。その日も半袖のシャツでちょうどよかった。二の腕がまだ緩いのは不本意だったが、年々締まっていくはずで、その変化を見てもらうのも悪くなかった。

筋トレの成果はまだまだだったが、燻製作りのほうはメキメキと腕を上げていた。その頃にはもう、ソミュール液も作るようになっていた。下ごしらえとして具材をいったん塩漬けするのだが、その液に味付けをすることによって、いろいろな個性が出せるというのだ。やらないわけにはいかなかった。

月曜の夜から仕込みはじめていた。まずは沸騰させた水に塩と砂糖を入れることから始めるのだが、私たちの好みで塩分は控えめにしていた。味付けもあまり遊ばずに、醤油や焼酎、にんにくペーストなどを少しずつ試していった。

そのソミュール液の中に具材を入れて、木曜の夜まで冷蔵庫で寝かせた。具材は味が浸み込みやすいように加工していたし、火曜と水曜の夜には取り出して、丁寧に揉み込んでいた。面倒なのに愉快だった。ぬか漬けを守る人たちの気持ちが、少しだけ分かるような気がした。

木曜の夜は丸々塩抜きをして、寝る前に水分を拭き取ってから冷蔵庫に戻した。そのまま土曜まで乾燥させるのだが、金曜の夜に取り出して、卓上扇風機の風を当ててみたりもした。

そんなふうに試してみたことは、全て記録に残していた。具材の調達やネットでの情報収集も含めて、私の一週間は燻製作りを中心に回るようになっていた。

充実していた。

一人きりではなく、佐倉さんと一緒に楽しんでいたことが何よりも大きかった。白状してしまうのなら、それが全てだったのかもしれない。

私にとっては全てだったが、彼女にとっては違った。土曜の午後、屋上での時間はあくまで本を読むためのものだった。

もちろん、それでよかった。彼女はあくまで本を読んでいて、私はあくまで燻製を作っていた。彼女はついでに燻製も作っていて、私はついでに本も読んでいた。そんな関係が当たり前になっていたことだけでも、私は十分に嬉しかった。

その日の彼女は、オリーブオイルを試そうとしていた。

小さなアルミカップに入れて、最上段の焼き網に載せていた。前週に作った燻製醤油が予想以上に美味しかったので、その第二弾らしかった。サラダとパスタに使う、と言ってやけに張り切っていた。

恒例の半熟味玉も、さすがの安定感だった。食べなくても、一目見ただけで美味しいのが分かった。

私のほうは、鶏のささみと砂肝を準備していた。冷蔵庫で乾燥させているときからもう、美味しくなるオーラが滲み出ていた。缶ビールもいつもより多めに持ってきていた。

全ての具材をセットし終えて、佐倉さんがサクラに点火した。ヒッコリーやクルミも試し済みだったが、初めての具材があるときは必ずサクラにしていた。

「よかったー、ちょうど間に合ったー」

私たち二人がそれぞれ本を読みはじめた頃になって、ガブがあらわれた。

それまでにも、何度か屋上に顔を出してきたことはあった。当初は周りの住民の目を気にして、吹き抜けの手すりに隠れながらコソコソと移動していた。もう慣れて、すっかり忘れてしまっているようだった。

「あれ、今日は来れないんじゃなかった？」

「来てあげたんだって！　ちょうど間に合ったし！」

「……うん、間に合ったけど、食べるならあと二時間くらいかかるよ」

「分かってるし。……ちょっと、これも焼いてよ」

ガブが突き出してきたくしゃくしゃの紙袋の中には、チキンナゲット一個とフライドポテト三本がむき出しで入っていた。

「どうしたの、これ？」

「今、お客さんにもらってきた。いいから焼いてよ」

「でも、もう焼き網も一杯だからなあ……」

「あ、それじゃ、私のオイルを外してください」

うっかり佐倉さんの読書まで邪魔してしまっていた。

「ええ、大丈夫です、たぶん詰めれば何とか……」

ボックスの蓋と扉を開けると、せっかくの煙が流れ出ていった。ガブがはしゃいで、吸い込んでもいないのに何度も大げさにむせかえっていた。


わりと早めに退屈してしまったガブは、また仕事に戻って行った。

私もまた読書に戻ったが、いつも以上に頭に入ってこなかった。

その頃は何週間もかけて『ザ・ビーチ』を読み続けていた。珍しく自分で選んだ本だったが、結局は完走できなかった。私には話が長すぎたこともあったが、読んでいて想像力が働かなかった。映画を先に観ていたので、どうしてもディカプリオの顔や演技が浮かんでしまう。先に読んでおけばよかったと思った。

佐倉さんは『夏への扉』という文庫本を読んでいた。

曇り空の上に、太陽を感じた。

海からの風はあったが、止まると汗がにじんできた。そろそろ梅雨に突入するし、開けると真夏が待っている。佐倉さんの屋上での読書も、秋までの休みに入ってしまうだろう。それでも二人での燻製タイムは、何とかして続けていきたかった。時間を変えるなり、場所を変えるなり、どんな形でもいいので早めに決めておきたかった。途切れてしまうことだけが怖かった。

燻製が仕上がって、佐倉さんの読書のキリがよくなって、ガブを呼び戻すまでの間、私はずっとそのことを考え続けていた。いちおうのアイデアもまとまって、その日のうちに彼女に提案してみるつもりだった。

ガブが戻ってきた。

彼の持ち込んだナゲットとプライドポテトも含めて、私たちは全ての具材を少しずつ味見するように食べていった。

私が手間暇かけて仕込んできた肉たちが美味しいのは当たり前だったが、ガブのナゲットが奇跡的に美味しかった。一個しかなかったので、小さく一口だけかじらせてもらった。衣のカリカリ度合いが増していて、中身もパサパサどころか逆にしっとりしていた。ナゲットだけを十個くらい並べて、ひたすら食べ続けたい気持ちにもなった。小さな一口だからこその部分もあったが、それでも認めざるを得なかった。

フライドポテトはいまいちだった。その点で、私のプライドも守られた。

得意げなガブは、佐倉さんの膝枕で佐倉さんの味玉を食べていた。唇が黄色くてべちょべちょだった。普通なら汚いと思うレベルだったが、その黄身のあまりにも見事な半熟ぶりに許せてしまった。膝枕も辛うじて許した。

「本当に、美味しそうに食べるね、ガブくんは」

そう声を掛けてみた。

「だって、これ美味しいし。もう一個とかでもぜんぜん食べれる」

「もうないよ。この残りの一個は佐倉さんのだから」

「あ、私のはいいですよ。むしろ、ガブちゃんに食べてもらおうかな」

「やったー、頼まれたー」

それなら私が食べたかったが、大人げを見せることにした。

ガブはまだ食べかけの一個を持っているのに、さっそくもう一個をつまみ上げた。両手に持って幸せそうな笑みを浮かべていた。その顔に文句はつけられなかった。

ガブがあのひとことを発してくれたのは、そんなときだった。

「こんなに美味しいんだからさー、二人で、下にお店出したらいいのに」

私は固まってしまった。

それまでの二時間、一人でさんざん悩み考えていたことが馬鹿馬鹿しかった。せっせとママチャリを漕ぎ続けていた私の真横を、ガブがスーパーカーで走り抜けていった。

「……そうね。本を読みながら待っていられるし、私にぴったりの仕事かも」

佐倉さんまでそんな軽口を叩いていた。

「うん、サクラがいるなら、ぼく毎日たまごとナゲット買いに行くし。あと、お客さんにもいっぱい買わせるし」

「頼もしいわ。じゃ、ガブちゃんにもお給料を払わなくちゃね」

「やったー、お給料だってー」

私はまだ固まってしまっていた。

ビールを何度か流し込んで、ようやく少し落ち着いたところで、できるだけ冷静に言ってみた。

「まあ、お店はともかく、他の人たちにも食べてもらうのはいいかもしれませんね。喜んでもらえるかもしれませんし、改良のヒントがもらえるかもしれません」

「ええ、そうですね。私にはほとんど知り合いがいませんけど、桑田さんにはたくさんいるでしょう。楽しみです」

「たくさんはいませんけどね」

それどころか、実際には長谷部さんと、辛うじて菅原さんくらいだった。すぐに呼んでみたくもなったが、どちらも無理だった。長谷部さんはまだ『ネクタル』のモニター中で、菅原さんはスマホ自体を持っていなくて捕まえようもなかった。

コーラが飲みたい、とガブが甘えはじめて、佐倉さんと下におりていった。

一人残った私は、クッションを枕にしてコンクリートの上に寝そべった。表面は熱かったが、奥のほうがひんやりしていて気持ちよかった。

ビールの酔いで半分ウトウトしながらも、二人の目を気にすることもなく、ひたすら幸せな妄想に浸っていた。

始めて一年も経っていないとはいえ、燻製作りは性に合っていると感じていた。仕込みも楽しいし、食べるのも楽しい。まだまだ素人中の素人だったが、本気で取り組んでみるのも悪くない。むしろ望むところだった。佐倉さんの半熟味玉は一本の柱になるはずで、あと二本くらい柱ができれば商売としても成立しそうだった。

大儲けする必要はなかった。佐倉さんと二人で、とんとんでやっていければそれで十分だった。あのバス停前の花屋のように、丁寧な仕事を続けているかぎり何とかやっていけるのではないかと思った。少なくとも佐倉さんと一緒なら、この私でも勇気と責任感が持てるような気がしていた。

だから無意識のうちに、一人でニヤけていたのかもしれない。戻って来たガブに顔を覗き込まれていた。

手にはちゃんとコーラを持っていたが、佐倉さんの姿が見当たらなかった。訊いてみると、いったん部屋に立ち寄ってから戻ってくるらしかった。

私の太ももを枕にして、ガブも横になっていた。上を向いた拍子に、コーラのゲップが何発か飛び出した。自分でもおかしそうに笑っていた。

見た目の幼さはともかく、佐倉さんが一緒のときのガブは、中身までいよいよ幼くなった。甘える場面も多かった。自分自身のその年頃を考えてみると、大人に対してのそういった行為がとっくに照れくさくなっていた気もした。覚えていないだけで、それ以前にたっぷりと甘えさせてもらっていたのかもしれない。

あ、とだけガブが発したのが聞こえた。

首だけで向くと、空を見上げたままでガブは続けた。

「そういえば、ぼく、犯人が分かった」

唐突だったが、何について言っているのかはすぐに分かった。

「もう、木曜日に分かった。チェスに頼んで、調べてもらったら分かった」

チェスというのは初めて聞いたが、おそらく松尾のことだと理解した。管理事務所に出入りしているので、接点もあるはずだった。

「へー。彼に何を調べてもらったの？」

「いわない」

「……教えてよ」

「いや」

「……って。教えたいから、話しはじめたんじゃないの？」

「だめ。だって、こわいから」

声も口ぶりも、それが本心とは思えなかった。落ち着きなく、コーラのペットボトルを胸の前でコロコロと転がしていた。

多少の興味はあったが、どうやらそれ以上話すつもりはなさそうだった。ちょうど佐倉さんも戻ってきて、身を起こしたガブが離れていった。彼女の腰に抱きついていた。二人とも嬉しそうで、何となく親子のようにも見えた。

4

松尾とは翌週に少しだけ話せた。

水曜の夜、夕食に立ち寄ったフードコートで見かけた。向こうはそろそろ食べ終わりそうだったが、目も合ったので隣に並んだ。

「めちゃくちゃ便利だよ、これ」

まずはスマホを掲げて、彼に賛辞を贈った。その日の日替わり定食はゴーヤチャンプルーで、私はそれを食べようとしていた。

「……あ、ありがとう」

松尾の夕食はざるそばだけだった。

「あらかじめ日替わりが何か分かるから、帰りのバスの中で夕食を決められるんだ。コンビニや弁当屋に引き返したりする手間がなくなったよ」

ポータルサイトの話だった。その月にリリースされたばかりだったが、フードコートの各店の情報が強化されていた。中でも、当日と翌日の日替わり定食のメニューが分かるのは地味に役立っていた。

小さなことだったが、松尾はそんなリリースを毎週のように続けてくれていた。

「じゃ、今回はやってよかったのかな。事務所で運営委員の人たちにヒアリングしたときも、わりと好評だったから」

「今回は、って……」

「……うん、やっぱり、いろんな声をもらうからね」

もともと元気のないタイプだったが、さらに弱っているようだった。顔色も悪くて、背中も丸まっていた。ざるそばもほとんど食べ残していた。

「大変そうだね。毎日、遅くまで?」

「あ、うん……、今日もこれからが本番かな。昼間はいろいろと雑用が入っちゃって、予定の作業が進まなかったから……」

「これから、って……。宇崎さんたちはもう帰ってる時間じゃないの?」

「うん。だから、自分の部屋に持ち帰りでね」

「それって、もちろん残業代は出てるんだよね?」

松尾は弱々しく首を振った。

他人事ながら、少し腹立たしかった。たしかに住民ボランティアは多かったが、松尾の場合は違った。きちんと線引きされるべきで、サービス残業が日常化しているとすれば問題だと思った。

何とかしてやりたい気持ちにもなったが、宇崎氏や染谷氏の顔が浮かんでしまうと、とたんに萎えていった。それ以上、触れられなかった。

「あ、そういえば松尾さん、事務所でチェスって呼ばれてる？」

強引かもしれなかったが、話題を変えてみた。

「あ……、うん、事務所っていうか、ガブくん一人だけなんだけど」

「やっぱり彼だけか。……ちなみに先週、何か調べものを頼まれなかった？」

松尾の表情が曇った。それだけで認めたようなものだったが、すぐに声を潜めるように訊いてきた。

「ガブくんがそう言ってた？　僕に調べさせたって？」

「うん。言ってたけど、これって訊いちゃまずかったのかな？」

「まあ、桑田さんだけなら……、いや、やっぱりまずいよね。事務所の人間が、住民の情報を外部の人間に漏らしてるなんて……」

「まあ、ガブくんの場合、外部の人間って感じでもないけどね」

「でも、やっぱりまずいよ。……桑田さん、この件はくれぐれも内緒でお願いします」

松尾は小さく頭を下げてきた。

「あ、もちろん誰にも言わないから。ちなみに、何を調べさせられたの？」

「……これ、試されたりはしてないよね？」

私が頷くのを確認してから、松尾はひそひそと話しはじめた。

「ガブくんに頼まれたのは、四月まで住民だった人のカードキー履歴とアクセスログ。ってもうバレバレだと思うけど、例の事件のね」

予想通りだった。

「アクセスログって、ポータルサイトへの？」

「うん。……宇崎さんも染谷さんもいないときに寄ってきて、やけに真剣に頼まれちゃって。最初は断ったんだけど、前回の事件のときも前任者に教えてもらった、って食い下がられちゃって……」

「で、押し切られた、と」

「半分はね。四月の事件のときはまだ前任者もいたから、警察への対応は丸ごと彼にやってもらってたんだ。だから、被害者のカードキー履歴もアクセスログも一式まとめられてて。ただ、それを僕がガブくんに見せるのはどうしても抵抗があったんだけど……。木曜だったかな、ちょうど前任者が事務所に来ることになってたから、それをガブくんに教えたんだ」

「じゃ、実際に調べたり教えたりしたのは前任者？」

「うん。僕はずっと見張り役。もし宇崎さんに知れたら、一番マズいのは僕だから。怖くて喉がカラカラだった」

思い出したのか水を飲もうとしたが、松尾のコップは空だった。注ぎに行きはしなかったので、私は次の質問を急いだ。

「で、何か分かったみたいだった？」

「いや、その場では特に何も言ってなかったよ。二回目だったからかもしれないけど、ガブくんもそんなに質問せずに、おとなしく前任者の説明を聞いてたよ。……まあ、警察にも提出済みだから、ガブくんが怪しいと思うような部分は、とっくに調べられてるんじゃないかな」

「松尾さんは全く見なかったの？」

「いちおう見たよ。カードキーの履歴には、あんまり特徴がなかったかな。ごく普通の暮らしぶり。食べたり飲んだり、たまに買ったり寛いだり。もう働いてはいなかったみたいだけど」

ふと、日頃の自分のカードキー認証を振り返ってみた。便利には違いなかったが、そんなふうに全てが他人に見えてしまっていることには少しだけ寒気がした。

「アクセスログに関しては、とにかく一日じゅうポータルを触ってる人だったみたい。まんべんなくいろんな情報にアクセスしてるから、かえって特徴らしい特徴が見えなくて……。ガブくんたちは前回と比べてるはずだから……」

松尾の言葉は途切れたが、続きは何となく読めた。何か気付いたのかもしれないが、それには警察もとっくに気付いているはずだった。

スマホで時刻を確認してから、松尾が言った。

「桑田さんを信じるから。くれぐれもご内密に」

「もちろん。ごめんね、忙しいところ足止めして。……あ、松尾さん、今度の土曜の午後はどうしてるの？」

立ち上がっていた松尾が、私の顔を覗いてきた。

「仕事だけど……、何かあるの？」

「あ、うん。屋上で燻製を作るから、よかったら少し顔を出さないかなと思って」

「燻製？　気になるけど、七時近くになるかも……」

「じゃ、それより早く終わったときは、事務所に差し入れするよ」

松尾は小さな笑顔を浮かべた。歩いていく後ろ姿にも、ほんの少しだけ元気が戻ったように感じた。

一人でゴーヤチャンプルーを食べてから、配送センターの四階に寄った。

シフトは確認していなかったが、長谷部さんはちょうどカウンターに入っていた。

ただ、いつものようにスタイリッシュではなかった。『ネクタル』でやつれているのは知っていたが、それどころではなかった。

「え……、あ……、それ……、どうしたんですか？」

慣れていない状況に、なかなか言葉が出てこなかった。

その夜の長谷部さんは、右の鼻の穴にティッシュを詰めていた。下唇には切り傷が走っていて、倍近くに膨らんでいた。

「おー、どうした桑田。用もないのに来るなんて、お前らしくもないぞ」

いつもどおりの軽快な口ぶりも、どこか痛々しかった。

「すいません、ちょっと夏物をお願いしたくなって……。それより、大丈夫ですか？」

「ああ、見ての通り、全く問題ない」

見た目に気を取られていたが、やはり『ネクタル』の匂いに包まれていた。慣れていたとはいえ食後だった。胃の中の味噌汁が途中までこみ上げてきた。

「まさかですけど、『ネクタル』は関係ないですよね？」

「ああ、関係ないどころか、あっちもすこぶる順調でな。内臓もきれいになっちまって、もう元の雑食系には戻りたくないってよ」

そのうち燻製に誘うつもりだったが、少し先送りすることにした。

「じゃ、クレーマーに殴られた、とかですか？」

「おれが誰かを怒らせたことがあるか？　って、あるけどな毎日。ま、今夜は珍しく気を遣ったのがまずかったな、ケンカの仲裁で巻き添え食っちゃってさ」

「ケンカって、どこでですか？」

「真下の三階。ここに上がってくるときにガチャガチャやっててさ、覗いてみたら野郎二人が取っ組み合いしてやがって。引っ剥がそうとして肘を二発もらった」

考えただけでも鼻の奥が熱くなった。

「たまたま黒いシャツ着てきてよかったよ。ま、それでも血はさすがにピンクじゃなかったなー、ちゃんと真っ赤な鮮血。おれもまだ人間だったたな」

そのシャツにも、よく見ると濃いめのシミがいくつも隠れていた。長谷部さん本人が笑い飛ばしているぶん、かえって怒りがこみ上げてきた。

「これって問題ですよ。ひとまず病院に行きませんか？」

「鼻血ごときで？　まさかだろ、死んだ親父に蹴り飛ばされるわ」

「それでも、当事者たちにはきちんと責任を取らせないと……」

「ま、先輩のほうは必死で謝ってきたし、ちゃんと報告も上げるって言ってたぞ。パニック起こして暴れてた後輩のほうは、何かしらの処分は食らうだろ」

三階と聞いたときにも少し思ったが、後輩と聞いていよいよ嫌な予感がした。

「その、暴れてた後輩のほうって……、ちょっと神経質な感じで……、榎本っていう名前じゃなかったですか？」

「ああ、うん、榎本。まさにそいつ。ひょっとして知り合いか？」

私は頷いて、榎本との二回の接触について話した。

「そうか。じゃ、同い歳の同期ってわけか」

「ちゃんと聞いてくれてました？　そんないい関係じゃないです。今の話を聞いて、なおさら嫌いになりました」

そんな私の顔を、長谷部さんはしばらくじっと見ていた。そして何も言わないまま、私の用件を訊きはじめた。

リゾートに合いそうな上下とスリッポンを見繕ってもらった。まだ予定もなかったが、いちおう備えておきたかった。

乗せられて、麦わら帽子とサングラスまで買ってしまった。

その頃にはもう、クローゼットの中身もほとんど長谷部さんセレクトになっていた。スーツもネクタイもワイシャツも替えていた。一年がかりでの入れ替えが、ひとまず完了しようとしていた。得られた自信を考えると、その費用対効果は素晴らしかった。

「……先輩のほうも、あれはあれでさ」

危うく聞き逃すところだった。端末で入力処理を進めながら、長谷部さんが呟くように話しはじめた。

「たしかに教えかたは下手そうだし、そのくせに偉そうだしな。おまけに、おれに対してはコロッと態度を変えやがって。ああいうのはムカつくだろ」

タイプこそ違ったが、なぜか武田の顔を思い浮かべてしまった。

「……でも、だからって殴っていいわけじゃ……」

「まあな。最悪、クビだろ」

特に関心もなくなったように、最後はあっさりと言っていた。

金額を確認して、カードキーをスキャンした。商品を受け取って帰ろうとしたときに、長谷部さんに声を掛けられた。

「今日はもう帰らされたみたいだぞ」

「……って、どうして僕に？」

「お前はすぐに気を遣うからな。わざわざ覗く手間を省いてやったよ」

嫌な笑いかただった。

元々そんなつもりはなかったし、たしかに榎本はいなかった。

ただ、このときにもし会っていたとしても、私に何ができたとも思えない。彼がやがてあのようなことを起こしてしまうのも、やはり止められなかったのだろう。


土曜は朝から雨だった。

残念には違いなかったが、それでも不満はなかった。思えば、春先から三ヶ月も降らなかったことのほうが幸運だった。他の曜日は降っていたのに、土曜だけは私の願いが通じていた。その日の雨も、きっと幸運をもたらしてくれるはずだった。

そう信じて、私は動いた。

昼過ぎに佐倉さんにメールを打った。『よかったらうちのベランダでやりませんか』という文面が、送ったとたんに卑猥に見えてきた。なかなか返信がなかったので、いよいよ悔やんでしまった。

返事はメールではなく電話だった。

途中で抜けるかも、との条件付きだったが、いちおうＯＫだった。抜けると言われても、他にはガブが来るかもしれないだけだった。

そのガブにも電話を入れた。

相変わらず忙しそうで、背後にはフードコートらしいノイズが溢れていた。例の恥かしいパートを乗り切って、さっそく本題に入った。

「今日は雨だから、僕の部屋でやることになったよ。佐倉さんも今から来るって」

『じゃ、二人っきり？』

「今のところね。だから、こうやってガブくんも誘ってるんだ」

『分かった。それならぼく、行かないね』

「……え、来ないの？」

『だってぼく、分かってるから』

そのまま切られた。最後は笑っていた気もしたが、あまり考えないことにした。

十五分もしないうちに、佐倉さんが部屋に来た。

掃除と片付けは午前中に済ませていたので、今さら焦らなかった。それでも、ドアを開けて対面したときには、少しだけ焦ってしまった。いつもどおりの格好なのに、いつもよりずっと女性に見えた。

不安なのか緊張なのか、あるいはそれ以外の何かなのかは分からなかったが、佐倉さんは明らかに元気がなかった。ガブが来るかもと伝えても、ほとんど変わらなかった。味玉の仕込みも、珍しく忘れてしまっていた。

「本当にごめんなさい。さっきの電話のあとで気付いたんです。おとといの夜、ゆでたまごのままで放置しちゃってました」

「あ、そんな、全然気にしないでください。……むしろ安心しました。佐倉さんでもうっかりすることがあるんですね」

「ありますよ、普通に。今週は特にいろいろと……、あ、途中で抜けるかもしれませんけど、そのときはごめんなさい」

「それも、全然気にしないでください。いつもどおり読書のついでで十分ですよ」

私たちはベランダに向かった。

すでにボックスは組み立てていた。用意していた具材を、私はさっそく焼き網に並べはじめた。

「わー、十階に来たのは初めてです」

手すりから身を乗り出しながら、佐倉さんはやっと明るめの声を聞かせてくれた。

「本当に、ほとんど屋上なんですね。たった何メートルかの違い」

「ええ。だから煙も、うまく空に逃げてくれるんじゃないですかね」

点火して、私たちはいったん室内に戻った。

ベランダで読むつもりだったのか、佐倉さんはいつものクッションを持ってきていた。ビーズクッションを使ってもらうつもりだったが、無理強いはしなかった。結局、ベッドにもたれることもなく、彼女はいつもどおりの姿勢で読書を始めた。

私も少し離れたところで読みはじめた。

小説ではなく、久しぶりにカレーのムック本を開いていた。ソミュール液に加えるスパイスを研究していた。その日は新しい配合も試していたし、実はテナントの出店イメージまでぼんやりと描きはじめていた。先走ってしまっている自覚はあったが、といって抑えられるものでもなかった。彼女に披露したい気持ちもあったが、さすがにそれだけは焦らないように意識していた。

「あ……、そういえば、映画のことだったんですね……」

私が、最初に具材をひっくり返してから戻ったときだった。彼女がふと思い出したようにそう言ってきた。

「……って、玄関のＤＶＤのことですか？」

「はい。ガブちゃんがいつも、桑田さんのことをそう呼んでましたから」

「実はあれ、けっこう恥かしいんですけどね。佐倉さんみたいに変えたいんですけど、頼んでも変えてくれないんです」

「いいじゃないですか、横文字で、カッコよさげですよ」

「よさげ、ですか……」

やや不本意だったが、それでもめったに言われないので嬉しかった。

「あ、そういえばこの映画も、たしか小説が原作なんですよ。何だったかな、アンドロイドとか羊とか何とか……」

「ひょっとして、『アンドロイドは電気羊の夢を見るか？』ですか？」

「そうです、たしか、それです」

「私もまだ読んでないんですけど、珍しいタイトルなので覚えてました」

「僕も、ずいぶん昔に一度だけ、本屋で開いたことはあったんですけど……。映画のイメージと少し違って、最初のページだけで止めちゃいました」

「同じ理由で、……って真逆でしょうけど、私も映画が観れないことがあります」

「『ブレードランナー』は映画もおすすめですよ。……あ、よかったら今から観ませんか？　ちょうど二時間ぐらいですし、僕は何百回観てても毎回楽しめますから……」

「でも、ガブちゃんが来るんでしょう？」

「たぶん、来ないかもです」

即答しすぎたのかもしれない。少し呆れた顔をされてしまった。

「でも、やっぱり今日は……、最後まで観れないかもしれませんから」

「そうですよね。また日を改めましょう」

結局、その判断は正解だった。

一時間もしないうちに、佐倉さんはスマホに呼び出されて帰ってしまった。理由も訊けなかった。余計な気を遣ったのか、とうとうガブも来なかった。

一人で何度かひっくり返しながら、とりあえず燻製を仕上げた。少しずつ味見をしてみたが、大して美味しくも感じなかった。

予定の時間よりも早かったが、管理事務所に下りてみた。

松尾以外にも、信国さんや運営委員の人たちが揃っていた。予定の量よりも多かったが、ほとんど全部を試食してもらった。

なかなか好評だった。

出足としては上出来で、私の未来が一気に明るくなった。そんな思惑を抜きにしても、素直にその状況が嬉しかった。目の前のたくさんの笑顔が眩しかった。だからその夜にまた殺人事件が起こるなんて、まさか思いもしていなかった。

5

夜の九時から十時の間のことらしかった。

その時間、私は菅原さんのマッサージを受けていた。

少しだけ残しておいた燻製を、彼に届けるのも兼ねていた。事務所でも特に好評だった、砂肝とささみを差し上げた。

施術前だったが、菅原さんは砂肝を一つ食べてくれた。噛むのが面倒くさくなったのか途中で飲み込んでいたが、それでも小さく頷いてくれた。その週から土曜の夕暮れ時にやるつもりだったので、思い切って誘ってみた。土曜は仕事らしかったが、「日曜なら」と言ってくれた。

現場とは直線でほんの数十メートルしか離れていないところで、私たちはそんなふうに呑気に過ごしていた。

私が気付いたのは翌日の昼前、フードコートに下りたときだった。明らかに警察関係の人や車で溢れていた。普通に食事をとっている住民の姿もあったが、ただならぬ状況に引き返していく家族連れの姿もあった。

食事中の周りの会話で、また事件が起きたということが分かった。三階という噂だったので、念のために松尾に電話を掛けてみた。応答はなかったが、しばらくして折り返してきた。事件への対応で事務所でバタバタしているようだった。ひとまず無事ならよかったので、労ってすぐに切った。

佐倉さんにもメールを打った。

やはり即答ではなかったが、夕方になって返信があった。その日は急きょ交替で仕事に入っていたらしく、事件にもそれまで気付いていなかった。会いたい気持ちはあったが、思わぬ出勤で予定も狂っているはずだった。向こうからは特に誘われもしなかったので、それ以上は折り返さなかった。

夜までには、ある程度の情報がつかめた。

被害者は三階のＡＥに住んでいた、八十歳の男性だった。

被害者の性別や年齢、犯行時刻などの違いはあったが、状況や手口はそれまでの事件と同じようだった。他殺で、しかも同一犯の可能性が高いとされていた。

ＴＶやネットのニュースを眺めていたが、連続したこともあって前回より食いつかれていた。特にネットでは、事件に対してというよりも、ここの住民に対しての冷やかしや嘲りが乱れ飛んでいた。不愉快なのはたしかだったが、それくらいの覚悟はあって暮らしていた。だから、あえて目を通していった。

そうやってずっと部屋にいたからだろうか、刑事が訪ねてきたのは前回よりも早い時間だった。

やはり二人組で、年配のほうは前回と同じ人だった。

訊かれた内容も前回とほぼ同じだったが、最後に被害者の顔写真を見せられたときに、少しだけ固まってしまった。

どこかで見たことがある気がしたが、すぐには思い出せなかった。

二人の刑事から、じっくりと顔色を窺われているのを感じていた。そのぶんの緊張もあって、完全に記憶回路が閉じてしまった。怪しまれたのは間違いなかったが、演技でもなく、本当に浮かばなかっただけなので気にしないことにした。

九時過ぎにフードコートで夕食をとっていると、通りがかりの松尾が声を掛けてきた。

休む間もなく対応に追われていたのだろう、顔色はいよいよ悪くなっていた。ハンバーガーとアイスコーヒーを持ち帰ろうとしていた。

「昼はごめんね、バタバタしてて」

「あ、いや、無事ならそれでよかったんだ。……対応って、警察?」

「うん。あとはマスコミからの問い合わせも多くて」

「たしかに、この前よりも騒がれそうだもんね。……で、犯人はまだ?」

「そうみたい」

「やっぱり同一犯?」

「かもしれない。少なくとも状況はよく似てるよね」

「第一発見者はやっぱり……」

周りを気にしたのか、松尾は小さく頷いた。

「前回と同じパターンでね。たまたま、っていうか珍しく休日出勤してたみたいで……。あ、もちろん、変な勘繰りをしてるわけじゃないよ」

私が頷いたのを確認して、松尾は早足で事務所に戻っていった。

冷めかけの中華丼を流し込んでいると、隣の並びのテーブルが一瞬だけ賑やかになった。さすがに笑い声ではなかったが、ややふざけた雰囲気のものだった。

目を向けた先に、カサハラ氏の姿があった。

どうやら『ネクタル』を完走したようで、そのカレーライスが最初の食事らしかった。いきなりの刺激物で大丈夫なのだろうか、周りの住民に見守られながら、一口目のスプーンを口に運んでいた。

その顔を見ていて、ようやく思い出した。

被害者の男性は、スーパー銭湯で脱糞していた老人に間違いなかった。


翌日からは、いよいよメディアでも大きめに取り上げられていた。

ニュースやワイドショーの動画もひととおり確認したが、遅くとも三番目までのニュースとして扱われていた。部屋の見取り図のイラストなども使われていて、住民ながら参考にさせてもらった。

たしかに、状況や手口は前回までと同じように思えた。ニュースから仕入れた相違点は服装くらいで、男性はどうやら浴衣を着ていたようだった。

そんなニュースを眺めながら、私はずっと迷っていた。

刑事からは、「どんな無関係そうなことでもいいですから」と情報提供を頼まれていた。それに従うなら、二週間前のあのジャグジーでの目撃談も、念のために話しておくべきかもしれなかった。

ためらっている理由は自分でも分かっていた。

あのとき一人でせっせと掃除していたスタッフに、疑いの目が向けられてしまうのが嫌だった。というより申し訳ない気がした。

また、情報提供者が私かカサハラ氏に絞られてしまうのもいやだった。私はともかく、カサハラ氏に何らかの迷惑がかかってしまうのは避けたかった。逆恨みはないとしても、少なくとも一緒にいたことを私が話せば、彼にも手間をかけるはずだった。

カサハラ氏があのとき、私を制したことも気になっていた。せめて私だけでも掃除を手伝っていれば、スタッフの悪感情を少しは和らげられていたかもしれない。万が一にも、そんな論調にカサハラ氏を巻き込んでしまうのは避けたかった。

できれば、カサハラ氏自身から警察に話してほしかった。フードコートで見かけたときにそう伝えたかったが、食事の最中に思い起こさせる光景とは思えなかった。

結局、そのままにしていた。

すでにカサハラ氏が話していて、私に確認するまでもなく、スタッフは怪しくないと判断されたのだ。そう思い込もうとしていた。

数日後には、珍しく母から電話があった。

盆の法事についての連絡だったが、ひととおり伝えてしまっても切らずに喋り続けていた。遠い親戚の近況などを、やけに引っ張りながら話していた。

さすがに私も観念して、自分から状況を説明することにした。

心配いらない、だけではもう通用しないことは分かっていた。知っているかぎりの捜査の状況や、私も含めた住民の暮らしぶりを詳しく話した。在室時は必ずドアチェーンを掛けていることも話したし、ぐっすり眠れていることも話した。

私が少しも怯えていないことを、母は何よりも不思議がっていた。

たしかに私は昔から怖がりで、意気地なしだった。実体験はなかったが、近所で殺人が起きたとすれば、家から一歩も出るはずがなかった。トイレや風呂にも一人では入らないはずで、だから母にそんな印象が残っていても不思議ではなかった。

おそらくは覚悟の問題だった。

やはりカサハラ氏の影響が大きかった。二冊の自伝でもそうだったが、ジャグジーで彼の考えかたに触れてみて、あらためて頷けた。怯えれば怯えるほど、構えれば構えるほど、狙われてしまうような気がした。たとえ裏目に出たとしても、そのときまでは怯えずに、構えずに過ごせるというメリットはあった。

そして何より、ここで死ぬのならそれも悪くなかった。少なくとも他の候補地は浮かばなかった。


その日のガブは、いつものカルボナーラピザを選ばなかった。

どういう気まぐれだったのか、夏のおすすめメニューのホットスパイシーピザにしていた。フードコートのメニューには子供の想定がなかったので、辛いものは容赦なく辛かった。そのピザも例外ではなく、むしろその頂点に立っていた。

ほとんど無言になりながらも、ガブは頑張って食べていた。相変わらずべちょべちょの唇だったが、全体的に赤く腫れぼったくなっていた。

「無理しなくていいんだよ、ガブくん。僕でも辛いくらいだし、残りはあとで事務所のスタッフに美味しくいただいてもらおう」

「大丈夫、ぼく大人だから」

言い終わると同時に、細長く息を吐いていた。

土曜の、そろそろ夕方になろうとしていた。

燻製作りは翌日に回していたので、他には何の予定もなかった。ガブのほうも、どうやら昼食をとらずにピザに備えていたようだった。おそらくはいろいろと報告があるに違いない。

「……で、ガブくん。今回もまた同じ犯人だと思う？」

ガブが一息ついていたので、まずはそう訊いてみた。

「分かんない」

やけに投げやりに響いた。

「あれ、今回は、どこでカードを使ったとか、いろいろ調べなかったの？」

「そんなの、ぜんぜん知らない」

明らかに機嫌が悪かった。意外なピザ選びも、その一環なのかもしれない。

それでもガブは、べちょべちょの指でスマホをいじりはじめた。

まずは共通点のおさらいをしてくれた。ニュースや松尾から仕入れ済みの内容だったが、初めて聞くように振舞った。

「じゃ、まとめると、こんな感じかな。ベッドに真っすぐに寝てて、顔に濡れタオルがかかってて。部屋の中もきれいで、カードキーもあって。メールに返事がなくて、染谷さんが部屋に行ったら見つけた、ってところかな」

「まあね」

「……じゃ、違うところは？」

「まず、おじいちゃんで、あと、温泉の着物を着てたって。白くて、ごちゃごちゃ模様が入ってたって」

おそらく浴衣のことだと理解した。

「あと、部屋は三階ね、ＡＥの１３。今度は外向きの部屋だった」

「前回が吹き抜け側で、その前はたしか外だったよね？」

「うん。一番最初のも外向きだったって」

解決済みなので関係なさそうだったが、いずれにしても部屋の向き自体は気にしなくてもよさそうだった。

「あ、そういえば玄関には何が入ってたのかな？」

「んー、それも今から言うの！」

「……ごめん、……なさい」

私が頭を下げるのを見届けてから、ようやくガブが言ってくれた。

「船。……瓶に入った船」

「……瓶って、お酒みたいな瓶？」

「うん。ウイスキーの瓶。これくらいの、四角いの」

おそらくはボトルシップのことだと思ったが、ガブはまるで実物を見てきたかのように話していた。

「ねえねえ、ひょっとして、見たい？」

ガブの両目が、やけにいたずらっぽく輝いていた。

「……写真でもあるの？」

「じゃなくて。ねえ、見たい？」

「……見たい、です」

満足げにしばらくスマホを触っていたガブは、やがて私にべちょべちょの画面を突き出してきた。

「警察が持っていく前に、撮ってもらってたの」

見た瞬間、すぐに思い出した。

かなり時間は経っていたが、ぶらぶらショーウインドウを見て回っていたときに見かけていた。何軒かあったボトルシップのうち、一番精巧にできている一品だった。大航海時代をモチーフにしているのか、波に見立てたキメ細かな砂の上に、何隻もの帆船が船団を組むように並んでいた。躍動感のある、素人目にも見事な出来栄えだった。

他人が作ったのかもしれないし、たとえ本人でも、かなり昔に作ったのかもしれない。いずれにしても、私がスーパー銭湯で見かけた老人の様子とは、大きなギャップを感じてしまった。

「これ、おじいちゃんが作ったのかな？」

「分かんない。みんな知らなかった」

老人の顔写真が脳裏に浮かんだ。上品で、凛々しい顔立ちの人だった。そのぶんだけ、すぐには結びつかなかった。老いというのは、必ずしも緩やかに進むわけではなくて、あるとき急激に進むこともあるのかもしれない。

「うん、写真、どうもありがとう。……あ、そういえばガブくん、カードキーをどこで使ったのか、とかはどうだったの？」

「言えない。だって個人情報だから」

「……ってことは、見たのは見たんだね」

ガブが鼻を鳴らした。

「けど、前のと違ったし。もうぜんぜん分かんなくなった」

やはり投げやりモードだった。

「まあ、前と違うってことが分かったんだから、いいんじゃないかな」

「よくない。だって面白くないし」

言いながら、ガブは自分の赤く腫れた唇を触りはじめた。

「ねえ、ひりひりするし、これって、シェイク飲んだら治る？」

いつも負けてしまう、私の一番弱い表情をしていた。

「そういえば、僕もちょうど飲みたくってさ。今から頼もうと思ってたんだ」

両方とも飲みたいというので、彼がバニラで、私がストロベリーになった。


ガブを染谷氏に引き渡すついでに、私も事務所に顔を出した。

目当ての松尾も出勤していた。忙しそうなら出直すつもりだったが、ちょうどキリがよかったのか、あっさりと応じてくれた。

「桑田さん、すっかりガブくんに懐かれてるね」

「まあ、いちおうね。こっちが慣れてないのもバレてるから、半分遊ばれてるようなもんだけど……」

「あ、僕も、彼には完全に舐められてるね。宇崎さんたちとは態度が全然違う」

「……って、そうそう、今回もまたガブくんにいろいろ頼まれた？」

松尾は先に苦笑いを浮かべていた。

「うん。今度は真正面から。さすがに前任者にも振れなくて」

「今回も、カードキーの履歴とか？」

「うん、同じだった。僕の目からは、特に引っ掛かるような点もなかったけどね」

「そっか。……犯人、ってわけじゃなくても、何か怪しげな人は浮かんで来なかった？」

「僕の目からはね。……何か、心当たりでもあるの？」

少しだけ迷ったが、私はスーパー銭湯での目撃談を話してみた。例のスタッフが気がかりなことも正直に話した。松尾も真剣に聞いてくれたので、吐き出すうちにどんどん気持ちが軽くなっていくのを感じた。

私が全て話し終えると、松尾は小さく笑ってから言った。

「気にしなくても、いいんじゃないかな」

「……じゃ、警察に言わなくても？」

「それは任せるよ、桑田さんに。……ただ、たしかにその掃除は大変だったかもしれないけど、それだけで誰かを殺すことなんてないよ、絶対に。あくまで仕事だしね。第一、ここはそんなにひどい所じゃないよ」

「うん、僕もそう思っててさ……」

話せてよかった。すいぶんと気持ちが楽になっていた。

「ちなみに、そのスタッフさんって、何歳くらいの人？」

「うーん、たぶん六十前後かな。小柄で丸顔で、優しそうな雰囲気の人だった」

「じゃ、特定もできそうだし、あとで調べてみるよ。それで少しでも桑田さんが安心できるなら」

「ありがとう。もし怪しかったら、僕が責任もって警察に話すから」

「うん。……あ、それと、この前話してた榎本さんだけど、今日から仕事に復帰してるみたいだよ」

「……そっか」

「よかったね。桑田さん、彼のことも心配してたから」

「別に、心配はしてなかったけどね。……まあ、よかったよ、長谷部さんも後味が悪くなくなって」

応対してくれた礼を言って、事務所を出た。

配送センターへの連絡通路を渡りながら、Ｓａｈａｒａの商品購入ページのショッピングカートを開いた。保留中の商品が一つあったので、その注文を確定した。

三階のサービスカウンターに着いたときには、姿はなかった。

カウンターに入っていた男性スタッフに商品の所在を確認していると、倉庫内を隠しているパーテーションの裏から、のっそりと榎本があらわれた。

手には、私の注文したゲームソフトを持っていた。

私の顔を見たかと思うと、手に持ったソフトといったん見比べていた。きわめて不快だったが、そのあたりは想定していた。少なからず使命感のようなものがあって、それが私を支えていた。

「オンラインゲームなんてド素人なんですけど、それは面白そうだったんで……」

限りなく好意的に捉えてみれば、彼は戸惑っていたのかもしれない。とはいえ、私のその言葉は放置されてしまった。ぽっかりと宙に浮いたまま、もう呼び戻すこともできなかった。

事務的に処理を済まされるまでの間、私もずっと無言だった。恥かしさはともかく、怒りにも近い悔しさがあった。それに胸が押し潰されそうになると、あのスーパー銭湯の丸顔のスタッフのことを考えた。目の前のこの男ならともかく、彼が殺人を犯すとはどうしても思えなかった。そう信じていたかった。

沈みかけの夕陽を背に、菅原さんが屋上にあらわれた。

ちょうど燻製も仕上がって、佐倉さんにメールを飛ばしたところだった。その日は天気がよすぎたので、屋上での読書は取り止めた。味玉だけは先に預かって、私が一人でしっかりと見守っていた。

左手にはグラスを、右手には巨大な焼酎のペットボトルを持っていた。相変わらずのクリーム色のポロシャツ姿で、おそらくずっとそうなのだと気付かされた。

「蒸し暑いな」

そう呟いた菅原さんは、そのままコンクリートの上に座ろうとしていた。私の低反発クッションを差し出したが、ちらりと真顔を向けられただけで流されてしまった。

「ああ、冷やっこくて、いい」

ちょうど佐倉さんも上がってきた。

菅原さんに軽く挨拶してから、私に缶ビールを差し出してきた。直前まで冷蔵庫に入っていたのか、よく冷えていた。

日が沈んで夜空が拡がっていくなか、私たち三人は燻製を楽しんだ。

弾みこそはしなかったが、会話もそれなりに続いていた。菅原さんの焼酎が減っていると、さりげなく佐倉さんが注ぎ足していた。巨大なペットボトルは重たそうで、菅原さんは照れくさそうだった。

「——菅原さんは、どれが一番お気に入りでしたか？」

全てを食べ尽くしてしまったあとで、佐倉さんが訊いた。

「砂肝」

即答だった。

個人的には嬉しかったが、本来なら味玉と答えてほしいところだった。ただ、どうやら味玉は食感が苦手なようで、顔をしかめながら呑み込むように食べていた。それは佐倉さんも見ていたはずだった。

「ただ、今日のは、しょっ辛かったな」

驚いた。

たしかにその日は、ほんの少しだけ食塩の濃度を上げていた。そのことを知っていた私でも、仕上がりの違いは感じていなかった。

「ここは年寄りが多い。控えめのほうが、売れる」

佐倉さんと顔を見合わせてしまった。私はもちろん、彼女も話していないようだった。まだ意識しはじめたばかりだったが、それでも見透かされてしまっていたことに恥かしさがあった。

「まあ、そういえば菅原さんのマッサージも、かなり控えめですもんね」

内心を悟られたくなかったのだろう、私らしくもない思い切ったことを口にしてしまっていた。

しばらくの沈黙があった。

怒鳴られるでも睨まれるでもなく、ただ真顔でじっと見つめられていた。フォローの言葉も用意していたのに、それでは使いようもなかった。

何がどう収まったのかは分からなかったが、菅原さんはまた焼酎を飲みはじめた。私も一口だけ喉を潤してから、あらためて彼に言葉を向けた。

「菅原さんは、いつ頃からマッサージをされてたんですか？」

「ここに来てからだ」

今度は即答のパターンだった。

正直なところ、驚きと納得とが半々だった。年齢のわりに、あまり上手くないとは思っていた。不人気なのはありがたかったが、本人は不本意なのかもしれなかった。

自分の手のひらを揉みながら、菅原さんはひとりごとのように続けた。

「向いてる、って言われてな、この手が。当時の店長に」

「……当時、ってことは、今はもう？」

もともと詮索するつもりもなかったが、それには答えてくれなかった。その人を思い浮かべているのか、じっと手のひらを見つめていた。

「向いてねえだろ?」

「いや、向いてますよ」

即答できたはずだった。

「その証拠に、僕はもう何十回もお願いしてます。他の人の指じゃ、もう満足できない身体になってしまいましたから……」

言い終わったときに、自分でもおかしな感じはした。そのうちに佐倉さんが笑い声を漏らしはじめて、私もそれに釣られてしまった。焼酎を何口飲んでみても、しばらくは照れ笑いが止まらなかった。

「あ、菅原さん、安心してください。僕もそういう趣味はありませんから」

そのときも、菅原さんは相変わらずの真顔だった。


部屋に戻るまで、そのことは知らなかった。

いつもそうしていたように、燻製ボックスと焼き網をシャワーで洗って、ベランダに並べて干した。自分もシャワーを浴びてしまって、ベッドに寝転がりながらTVをつけた。ちょうどニュースをやっていて、ようやくそのことを知った。

犯人が自首していた。

その日の夕方、天神の中央警察署に一人であらわれていた。

同じ三階の住民で、六十二歳の男性だった。被害者との個人的なトラブルから、犯行に及んだらしかった。同様に、過去の未解決の二件についても、自身の犯行だと主張しているようだった。

犯人がやはり住民だったという現実は、予想していた以上にショックだった。犯人が捕まったという安心感も、ほとんどかき消されてしまっていた。

佐倉さんに連絡したくなった。できればすぐに会いたくて、すぐに声が聞きたかった。それでも手が動かなかった。せっかくの楽しい夜で、笑顔で別れたばかりだった。彼女とはわざわざ暗い話をしたくなかった。

チャンネルを変えながら、しばらくニュースを眺めていた。いくつめかの番組で、犯人の顔写真に出くわした。

あの、丸顔のスーパー銭湯のスタッフだった。

6

今年の梅雨明けは七月下旬だった。

ほぼ平年並みといえたが、夏のボーナスはそうはいかなかった。例の最新機の不人気がそのまま反映された。賞与明細にありえない金額が載っていたので、さすがに二度見してしまった。

まだ転職できそうな年齢の社員たちは、管理職の姿のないところでは転職の話ばかりしていた。具体的な情報交換は少なそうだったので、あるいはお互いに牽制し合っているだけなのかもしれなかった。

いずれにしても、社内の雰囲気はかなり淀んでいた。

それは客先でも同じだった。

営業マンは最新機の台数にもノルマがあったが、他社ユーザーはともかく、自社ユーザーには積極的に売ろうとしていなかった。買い替えの商談を仕掛けたところで、うっかり他社を呼ばれてしまえば終わりだった。それで失うくらいなら、まだ塩漬けにしておくほうが安全だった。

営業が塩漬けを決めてしまえば、私たちエンジニアには子守りが回ってきた。

その日の客先には、毎日のように呼び出されていた。

通販業者の発送事務所だったが、宛名シールも明細書も挨拶状も、他にも業務上のあらゆる書類をたった一台で賄っていた。旧型で、スペックも貧弱だった。たとえば軽自動車を毎日千キロ、通算で百万キロ以上は走らせているような状況だった。

調子の悪そうなときもあれば、すでに止まっているときもあった。いずれにしても驚きはない。同じような調整を繰り返して、同じような部品交換を繰り返していた。また起きることは分かっていたし、呼び出されることも分かっていた。とっくに限界を超えているマシンを、小声で励ましているだけなのかもしれなかった。

事務所を仕切っている女性は、その日も機嫌が悪かった。

もともと不機嫌寄りの人だったが、子供の学校が休みに入ると、いよいよ酷くなる傾向があった。

とはいえ、彼女の主張はごもっともだった。

「いい？　こっちは毎日コピー機の調子が悪くなって、毎日あなたを呼び出してるの。毎日ロスが生じてるし、毎日ストレスを感じてるのよ。それはあなたも同じでしょう？　なのにどうして、この状況を改善しようとしないの？　そうやってヘコヘコしながら、何回も何回も同じことを繰り返してるの？」

たしかに不毛には違いなかった。本音を伝えられるのであれば、遅くとも翌週には全てを解決できるはずだった。

「戻って、営業にも伝えます」

その一言も含めて、茶番といえば茶番だった。

他社がどれだけ彼女に売り込みをかけても、その上の所長で話は止まるはずだった。所長とうちの営業部長が、宗教法人でつながっていた。次機種が前倒し投入されれば、すぐに買い替えになるはずだった。それまでは、そうやって少しでもストレスを発散してもらうしかなかった。

とはいえ約束通り、帰社してから営業マンに伝えた。

まだ二十代だったが、とっくに燃え尽きていた。毎年協力依頼が回ってくる客先の歳時ギフトを、直前のお中元では完全に無視していた。分かりやすいサインだった。そうやって辞めていく人間を、私なりにたくさん見てきていた。

燃え尽きているのは同じだったが、私には辞める予定はなかった。

ただ、いつ辞めさせられてもよかったし、出店準備さえ整えばすぐにでも辞めてよかった。その点では気楽だったし、気軽だった。だからこそ、不本意なクレームも受け流せていたのかもしれない。

ガブは夏休みに突入していた。

その日曜の昼食は、二人とも燻製バーガーにした。

暑かったのでベランダで作った。ガブに買ってきてもらったチーズバーガーを、バンズとチーズハンバーグに分解して燻した。もちろんチキンナゲットも入れたし、ガブはアップルパイまで入れていた。

仕上がるまでの時間は、エアコンの利いた室内に待機していた。ガブは何本かの仕事をこなしていたが、そのうちにどうやら空腹で動けなくなっていた。スマホを無視して、しばらくベッドに寝転がっていた。

「夏休みは、毎日ここに来てるの？」

パピコを半分渡しながら、そう訊いてみた。

「だって、お金をかせがないとね。もうすぐテニス習うから」

「テニス？　ガブくんが？」

「そう、ぼくが。もう一回やったし、ラケットも靴も買ったし」

「ふーん。そういえば、最近また、流行ってるみたいだもんね」

「うん、みんなやってるし。……ニシコリみたくね、ぼくもいっぱいお金もらって、お母さんを助ける」

ふと昔の祐二を思い出した。中学、高校とテニス部で活躍していた。両親もよく応援に行っていたし、食卓でもよくその話題になっていた。大学ではテニスサークルに入って、華やかなキャンパスライフを満喫していた。ごく普通なのかもしれないが、私には眩しすぎた。兄弟なのに、宇宙人のように思えた時期もあった。

「……そっか。ガブくんはすばしっこいから、がんばったらプロになれるよ」

「まあね。だめでもコーチになったらいいって。お母さんが」

応援のスタンスとしては微妙な気もしたが、本人が気にならないのなら、案外それでいいのかもしれなかった。

ガブの話によると、そのテニススクールのジュニアクラスは定額制だった。月に何回レッスンを受けても同じ料金なので、ガブは毎日でも通うつもりらしかった。

いいことだと思った。

たしかに、ここで仕事をしているガブにも感心していた。自分が遊ぶためでもなく、常に母親のことを思っていた。テニスを始めるというのも、彼にとってはあくまでその流れでのことだろう。ラケットもシューズも、あるいはスクールの月謝まで自腹なのかもしれない。

それでも、ここの廊下を走り回っているガブより、テニスコートを走り回っているガブのほうが正しい気がした。かなり健全な気がした。

チーズバーガーとチキンナゲットは、抜群の仕上がりだった。アップルパイだけは記憶から消し去ることにした。

　バーガーを頬張っているのに、ガブの唇はべちょべちょになっていなかった。いったんそう見てしまえば、出会った一年前よりもずいぶん大きくなった気がした。週末をわざわざ冴えない中年男と過ごさなくなるのも、ごく当たり前のことだった。

　そんなことを考えながら、私はしばらく黙々と食べ続けていた。我が子の成長を見守る父親の気持ちが、ほんの少しだけ分かるような気もした。

「まあ、ちょうど事件も解決したところだったし、よかったね」

　ガブとの探偵ごっこも、終わったと思うと懐かしさがあった。

「それは、ぜんぜんよくないけどね。ほんとは違うし」

　やけにさりげなく、ガブは気になることを呟いた。

「違うって……、何が？　犯人？」

　訊き返してみたものの、答えてくれそうな気配もなかった。からかわれただけかもしれない、とそのときは思った。

「全然よくないなら、聞いてあげてもいいよ」

「……けど、やっぱり、もういい。ぼく、これからはテニスがんばるし」

　チーズバーガーを片付けたガブは、アップルパイを食べはじめた。最初の一口でリンゴジャムが飛び出して、彼の口の周りをべちょべちょにしていた。少しかわいそうで、少し嬉しかった。

犯人の自首からまだひと月も経っていなかったが、事件はすっかり過去のことになりつつあった。

三階の犯人が使っていた部屋には、別の階の、別の住民が移ってきていた。その住民の使っていた部屋には、先週から新しい住民が入ってきていた。

犯人が出所後にまた戻って来られるのか、松尾に訊いてみたこともあった。

あくまで終身利用権なので、再入居は可能らしかった。運営委員から反対意見でも出てくれば別だが、現時点では、新規待機者よりも優先されているようだった。

「ただ、実際には、ね。……今回の人は、初犯だけど三人も殺してる。前回の人は、一人だけど殺人の再犯。二人とも、生きているうちに戻ってこれるとは思えないよ」

松尾は淡々と、感情を封じ込めているように話した。

「ちなみに、桑田さんはどう思う？　殺人犯が戻ってきても平気？」

予想もしていなかったので、即答はできなかった。

「うーん、どうだろ……」

結局、そのまま答えなかった。できれば避けたい、という本音もたしかにあった。ただ、他にどこに行けというのだろう、と考えたときに自分でも分からなくなった。

松尾にはもう一つ、その頃に教えてもらったことがあった。

別に、ガブの呟きが気になったわけでもない。何を疑うのでも怪しむのでもなかったが、何となく確認してみたくなったのだ。

榎本の部屋は、五階のCS19だった。

方角違いとはいえ、佐倉さんと同じ階だということは気に入らなかった。それでもエレベーターからは一番遠い、廊下の突き当たりの部屋を選んでいた。

わざわざ訪ねてみたものの、もちろん彼に会うつもりはなかった。教えてもらった部屋番号の、ショーウインドウの中身だけを確認した。

予想していた、例のオンラインゲームのパッケージではなかった。

樹脂製の、薄っぺらいピエロのマスクだった。真っ白な顔の真ん中に、丸い赤鼻が乗っていた。不自然なくらい両頬と口角が吊り上がっていた。

明らかな笑顔だったが、それでも楽しげには見えなかった。

ふと連想してしまったのは、ホラー映画に出てきた怪物だった。『IT』という映画の、ペニーワイズという殺人ピエロだ。あくまでフィクションの産物だが、実在した連続殺人鬼がモデルになっているらしかった。

菅原さんとスーパー銭湯に行ったのは、結局一度きりだった。

平日の夜、かなり遅めの時間だった。彼のマッサージを最終枠で受けたあと、そのまま二人で流れていった。

誘ったのはもちろん私だった。

断られないとは思っていたが、多少は渋られると思っていた。しばらく真顔を向けてきた菅原さんは、ぽそりと呟くように言った。

「いっぺんくらい、入っとくか」

かくして私たちは突入した。

受付でも更衣室でも、スタッフには止められなかった。タトゥーむきだしの外国人たちがうろついているなかで、もはや止めようもないはずだった。

外国人たちには何度か止められた。

声を挙げたり、声を掛けたりしてきた。私たちを足止めしておいて、慌ててスマホを取りに戻る人もいた。その全員が、菅原さんの刺青に魅せられていた。

私も、全てを見るのは初めてだった。

青黒い単色の刺青は、両肩から背中一面に拡がっていた。あちこちで鯉が跳ねていて、あちこちで菊の花びらが舞っていた。

少しも詳しくない私でも、思わず見惚れてしまうものがあった。ふだんクリーム色のポロシャツに包まれていることを思うと、見ているこちらが息苦しくなった。さすがに私は撮らなかったが、バックパッカーたちの衝動は理解できた。決して隠されるようなものではなく、むしろ広めるべきものだと思った。

初体験だというので、私は菅原さんをジャグジーにも誘った。

寝そべるタイプだということもあって、彼はかなり戸惑っていた。入ってからもしばらくは落ち着かない様子で、その姿は少し微笑ましかった。

私はたまに利用していたが、ふだんは一人きりだった。そうやって顔なじみの誰かと並ぶのは久しぶりで、それこそカサハラ氏と並んで以来だった。

どう受け取られるのかは分からなかったが、並んで寝そべったまま、私は菅原さんにあのときの目撃談を話してみた。

菅原さんは何も言わずに、黙って私の話を聞いてくれた。

特に意見や感想を求めたいわけでもなかった。一点だけ伝えたかったとすれば、事件とは無関係だと私が思っていることだった。だからこそあえて話した。それが伝わっていればよかった。

私や松尾や佐倉さんにとっては初めてだったが、菅原さんにとっては二度目の住民逮捕だった。私たち以上に、複雑な思いもあるはずだった。天井を見上げている横顔からも、それは何となく汲みとれた。

「あ、そういえば、全く話が変わるんですけど……」

声を掛けると、ゆっくりと剃り込みが回ってきた。

「今度、夜に燻製作りをやろうって話してるんです。よかったら菅原さんも……、っていうか、ぜひ」

言い出したのは長谷部さんだった。『ネクタル』明けに誘ってみると、むしろノリノリだった。彼は「パーティー」と称していたが、さすがに私と菅原さんには似合わない気がしたので、それは使わなかった。

「……いつ頃だ？」

「まだ決めてないんですけど、来週か、再来週には。……あ、菅原さんのシフトも、僕がちゃんとポータルでチェックしてますから。調整して、また相談します」

そのまま真顔を向けられていた。

「あ、もし具材のリクエストとかあったら、言ってくださいね」

「……味玉」

一瞬、聞き間違いかと思った。

「味玉、って言いました？」

おう、とだけ小さく返ってきた。

嬉しかった。間違いなく苦手なはずなのに、そう言ってくれたのが嬉しかった。

「……いい女だな」

また小さな声だった。うっかり聞き逃すところだった。

「……え？」

さすがに自分でも白々しかった。誰のことなのかも分かっていた。他に思い当たる女性はいなかった。

「まあ……、はい。僕も、そう思います」

菅原さんだけには、正直にそう打ち明けてもいいはずだった。長谷部さんにはあまり油断しないほうがよさそうだった。

「ただ……、背負いすぎだ」

それも聞き間違いかと思ったが、たしかに菅原さんはそう言っていた。誰の、何について言ったのか分からないまま、結局は訊くことができなかった。

宇崎氏に声を掛けられたのは、入居してからは初めてだった。

その夜の燻製パーティーに備えて、私は管理事務所の松尾を訪ねていた。出先から戻ってきた宇崎氏が、私たちの横を通り過ぎていった。他にも何人かのスタッフがいたが、彼が戻ってきただけで緊張感が張りつめていくのが分かった。

松尾にはちょうど二つの質問を預けていて、たしかにしばらく待たされていた。プレッシャーをかけたつもりはなかったが、余計な気を遣わせてしまった。それ以上待たせるのも、ということで、松尾はわざわざ宇崎氏に確認しに行ってしまった。

いやな予感しかしなかった。

何度も宇崎氏の大きな声が聞こえてきた。怒鳴っているような声や、呆れているような声も混じっていた。一方の松尾の声は、全く聞こえてこなかった。

戻ってきたときには、松尾は少し縮んでいた。

「……何だって？」

「うん。とりあえず、呼べって。申し訳ないけど、所長のところに行ってもらえるかな」

断るわけにもいかずに、私は宇崎氏の席に向かった。歩いていくだけでも気が重くなっていったが、いよいよ近づいてみると緊張で全身が固くなってきた。少し離れたところで立ち止まって、向こうが顔を上げるのをしばらく待った。

相変わらずの、そのままでも冷たくて厳しい目つきだった。

「別に、職員室に呼び出されたわけじゃないんだからさ……」

空いていた染谷氏のイスを使うよう、一本指だけで促された。宇崎氏の傍まで押し転がして、背筋を伸ばして腰掛けた。

我ながら不可解だった。カサハラ氏のほうが何万倍も大物のはずなのに、むしろ宇崎氏に緊張させられていた。ガブの言葉から察するに、おそらくはデリヘルの店長をしていた男だった。そこからどうやってカサハラ氏に繋がったのか、知りたくもあったし知りたくもなかった。

「で、何ですか？　屋上で花火？」

今さらながら、松尾を恨みはじめていた。

「あ、いえ、禁止なら禁止で、もちろんやりませんので……」

「って今さら？　あんたら毎週、勝手にバーベキュー的な事をしてたでしょう」

「……はい。……すみませんでした」

腰を浮かして、そのまま頭を下げた。

「だから、別にここは職員室じゃないんだからさ……」

宇崎氏は呆れたように続けた。

「うちはマンションじゃないし、屋上も二十四時間、年中無休で開放してる。何がダメってわけじゃないけど、他の住民に迷惑かけちゃダメだよね。いい？　そこだけはこれからも真剣に守りなよ」

「はい」

あわせて大きく頷いた。

「それと、何？　テナント出店も考えてんの？」

「……いえ、まだ全然、これから考えてみようかなと……」

「そんなさ、やるならやるでパパッと始めないと、考えてるうちに人生終わっちゃうよ。やらないと分かんないことばっかりだしさ。……で、何やりたいんですか？」

「……燻製屋です」

「もういっぺん言って」

「……燻製屋です」

「燻製屋？」

「……はい、そうです」

「じゃなくて、もういっぺん言って」

「燻製屋。です」

さすがに頭に来て、最後は少しきつく言ってしまった。

「桑田さん、だっけ？　あのさぁ……」

宇崎氏の目が真っすぐに私を見ていた。

「それ、絶対やりなよ」

「……え？」

「だから、それ、燻製屋。いいから絶対やりなよ」

からかわれているのかとも思ったが、そんな感じでもなかった。

「なかったなー、それは」

宇崎氏は一人で首を傾げながら、早口で話しはじめた。

「いや、焼鳥屋のじいさんがそろそろリタイヤしたがっててさ。継げるヤツもいないし評価も最近落ちてきてるから、そろそろ入れ替えを考えてんのよ。あ、これってまだ、ここだけの話ね」

「……はい」

「で、いくつか新しい焼鳥屋も当たりはじめてるんだけどさ。今ならまだ割り込ませてやってもいいよ、燻製屋なら」

「……こんなこと訊くのも変かもしれませんけど、どうしてこんなにあっさりとＯＫなんですか？」

「なかったからだよ、燻製屋が。店もなかったし、そもそも発想がなかった」

そう言われてもまだ分からなかったが、好感触なのは疑わなくてもよさそうだった。

「ま、とりあえず試食会だな。それで評価が低かったら今回は見送り、下手すりゃ永遠に見送りだろうな」

「まだまだ素人ですし、少し時間がほしいんですけど……」

「だから、まずはパパッと始めてさ。五年後にエラそうに始めるよりは、それまで五年続けたほうが美味いもん作ってるさ。下手すりゃ一年で入れ替えだけどな」

背中を押されているのは確かだったが、崖から突き落とされようとしているのかもしれなかった。

「ま、遅くても来月中だな。染谷には言っておくから、あとはアイツと進めてくれる？」

領いたつもりはなかったが、領いたことになっていた。

夜の燻製パーティーは四人で始まった。

松尾も参加する予定だったが、その夜もサービス残業で抜けられなかった。佐倉さんが声を掛けてくれたという何人かの知り合いも、結局は都合がつかなかったようだった。

それでも、長谷部さんと菅原さんの二人が約束通りに来てくれた。

パーティーの場所は、いつもの海寄りの一角にした。私以外の三人が屋上に上がってきた頃には、博多湾の夜景が一面に広がっていた。

自分でも意外な気がしたが、長谷部さんと飲むのはそれが初めてだった。

彼は出だしから快調に飛ばしていた。始めてから三十分も経たないうちに、チューハイのロング缶を三本も空けていた。食欲のほうも全開だった。特に半熟味玉が気に入ったようで、立て続けに三個も食べていた。

楽しそうで、見ていても気持ちがよかった。ルックスは年じゅう真夏のような人だったが、やはり実際の夏の夜がよく似合っていた。『ネクタル』の匂いもすっかり消えて、代わりに涼しげな香水の匂いを漂わせていた。

「――結局、また雑食に戻っちゃったんですね」

ささみをちぎり食べていた彼に、そう声を掛けてみた。

「当たり前だろ、食うことは人生の最大の楽しみだからな。わざわざ自分から手放しちまうなんて、おれには考えられないよ」

自分で言っていたくせに、とは思ったが言わなかった。どうやらそう突っ込むべきだったようで、何となく物足りない顔をされてしまった。

「すぐに元に戻せましたか？　私の職場の人は、しばらくは胃が受け付けなかった、って言ってましたけど」

隣の佐倉さんが、長谷部さんに訊いてくれた。

「そりゃ、体の中がきれいな真っピンクに戻ってたわけだから、しばらくは慣らしから入らないとさ。素人がいきなりエベレストには登らないだろ、まずは油山からだ」

「あ、でも、カサハラさんはたしか、いきなりホットスパイシーカレーを食べてましたよ」

「あの人はたぶん違う生き物だからな。ちなみに、おれの復帰メシはそんなもんじゃないからな、何だか分かるか？」

分からなかったはずが、その言い方で分かってしまった。とはいえ、先ほどの失敗を取り返さなくてはいけなかった。

「うーん、何だろ……、おかゆ、とかですかね、意外と」

「んなわけないだろ、このおれが。……あ、菅原さんなら分かるよね？」

釣られて私たちも菅原さんに向いた。

その夜の彼は、ほとんど会話に参加していなかった。たまに砂肝か焼酎を口に運んでいるだけで、あとはずっと手すり越しに海を眺めていた。それでも表情は穏やかで、私たちとの間にも、もちろん気まずさはなかった。ある意味、ここだからこそ当たり前に認められる距離感なのかもしれない。

「……是政んとこ、か」

久しぶりに響く、菅原さんの声だった。

「うん、さすがは菅原さん」

長谷部さんは一人で満足そうだった。

「是政さんって……、たしか、鉄人のことでしたよね？」

「って佐倉ちゃん、それ本気で言ってる？」

「え……、違いましたか？」

おいおいおい、と長谷部さんは大げさによろめいていた。それを真顔で見届けてから、菅原さんはまた海を眺めはじめた。

「長谷部さん、たしか、もう六回目のはずですよね？」

「おう。ちなみに夏も二回目な」

「六回も、ですか？」

佐倉さんが声を上げた。どうやら本気で驚いてくれていた。

「そんな人、初めて聞きました。だって、すごい競争率なんでしょう？　よく何回も予約が取れますね」

「ま、ずっとキャンセル待ちをかけてるからな。……ってこれ、ポータルの裏技だから教えられないんだけどな」

その自慢は、過去に何度も聞かされていた。別にもったいぶっているわけでもなく、本当に教えてくれないことも知っていた。

「ちなみに、今年の夏のコースって、どんな内容なんですか？」

「ま、季節ごとに切り替わってるようで、実際には、その日の仕入れによって内容も値段もコロコロ変わるみたいでさ。……あの日は『はも』が主役だった。造りから湯引きから天ぷらから山椒焼きから、とにかく『はも』『はも』『はも』でな。他にもいろいろ食ったけど、やっぱり『はも』かなー、あの日は。うん、『ハモフィッシュにうってつけの日』ってやつだな」

どこかで聞いたことがあるようでモヤモヤした。佐倉さんの失笑が届いたのか、菅原さんが少しだけこちらを向いた。

長谷部さんは、私をちらりと見てから佐倉さんに話しかけた。

「でも、桑田はこいつ、わりと頑固でさ。おれがこんなに勧めてるのに、いまだに一回も食べに行きやがらない。……佐倉ちゃんは違うよな？　あんまり詳しくないだけで、やっぱり食べてみたいよな？」

「……実は、私もそんなに……」

申し訳なさそうに答えた佐倉さんに、私は若干ときめいた。長谷部さんの口が、しばらく半開きになっていた。

「……って何だよ、お前ら、仲良しかよ。こんなとこで二人でコソコソ燻製こしらえてると思ったら……、ただの仲良しかよ？」

どう返そうか迷っているうちに、佐倉さんが答えていた。

「はい。ただの仲良しです」

微笑みを浮かべながら、そう言い切られてしまっていた。

菅原さんは一時間ほどで帰った。

別に、私たちの会話に嫌気がさしたわけでもなかったと思う。長谷部さんも菅原さんを分かっていたのか、無理には話を振っていなかった。私と佐倉さんが一度ずつ焼酎を注ぎ足したくらいで、あとは余計な気も遣わなかった。ちょうどペットボトルが空になっていたので、単にキリがよかったのだと理解した。

その証拠に、去り際には小さな笑顔を残してくれた。菅原さんにしては珍しいことだとは、たしかに思った。

「あー、やっぱり花火やりたかったなー」

三人だけになると、長谷部さんはコンクリートの上に寝転がってしまっていた。どうやら中身までいくらか子供じみてきていた。

「別に、ダメとは言われなかったんですけどね、何となく……」

「ダメなら、おれが言い出すわけないだろ」

冷たくて気持ちがいいのか、頬までコンクリートに当てていた。

「そりゃ、打ち上げとかロケットとかは、たまには迷惑にもなるだろうさ。おれがやりたかったのは、せいぜいドラゴンまでなのよ。それこそ手持ちでもよかったし、何なら線香でもよかったんだな。だって夏の夜だもんな……」

「……ごめんなさい。次回は用意しておきます」

ぼんやりと次回を思い描いているうちに、ふと試食会のことを思い出した。勢いでそのまま二人に話した。

もともと佐倉さんにはその日のうちに話すつもりだった。ただ、正直なところ彼女の反応が読めなかった。そんな自信のなさから、無意識に長谷部さんの助けを借りたくなったのかもしれない。主に彼に向かって話していた。

佐倉さんの反応も、もちろん横目では捉えていた。どう取られたのかは分からなかったが、驚きや戸惑いはなさそうだった。話に相槌を打つように、何度も頷いてくれていた。

意外だったのは、長谷部さんの反応のほうだった。

「……で、お前はやるつもりなの？　その試食会」

どちらかというと、否定的な口ぶりだった。

「ええ、そのつもりです」

「そっか。……ま、けど、ぶっちゃけるとまだまだド素人のレベルだぞ、そこそこ美味いけど」

「ええ、分かってます。……でも、宇崎さんに言われたことも、たしかにあると思うんです。今すぐにやれないようなことだったら、この先もズルズルと、結局はいつまで経ってもやらないような気がするんです」

「ズルズルいくのが悪いともかぎらないだろ。ほとんどの人間は、そうやって慎重に堅実に生きてるんだ」

長谷部さんには似合わない言葉のような気もしたが、お互いをまだそこまで知らないだけなのかもしれなかった。

「実は僕も、あと何年かは様子を見るつもりだったんです。燻製の味も、僕の気持ちも、もっと確実になってからにしようと。……ただ、宇崎さんと話してて思いました。まず始めて、やりながら少しずつ確実にしていくのもありかなって」

「まだ早いと思うけどな、おれは」

長谷部さんは身を起こした。

「お前もまだ、入ってきてやっと一年だろ。バタバタと何でも急いでやっちまうのも、どうなんだろ。……ま、ひとりごとだ」

小さく笑ったかと思うと、そのまま大きなあくびを見せた。本当に眠いのかは分からなかったが、立ち上がったときには少しよろけていた。

それを支えてから、私は彼に言った。

「まあ、たぶん、試食会で現実を思い知りますから。そこでしっかり考えます」

「なら、準備ぐらいは手伝ってやるよ。塩のかわりに、たっぷりと『ネクタル』を入れてやる」

そう言い残して、長谷部さんも帰っていった。

二人きりになってからは、しばらくは他愛もない話をしていた。松尾がいつ上がってきたとしても、二人きりの妖しさを感じないはずだった。

その松尾から電話が入って、彼が上がってこないことが確定した。ちょうど話題も途切れてしまったところで、私はあらためてテナント出店の話に戻した。

「――正直、佐倉さんはどう思っていますか？」

私たちは並ぶように座っていた。私は壁にもたれていたが、佐倉さんの背中はそのときもかすかに浮いていた。

「桑田さんの人生ですから。やりたければやるのもありだと思います」

その言いかたには何となく距離を感じた。特に私のほうに向くこともなく、淡々とそう言っていた。

「でも、出店したら、こんなふうにここで燻製を作ることはできなくなるんです。宇崎さんに言われました、唯一ダメなのがそれだって。商売とのグレーゾーンになるんでしょうね。……僕はずっと楽しかったから、正直、これがなくなるのは寂しいです」

「しょうがないですよ。そのぶん、他の人たちにも楽しんでもらえるんですから」

また少し距離を感じた。

せめて視線だけでも、こちらに向けたかった。

とはいえ、そのままでは何も言えそうもなかった。生温いビールを喉に流し込んでしまってから、あらためて彼女に向き直った。

「もし出店できることになったら……、佐倉さんに手伝ってほしいんです」

ようやく、視線だけはもらうことができた。

「本を読みながらの店番、って前に話してましたよね？　それでいいですから」

即答はなかった。

言葉を継ぎたくなるのを堪えて、待った。

視線もそのまま逸らさなかった。しばらく瞬きもしなかった彼女の目が、ぱちぱちと動いたのが分かった。唇が動きはじめるのが分かった。

「いいですね、それ」

とても気軽で、とてもやわらかかった。

「……本当ですか？」

「はい。……だって、本を読みながらの仕事でしょう？　他の人には譲れません」

彼女は笑っていた。

両肩から力が抜け落ちていくのを感じた。自分でも情けないくらいに、ただヘラヘラと笑っていた。

「……ですよね。じゃ、いちおう求人応募の予約を入れておいてくださいね、ポータルの裏技で」

「じゃ、それは長谷部さんにお願いしましょう」

二人でヘラヘラと笑いながら、私はあることに驚いていた。

私がこの世に生まれてから四十年もの間、私の全く知らないところで、佐倉さんが生き続けていた。四十年も知らなかったし、四十年も出会わなかった。そんな当たり前のことに、なぜか驚きを覚えていた。どうしても信じられなかった。

「今からなら、ちょうど最後まで観れそうですね」

なるべく気軽に言ってみた。

「いいですね、それ」

もっと気軽に返ってきた。

佐倉さんはいったん自分の部屋に戻った。

私は三階の松尾の部屋を訪ねて、セルフ残業中の彼を見舞った。案の定、疲れ切った顔が玄関先にあらわれた。なるべく浮かれた表情は見せないようにしながら、取り置いていた燻製を渡した。特に味玉を喜んでくれた。

その足で路面のドラッグストアに回って、念のための買い物をした。ついでに栄養ドリンクも飲んでおいた。

通り過ぎただけだったが、週末の夜のフードコートは賑わっていた。遅めながらも、まだまだ夕食をとる人たちの姿が並んでいた。準夜勤の休憩中なのだろう、一人でスマホをいじったり、首のストレッチをしたりしている人もいた。伏せて寝ている人も、ただ突っ立っている人もいた。気の早いバックパッカーたちは、伝統の焼酎のレッドブル割りを飲みはじめていた。

国籍も、年齢も、性別も、生きかたも、バラバラの人たちが集まっていた。そこにいる全ての人たちに、私のような幸せが訪れることを願った。どこか高いところから見ているはずの何かに、それとなく祈った。

エスカレーターで二階に上がろうとして、クリーム色のポロシャツを見かけた。出勤日のはずもなかったが、奥のテナントの並びに向かっていた。

私も早足で後を追った。ほんの一言だけでも、あらためてパーティー参加のお礼を伝えたかった。

勤め先のサロンも、その隣のスーパー銭湯も素通りしていた。しばらく飲食店の並びを進んで、やがて一軒の前で立ち止まった。呼べば気付いてもらえそうな距離だったが、大声を出すのをためらってしまった。

板戸を半分ほど引いて、そのまま店内に消えていった。

私も店の前まで行ってみた。

板戸には小窓すらなく、店内は全く窺えなかった。営業中は掛けられているはずの白暖簾が、そのときは見当たらなかった。

長谷部さんの話では、六時半から約二時間、一回転だけの営業のはずだった。そのときはもう十時を過ぎていた。

7

何百回観ても楽しめると思っていたが、それは過信だった。

その夜の『ブレードランナー』には全く入り込めなかった。いつものように部屋を暗くしていないのもあったが、それよりも隣に気を奪われてしまっていた。

佐倉さんからは、ふんわりとボディーソープの匂いがしていた。

私の部屋に入ってきたときからそうだった。ラフなTシャツもショートパンツも、くしゅくしゅの髪留めも見るのは初めてだった。ビーズクッションに身を沈めているのも初めてなら、そもそも彼女の背中が何かに触れていること自体が初めてだった。

まだ現実感がなかった。

自分のクッションには見えなかったし、自分の部屋だとは思えなかった。TV画面の中のフィクションの世界と、あまり違わない気もした。

私も、見た目だけはくつろいでいた。ベッドにもたれかかっていたし、足もだらしなく投げ出していた。それでも中身はカチカチに緊張していた。いつになく背筋をぴんと張っている感覚だった。

私にはデートの経験も、お泊りの経験もなかった。

デートといえばまず映画で、お泊りといえばまずビデオだと思っていた。映画を観に行けば必ずカップルに遭遇したし、ビデオを借りに行けば必ずカップルに遭遇した。だから自分がいつかそうなったときのために、とっておきの作品を選ぶセンスだけは養っておこうと思った。それが必ず私を助けてくれると信じていた。

だが、間違っていた。

本当に大切な作品は、本当に大切な人と観るべきではなかったのだ。どうしても誘うなら、わりとどうでもいい作品を選ぶべきだった。

とにかく、その夜の私は『ブレードランナー』を邪険に扱ってしまった。もう二度と純粋な気持ちでは楽しめないことも、途中からは分かっていた。ただ、観るたびにその夜のことを思い出すのだとしたら、それも悪くないと思っていた。むしろ楽しみだった。

「――ずっと、これが僕の憧れの恋愛だったんです」

何とか無事に観終わって、それぞれ一杯だけ焼酎を飲むことになった。グラスに入れる氷を選んでくれている佐倉さんに、うっかりそう白状してしまっていた。

「レーチェル、きれいでしたしね」

バランスよく、二つのグラスを氷で埋めてくれた。氷のパックを預かって、いったん冷凍庫に戻しに行った。

「いや、それもありますけど……、この二人の関係っていうか、距離感が好きだったんですよね。最初から、絶対に埋められない隙間があるっていう。……って、やっぱり、僕が少し変わってるだけかもしれませんね。他には『マネキン』とか『スプラッシュ』とか、そういう恋愛に憧れてましたから……」

「あ、その二つは私も観ました、映画館で」

どちらも、佐倉さんがまだ十代の頃に公開されたはずだった。うっかりデート姿を想像してしまって、少しだけ胸が痛くなった。

「たしかに、その三つを並べてみたら、桑田さんの憧れは独特かもしれませんね。……あ、憧れが独特っていうより、独特に憧れてるのかも。ひょっとして、アニメなら999のメーテルとかに憧れませんでした？」

「ど、どうして分かったんですか？　……って、バレバレですよね、さすがに。もちろんメーテルも大好きでした。最終回のあとは何日か寝込みましたから」

グラスを受け取って、小さく乾杯した。

「でも、桑田さん、本当に映画が大好きなんですね」

「そんなに詳しくはないですけどね。他に趣味らしい趣味がなくて。……あ、今はやっと見つかりましたけど」

もちろん燻製作りのことだったが、自分でも違う意味に聞こえてしまった。やけに照れくさかった。焼酎が水みたいに思えた。

「佐倉さんはどうでしたか？　子供の頃から、やっぱり本ばっかり？」

「まあ、そんな時期もありましたね」

「ってことは、文学少女ですね。中学とか高校とか、そういう子がクラスに一人はいましたよ」

「いえいえ、その年頃には全然」

あっさりと否定されてしまった。わりと文学少女のほうが好ましかったのだが、言わなくて正解だった。

「もっと小さい頃はよく読んでましたよ。物心がついたときには、三軒隣りが公民館だったんです。子供文庫があって、幼児向けのは全部読んじゃいました。小学校に上がっても、図書室が一番好きでしたね。休み時間も一人で通ってました」

「へー、やっぱり文学少女じゃないですか」

「その頃までは、ですね」

グラスの氷を何度か鳴らしてから、佐倉さんは続けた。

「四年生のときですから、ちょうどガブちゃんと同じですね。初めて市の図書館に連れて行ってもらったときに、もう、絶望しちゃったんです」

「……絶望、ですか？　図書館で？」

「ええ。もちろん、当時はそんな二文字では浮かばなかったですけどね。あの気持ちをあえて言い表すなら、やっぱり絶望になるでしょうね」

微笑みを浮かべながらも、いくらか迫力が増していた。

「それまでに見たこともないくらい、たくさんの本に囲まれて……。最初は嬉しかったんですけど、ふと思っちゃったんです。こんなにたくさんあるのに、全部は読めないんだって。読みたくても、その前に死んじゃうんだって」

私も小さく息を呑んだ。

「そんな当たり前のことが、自分でもびっくりするくらい悲しくて、悔しくて、怖かったんです。だからもう、自分で閉じちゃったんですね」

いったんグラスを口に運んでから、佐倉さんはまた微笑みを見せた。

「だから、十代は本当に全く読まなくて。ちょうど景気もよくて華やかな時代だったでしょう？　私もいろいろと遊びすぎちゃいました」

私も笑うしかなかった。うっかり余計な想像をしてしまいそうで、それ以上は考えないことにした。

「でも、そんな佐倉さんが、こうやって今また読書を楽しめてるんですから。人生って不思議ですね」

我ながら陳腐だとは思ったが、それでも実感には違いなかった。

「ええ、本当ですね。……たぶん、自分でも思い出したんです。根がマイペースすぎるんでしょうね、一人で本を読んだりしてるほうが性に合ってるみたいです」

「……僕もそうです。ここに来た人は、ほとんどがそうなのかもしれませんね」

不思議な気がした。

私にも佐倉さんにも、長谷部さんにも菅原さんにも、松尾にも榎本にも、オブジェに腰掛けていた老カップルにも、鉄人にも、カサハラ氏にも、それこそ事件の犯人にも被害者にも、ガブと同じ四年生の頃があった。当たり前なのに不思議な気がした。

もちろん、ただ酔っているだけなのかもしれなかった。

「あ、そうだ」

酔っている勢いで、私は声を上げてみた。

「佐倉さん、ちょっと、一つだけ僕の特技を見てもらってもいいですか？」

「……え？　特技？」

首をかしげている佐倉さんを横目に、私はミニキッチンに向かった。アルミホイルを取り出して、すぐに彼女の元に戻った。

「アルミホイルで……、何が始まるんですか？」

「まあ、見ててください」

久しぶりだったが、忘れることはなかった。ほぼ正方形になるようにカットして、私はさっそく作りはじめた。

「――最後の、ですね」

佐倉さんのその一言で、私の十五分間の頑張りが報われた。

作りはじめた序盤から気付いていたはずだったが、彼女はずっと黙っていた。完成したユニコーンを私がテーブルの上に立たせたときに、初めてそれを口にした。

「ええ、最後のです。まだ一回しか観てないのに、覚えててくれて嬉しいです」

「あれを忘れたら悲しすぎます」

私はリモコンに手を伸ばした。最後のチャプターを再生して、ちょうどいいカットで静止させた。

佐倉さんを観察するのが面白かった。画面に大写しになったユニコーンと、目の前の小さなユニコーンとを何度も見比べていた。唸りながら、頷きながら、どんどん背中を丸めていた。

「これ、本当によくできてますね。ネットとかで調べたんですか?」

「今はネットにもあるみたいですけど。これはあくまで、僕のオリジナルです。考えたのは大学生のときですから、もう二十年になりますね」

「へー、すごいですね。何も見ずにぽんぽん折ってたし。当時は、よっぽど練習してたんでしょうね」

「雑誌の切り抜き写真を見ながら、何回も何回も。……ほら、途中までは折り鶴みたいに進めてたでしょう？　あそこまではすんなりで、あそこから先が大変でした。試作品を集めたら、普通に千羽鶴くらいの数になったんじゃないかなー」

「……やっぱり、桑田さんは独特かもしれませんね」

「あ……、今のそれって、絶対に褒めてないですよね」

「微妙なところです」

そう言いながらも、佐倉さんはテーブルに顔を乗せて、そのユニコーンを間近に見つめていた。まんざらでもなさそうな、そしてどこか子供っぽいような、飾り気のない表情をしていた。

私は冷凍庫の氷を取りに行った。戻ってきてもまだ、佐倉さんは子供みたいに一人でうっとりとしていた。それがやけに微笑ましくて、私もまた、一瞬だけ気軽になることができた。

「佐倉さんも要りますよね、氷」

はい、という小さな返事がしたのと同時だった。

目の前の彼女の襟首から、Ｔシャツの中に氷を一つ滑り込ませた。

ひゃっ、という短い悲鳴が上がって、彼女の背中が反りかえった。できるだけ角のない、丸っこい氷を選んでいた。背中を滑り落ちていく途中で、シャツの上から捕まえた。また彼女が悲鳴を上げて、逃げるようにビーズクッションに埋まった。それなのに肝心の背中は無防備だった。私はコロコロと氷を転がし続けた。そのたびに、聞いたこともない彼女の不思議な声がした。

彼女自身も聞いたことがなかったようで、そのうちに笑いはじめた。もちろん私もつられた。というより、最初からずっと笑っていた。二人で笑い合ったときになって、やっと声になった。

大活躍のその氷は、あっという間に小さくなった。

ほんのりと湿ったＴシャツから、私もそろそろ手を離した。彼女はほとんど大の字で、顔からビーズクッションに埋まっていた。

「ごめんなさい。つい、何かの映画の真似をしちゃいました」

言いながらまた笑ってしまった。背中もまた笑っていた。

「……とってください」

小さな声がした。

「ん？　……背中の氷を、ですか？」

頭が一回、コクリと沈んだ。

「あー、ずいぶん小さくなってますから、もう溶けちゃいますよ。それか、起き上がったら、すぐに滑り落ちてくるかも……」

「とってください。……早く、とってください」

氷を取り出す必要がないことは分かっていた。それでも私は潜り込んで、まずは背中から愛しはじめた。


私は一睡もしなかった。

何時間かは目を瞑ったりもしていたが、頭はずっと起きていた。

過去のことだとか将来のことだとか、そんな細々としたことは考えていなかった。

久しぶりに裸で寝ていることもあったのだろう、もっとゆったりと、ぼんやりとしていた。穏やかな海のど真ん中に、ぷかぷかと浮いているような気分だった。

あまりにも現実感が遠のくと、そのたびにそっと彼女の手を握った。何回かに一回は、握り返してくるような感触もあった。

眠ることを諦めてからは、ずっと目を開けていた。カーテンの外が少しずつ明るくなっていくのを、じっと見ていた。

六時になれば、一階のパン屋にクロワッサンを買いに行こうと思っていた。人気でいつも売り切れていたが、初めての朝食はどうしてもそれにしたかった。

十五分前に起き出して、少しだけベランダに出た。

静かだった。

傍でエアコンの室外機が震えていたが、吹き抜け全体が圧倒的な静けさに包まれていて、私はそれに呑み込まれた。

三方のベランダにも、眼下の芝生広場にも、まだ人影が見当たらなかった。

私はふと、入居初日のことを思い出した。そんなふうにびっしりと並んでいる部屋の、全てが一人ずつだということに安らぎを覚えたはずだった。他の人たちもそう感じていると決め込んで、だからこそルールを守ろうと誓ったはずだった。

そのルールを、私は破ってしまっていた。

自分が破っただけでなく、全員が破れたらいいのに、とまで思いはじめていた。そうすれば新たな安らぎを覚えられるし、電力も半分は節約できる。そんなふうに考えはじめていた。

そんな自分の身勝手さには、少し呆れる部分もあった。ただ、案外そんなものかもしれないとも思っていた。むしろ堂々とすることを誓った。

室内に戻ると、佐倉さんの目が開いていた。

言葉を発するまでの間、お互いに照れくささがあった。何も言わずにベッドに舞い戻ればよかったのだが、さすがにうぬぼれが足りなかった。自分だけ服を着ているバツの悪さもあって、その先は妄想に終わってしまった。

おとなしく、クロワッサンを買いに行くことを伝えた。飲み物はホットコーヒーを頼まれた。ちょうど私もそのつもりだった。

ショーウインドウの中身を初めて変えた。玄関を出るときにふと思いついて、すぐに実行した。

DVDはそのままだったが、例のユニコーンを追加した。寝かせて置いてもよかったが、せっかくなので立たせた。なかなかの演出だった。すぐに佐倉さんを呼びたくなったが、まだベッドにいたので我慢した。

廊下も、エレベーターも、エントランスも、まだ静かだった。ぽつんと一人きりでエスカレーターを下っていると、何かのSF映画の中にいるような気もした。

バックパッカーたちのカラフルな寝袋を横目に、フードコートの正面口から地上の世界に飛び出した。

もう一度この世に生まれ出てきたような、真新しい気分だった。

そのときはまだ知らなかった。ほんの一時間前に、同じその正面口から菅原さんが一人で出て行ったことを知らなかった。もちろん、その夜に二人の被害者が出ていたことも知らなかった。

第三章

1

八月に入って、ここでの生活も二年目に突入していた。

私は試食会の準備を進めていた。

思いがけない事態に、立ち上がりは遅れてしまった。月内実施とは言われていたが、さすがに翌月に延ばしてもらっていた。染谷氏を通じて、宇崎氏にも了解をもらった。

管理事務所からのサポートは、あくまで実施面だけだった。二百食分の食材も含めて、費用は全て私個人が負担することになっていた。

もちろん不満はなかった。先行投資だと思えばよかったし、何よりやるべきことがあるというだけでありがたかった。何もしないでいるよりは、何かをしているほうが気が紛れてよかった。没頭できるなら、さらによかった。

佐倉さんも手伝ってくれた。

何しろ、初回のすれ違いを除けば、全ての味を二人で共有していた。しょせん暇つぶしとはいえ、何十回も重ねていれば、それなりに試行錯誤も繰り返してきていた。

その延長線上としては、きわめて自然な流れだった。

まずは試食会のメニューを決めてから、それぞれのレシピを固めることになった。例えばチーズや卵など、それを機に素材にもこだわってみてもよかった。高いものを使えば美味しくなるとは限らなくても、商売である以上、何かしらのこだわりは必要な気もした。

そんな雑談から始めていると、やはり店のコンセプトから入るべき、となった。どの部分にこだわるかはコンセプトしだいで違ってくる、という佐倉さんの意見にはなるほど頷くしかなかった。

ぼんやりと思い描いていた店のイメージを、私は初めて彼女に話した。

下町のたこ焼き屋、を例えとして挙げた。持ち帰りがメインだが、店内のカウンターで軽く飲み食いもできる。そんなイメージだった。

コンビニのおでん、も例えとして挙げた。その日の晩酌をどちらにするか、私のようなサラリーマンが仕事帰りに迷うくらいの単価と品揃えにしたかった。

「――逆に、薄暗いスタンディングバーとかも考えるんですけどね……、葉巻とか、ウイスキーとか、いかにもスモーキーな感じの。……でも、やっぱり気軽な店のほうがよさそうな気がするんです、こっちも気軽ですから」

そのあたりには口出ししないと決めていたのか、佐倉さんは何も言わなかった。

実際にそんな店があるのかは分からなかったが、ひとまず「下町の持ち帰りおでん屋」として、試食会のメニューを三つに絞ることになった。

お互いに一つずつ選ぶことになって、まずは私が味玉を選んだ。

少し意外な気もしたが、佐倉さんはささみを選んだ。ソミュール液に六種類のハーブとスパイスを混ぜてみた、五月のバージョンがお気に入りらしかった。

残りの一つは、他の二つとのバランスも考えながらじっくりと選んだ。

チーズかピスタチオのどちらかで最後まで迷っていたが、途中からは気付いていた。私たちは別に、その二択で迷っているわけではなかった。お互いに一つずつ選んだように、もう一つもすでに選ばれていた。そのことを口にしてしまうかどうかだけを、私たちは迷い続けていた。

だから私から口にすることにした。

「やっぱり、あれにしましょう」

呼びかけたというより、もう決めてしまっていた。佐倉さんの表情を見て、それだけで通じたのが分かった。

「まあ、三つのうち二つが肉になっちゃいますけどね。大事なのはバランスだけじゃないですから」

それまで蓋をしてしまっていたぶん、いつもより強く言い切っていた。彼女もしっかりと頷いてくれた。

「塩分は控えめ、ですね」

最初にニュースを見たとき、すぐには菅原さんだとは思わなかった。

名前も年齢も本人の言っていたとおりだったが、それでも時間が必要だった。頭が混乱したのかもしれないし、あるいは拒絶したのかもしれない。

佐倉さんと一緒だった。

朝食のクロワッサンを食べたあと、二人で『ビフォア・サンセット』を観た。私は途中で居眠りしてしまったが、それでも終盤で目を覚ました。観終わって、そのままもう一度求め合った。ときどき水分を補給しながら、昼過ぎまでそんなふうにベッドの上で過ごしていた。

シャワーついでに点けてみたテレビの、最初のニュースで流れた。

二人とも言葉が出てこなかった。

ベッドに戻って、しばらくは何もせずにぼんやりとしていた。チャンネルもそのままだった。再放送の旅番組とか、競馬とか女子ゴルフとかをやっていた気がする。エアコンがやけに効きはじめて、切ったりつけたりを繰り返していた。

菅原さんは、二人の住民を殺していた。

六階の六十代の男性と、九階の五十代の女性だった。いずれも未明の犯行だったが、死亡推定時刻からすると、九階が先のようだった。

明らかに、それまでの事件を模していた。睡眠薬で昏睡させている間に、濡れタオルで顔を覆って窒息死させていた。前回と違うのは、現場のあちこちに菅原さんの指紋が付いていたことだった。明け方に自首したことも合わせて、どちらかというと三年前の最初の事件によく似ていた。

あくまでも加害者だった。

それなのになぜか、彼が被害者で、殺されてしまったような気分だった。ひょっとすると、それさえも現実逃避だったのかもしれない。四月と六月の事件で免疫もできたと思っていたが、やはり違った。知り合いが絡んでいるだけで、全くの別物だった。すっかり途方に暮れてしまっていた。

夕方近くになって、私の腹が鳴りはじめた。

朝食の食べ残しのブルーベリースコーンを、佐倉さんが取ってくれた。私がかじって、彼女にもかじらせた。二人でモゴモゴ食べているうちに、ようやく現実感が戻ってきた。食べ終わると、私たちはすぐにシャワーを浴びた。

刑事の聞き込みにも二人で応じた。

前回と同じ二人組だったが、時刻も早ければ、展開も早かった。おそらくは菅原さんの自供の裏付けを取りに来たのだろう、前夜の流れを細かく確認された。

佐倉さんとずっと一緒だったことも話した。何を想像したのかは知れているが、二人の刑事は、それぞれが途中で下品な笑みを浮かべていた。汚されてしまったようで不愉快だったが、あえて見なかったことにした。

何の疑いもかけられていない状況とはいえ、お互いのアリバイを証明できるという彼女との繫がりかたは、他のどんな形よりも心強かった。少なくとも当日は、それだけに支えられていた。

味玉とささみと、砂肝に決まった。

次のステップとして、私たちはレシピ固めに入った。メニュー決めと比べると、こちらには多少の環境と時間が必要だった。

いずれは大型の燻製器を使うとして、試食会はひとまずスターターキットで乗り切ることにした。二台しか持っていなかったので、さっそく二台を買い足した。ベランダに四台並べてみると、多少の商売らしさも感じられた。スモークウッドも買い足して、あわせて六種類を揃えた。

サイドボードの上には、ハーブとスパイスの瓶が並んでいた。冷蔵庫の中には、下ごしらえ中の具材が日付順に並んでいた。日々のデータは、レシピ作成用のフリーソフトで管理していた。

環境も時間も、かなり燻製作りに割くようになっていた。私ほどではないにしろ、それは佐倉さんも同じだった。

週末はもちろん、平日も夜はよく一緒に過ごすようになった。

燻製が仕上がるまでの二時間も、以前のように別々に本を読むのではなく、同じことをするようになった。たまに具材をひっくり返すのを忘れてしまうこともあって、その点では本末転倒のような気もした。

ただ、それに救われている面もあった。

二人で同じ汗をかいているときは、行為に没頭できていた。その間だけは、余計なことを忘れられた。もう二度と菅原さんのマッサージを受けられないことや、もう二度と屋上で燻製を食べてもらえないことを考えずに済んでいた。

それくらい、喪失感は大きかった。

もう何も失わないために入居してきたはずが、たったの一年で身近な存在を失ってしまっていた。嬉しい誤算だとは思っていたが、やはり誤算は誤算だった。

手に入れたものは、必ずいつかは失ってしまう――。

そんな当たり前のことに、怯えはじめている自分がいた。怯えないためには、一番失いたくない、一番大切なものに触れているしかなかった。


その週刊誌の記事を見てしまったのは、盆休みの前日だった。

遅めの時間に入った定食屋で、最新号が置いてあった。事件に関するニュースはなるべく避けるようにしていたが、『不人気マッサージ師の凶行』という表紙の見出しが、そのときはどうしてもスルーできなかった。

予想どおり、それは菅原さんのことだった。

彼に関することだけでなく、二人の被害者に関する情報もあった。そのうちの何割が事実なのかは分からなかったが、取材力に感心してしまう部分もあった。

菅原さんの穏やかではない経歴については、見た目から想像できていたので驚きもなかった。二十代の抗争で殺人を犯していたことも、今回の事件に比べれば、信じられないわけでもなかった。刑務所暮らしも含めて、私が映画やドラマでしか知らない荒っぽい世界を、彼は実際に歩んできていた。それが確かになって、むしろ羨ましくも思った。

取材力に驚いたのは、彼の刺青についての情報だった。

すでに亡くなっている、名のある彫師の作だと突き止めていた。刺青を直接見たわけでも、捜査関係者から話を仕入れたわけでもなかった。ＳＮＳで公開されていたわずかな画像から、専門家による特定に至っていた。

あの、一度だけ二人でスーパー銭湯に行ったときの写真だった。

斜め前方から肩口を撮ったものと、真後ろから背中一面を撮ったものと二枚あった。誌面では小さなモノクロ写真だったが、たしかに間違いなかった。どういう検索をしたのか分からなかったが、その画像に辿りついたことが素晴らしかったし、小さく入っていた銘から特定できたことも素晴らしかった。

とはいえ、見出しの失礼さには変わりなかった。

誇張もひどかった。たしかに他のマッサージ師と比べると不人気だったが、「一人だけ全く予約が入らず」というのは常連客として不本意だった。予約なしのフリー客も含めると、八割以上の枠が埋まっていたはずだった。

マッサージに関しては、捜査関係者の話として、もう一つ情報があった。

四月の事件で殺されたチワワの女性が、どうやら菅原さんのマッサージの常連客だった。同じように、その前の事件で殺された殺虫スプレーの女性も、やはり菅原さんのマッサージの常連客だった。

女性には強すぎるはずだったが、どこまでも好みの問題なのだろう。週に二、三回という私以上の頻度で、彼のマッサージを受けていたようだった。そのため、それぞれの事件の直後は、菅原さんも捜査対象としてかなりマークされていたらしかった。

その部分を読んでいて、事件直後の菅原さんを思い出した。鈍感な私でも気付いたような元気のなさだった。数少ない常連客が次々と殺されて、そのたびに真っ先に疑われていたのだろう。そう思うと辛かった。

二人の被害者についての情報もあった。

ほとんどは捜査関係者の話となっていたが、住民から直接拾ったとしか思えない部分もあって、その境界線は曖昧だった。

九階の五十八歳の女性については、住民やテナント従業員からの不評が目立っていた。「病的なクレーマー」として、フードコートや路面テナントの匿名スタッフの証言が並んでいた。

元々はコールセンターの主任をしていた女性らしかったが、特に接客面での細かなミスが許せない性分のようだった。最初は静かに指摘しはじめるが、思いどおりの応対でなければ一人で興奮していって、そうなると絶対に逃がさない、というのが共通のパターンらしかった。

また、同じフロアの複数の住民の証言として、スーツ姿の何人かの男性が、玄関先で何時間も説教されていたこともあったようだった。

そんなことを漏らすのかは疑問だったが、捜査関係者からも彼女に関するネガティブな情報があった。ＰＣ履歴から、ネット掲示板への個人中傷書き込みや、複数企業への執拗なクレームメール発信が確認されていた。

一方、六階の六十七歳の男性については、ほとんど情報がなかった。「ほとんど情報がない」というのが情報なのかもしれなかった。

製紙工場を定年退職してからの七年間を知る人が、どうやら誰もいないようだった。ここに入居してきたという動きがあったくらいで、あとは静かに、ただ生き続けていただけのようだった。

これもまたそんなことを漏らすのか疑問だったが、彼の部屋にあった初代のプレイステーションに『ダービースタリオン』がセットされていた。牧場データを確認してみると、年数が九千年を超えていたそうだ。

結局のところ、『不人気マッサージ師の凶行』とは謳いながら、被害者も含めた三人の住民を同じように扱っていた。気まぐれに上げたり下げたりしながら、「やっぱり全員がどこか普通じゃないよね」と世間に呼びかけている気がした。メディアがここを直接は叩けないのは、それまでの事件の取り扱いからも分かっていた。だから個人を切り口にしているだけで、本当は個人はどうでもいいはずだった。

食後はひたすら、例の画像を探した。

グーグルの画像検索にも助けられて、十五分で辿りつけた。二枚ともカラーで手に入れることができた。


その夜は、日付が変わってもなかなか寝付けなかった。

一時間ほどで諦めて、少しだけ徘徊することにした。フードコートに下りようと思ったが、ふと思い出して配送センターの四階に顔を出してみた。

「――おう、どうした、暗い顔しやがって」

サービスカウンターには、目当ての長谷部さんがいてくれた。

他には誰もいなかったが、商品が大量に積んであった。カウンターの当番をしながら、入庫登録をしているようだった。

「って、もともと暗い顔だったな。彼女にでもフラれたのか？」

「ええ、おかげさまで」

「そりゃ、おめでとう。……で、どうした、こんな夜中に」

作業を続けながらだったが、少しは付き合ってもらえそうだった。

「徘徊中です、何だか眠れなくて。盆あたりは夜勤だって言ってたんで……」

「ああ、いつも夜中に入ってるやつが珍しく帰省しやがってな。次に若いのが五十過ぎのおれ。ちょうどよかったよ、眠くてしょうがなかったところだ」

そのわりには、いつもどおりの早口だった。

「……どうせ、菅原さんのことだろ？」

ちょうどキリがよかったのかもしれない。登録済みの商品をいったんカートに放り込みながら、長谷部さんは訊いてきた。

「……はい。昼間、週刊誌の記事を読んじゃって……」

「んなもん、わざわざ読むもんじゃないって。野次馬にとって面白けりゃいいんだから、身内が読んで面白いわけないだろ」

「……ええ。そう思って、ずっと避けてたんですけど。うっかり見出しに挑発されちゃいました」

「ほう。で、どんな見出しだったんだよ？」

聞きたくないのかと思ったが、むしろ興味があるようだった。見出しだけでなく、記事のあらましを求められるままに話した。

「――って、亡くなった人を悪く言うのもなんですけど……、女性のほうは、あちこちで評判が悪かったみたいですね。管理事務所の松尾さんも、何度かクレームをつけられたって言ってました」

「ま、おれも話だけはちらほら聞いてる。ただ、だからって殺されてもいいってことにはならないからな」

「ええ、それはないです。どこまでが本当かも分かりませんから」

記事以前に、菅原さんの自供でさえ疑っていた。それこそ記事にあったような被害者たちのキャラが許せなくて犯行に及んだというのが、とても信じられなかった。彼が取り合うような相手だとは到底思えなかった。

ただ、それを考えはじめてしまうと、また眠れなくなるだけなので止めた。

私はスマホを取り出して、長谷部さんに例の画像を見せた。

「この画像も、その記事に載ってたんですけどね」

「……って、これ、菅原さんだろ？」

「はい。長谷部さんも見たことあったんですか？」

「ないけど、この流れなら誰でもそう思うだろ。……で、これ、誰が撮りやがったんだ？」

私は、菅原さんと二人でスーパー銭湯に行ったときのことを話した。佐倉さんにだけは話していたが、それも事件の前のことだった。昼間に思いがけず写真を見てしまったことで、どうしても誰かに聞いてほしくなっていた。

「――呆れられるかもしれませんけど、記事にこの画像を見つけたときは嬉しかったんです。菅原さんの刺青がこうやって世界に紹介されてたんだ、っていう、あくまで僕の自己満足なんですけどね……」

長谷部さんが画像を最大まで拡大していた。私には見つけられなかった彫師の銘を探しているのかもしれない。

「でも、あらためて考えているうちに、心配になってきたんです。この画像がこんな形で出回ってしまったことは、菅原さんにとって不本意なことなんじゃないか、って。僕があの日、無理やりスーパー銭湯に誘わなければ、こんな写真も撮られなかったのに、って。最初に喜んでしまった自分が信じられなくなって……」

「いいんじゃないの、別に」

長谷部さんは、やけにあっさりと言い放った。

「誘いたかったから誘ったんだし、嬉しかったから喜んだんだろ？」

「……はい」

「なら、いいよ。菅原さんだって、風呂も写真も嫌なら断りゃいいだけだしな。まんざらでもなかったんだろ。週刊誌に載るのが嫌なら、そもそも人なんか殺さなきゃいいんだ。お前がうだうだ気にすることじゃないよ」

言い終わると、長谷部さんは自分のスマホを取り出した。

「うん、二枚ともいい写真だよ」

勝手に赤外線通信を始めた彼に、私はもう一つ訊きたかったことを思い出した。

「あ、そういえば、長谷部さん……、あの夜、菅原さんと屋上で飲み食いしたじゃないですか？」

「ああ、パーティーな」

「ええ。実はあのあと……、たしか十時過ぎだと思うんですけど、僕、菅原さんを見かけたんです」

「ふーん。どこで？」

「鉄人の店です。一人で入っていくのを見たんです、もう暖簾も下ろしてあったのに」

「……で？」

長谷部さんの口ぶりからは、あまり興味が感じられなかった。

「あ、僕は入らなかったので、店内のことは分かりません。ただ、結果こういうことになって、何か関係があったのかと思って……」

「ってことは、もう警察にも話したんだろ？」

顔を見上げられたので、私は首を振った。

「菅原さん、鉄人のことを名前で呼んでましたよね。きっと別れの挨拶に行ったんじゃないかなと思って……。きちんと自首したわけですから、わざわざ僕からは話したくなかったんです」

「……そっか。ま、おれでもそうするかもな。……よし、いただいた、と」

どうやら赤外線通信が終わったらしい。スマホも返してくれた。

「よし、ロック画面もこれに変えた。ビビッて誰も触らないだろ、さすがに」

長谷部さんは立ち上がると、私に声を掛けてきた。

「眠気覚ましのウォーキングだ。せっかくだから付き合えよ」

返事を聞こうともしなかった。商品が山積みになったカートを押して、パーテーションの裏へと回り込んでいった。

2

私は一年前と同じように、ゲートから倉庫内に入れてもらった。

当たり前ながら不思議だった。真夜中なのに、世の中には買い物をしている人たちがいて、目の前にはその商品を集めている人たちがいた。私たちはいつから、どうして夜に眠らなくなったのだろう。

夜行性の動物たちとすれ違いながら、私たちは並んで歩いた。棚やハンガーに空きを見つけては、長谷部さんが商品をロケーションしていく。入居初日にも見せてもらった、懐かしい作業だった。

「——盆は、どこか出掛けないのか？」

空きを探しながら歩いているときに、ふと長谷部さんが訊いてきた。

「あ、明日から帰省します。今年は法事があるんで」

「いいことだ、実家があるうちは帰っとけよ。……お、ってことは、ひょっとして彼女も連れて帰るのか？」

「まさか……」

否定したものの、少しだけ動揺してしまった。もちろん同伴する予定はなかったが、その日は帰省前に半日だけドライブする約束になっていた。あくまで彼女しだいだったが、成り行きでそうなることも密かに期待していた。

「連れて帰るも何も、僕たちは……。第一、結婚するわけでもないんですから……」

「別に、したっていいんじゃないの？」

「ダメでしょう」

「どうして？」

「ここに住めなくなるじゃないですか」

「じゃなくてさ。……お前、彼女と結婚したいんじゃないのか？」

長谷部さんの足が止まった。どうやら逃がしてくれそうになかった。

「……まあ、結婚はともかく……、なるべく一緒には、いたいですね」

「うひゃー」

やはり打ち明けるべき相手ではなかった。私が赤くなるのを観察してしまってから、満足げにまた歩きはじめた。

「おれもな、ずいぶんと昔にいっぺん結婚しててさ……」

「へー。初耳です」

「めったに言わないからな」

ハンガーの空きを見つけたのか、ラクダ色のワンピースを引っ張り出した。

「六本木生まれの六本木育ち。そんな人間がいるとも思わなかったけど、実際にそんな女と結婚しちまってな。結婚式だけで、千六百万も使ったんだぜ。たった二年で離婚しちまったけどな」

興味がないわけではなかったが、どうしてそんな話を始めたのか、さっぱり分からなかった。それでもワンピースのロケーション処理をしながら、長谷部さんは続けた。

「ま、お前らがここに払ったのも二人で五、六百万ってところだ。……それくらいの結婚式をやっちまったと思えば、大してもったいなくもないだろ」

いよいよ訳が分からなかった。処理を終えた長谷部さんが戻ってくるのを待って、ようやく訊いてみた。

「さっきから、何を言ってるんですか?」

「二人で、ここを出ろ」

「……え？　だから……」

「だから、二人でここを出ろ、って言ってる」

いつもの冗談かとも思ったが、どうやらそんな感じでもなかった。

「……って、そんなこと、真顔で言われても困りますよ」

「困ってもいいから、とにかくここを出るんだよ、二人で」

「……出て、どうするんですか？」

「外で暮らせるうちは、外で暮らしたらいい。結婚してもいいし、子供を作ってもいい。また一人になっちまったときだけ、いつでも戻ってくればいいんだからさ」

長谷部さんらしくもなく、いつまでも真顔だった。私が何も返せないでいると、カートを押して先に歩きはじめてしまった。

慌てて後を追いながら、そっと訊いてみた。

「……ひょっとして、追い出したい、とか？」

「あ、バレた？」

いつもの軽い調子で返ってきたので、やっと少しだけ落ち着いた。

「遊ばないでくださいよ。いよいよ目が覚めたじゃないですか」

「悪りい悪りい……。ま、いっぺん考えてみろよ」

そのときは、どこまでが本気なのかも分からなかった。だから、とりあえず一度だけは考えてみようと思った。

ドライブに誘ってみたことは、それまでにも何度かあった。

まだ手にも触れていない頃から、屋上で過ごしているときにさりげなく挑んだ。湯布院とか呼子とか、それらしい地名を挙げたりもしたが、彼女の反応は今ひとつだった。もともと興味がなかったのかもしれないし、若い頃にやり尽くしていたのかもしれない。そのあたりは知りたくて知りたくなくて、やはり聞いていなかった。

それでも一度だけ、突破口を見つけていた。ぼんやりと海の中道を眺めていた彼女が、向こう側からの景色に少し興味を示していた。私はその呟きを逃さなかった。さっそく翌日のドライブを提案したが、それは笑顔でかわされた。ただ、「そのためにわざわざ車を借りなくても」という彼女の言葉はしっかりと覚えていた。

だから、今年の盆は車で帰省することにした。

住民用のカーシェアリングは、それまでにも何度か利用したことがあった。法事が決まった時点で予約していたので、そのときは初めてロードスターを借りることができた。

いったん地下駐車場で実車を確認してから、十時過ぎに佐倉さんを呼びに上がった。電話を鳴らしてもよかったのだが、ようやく部屋番号を教えてもらっていたので一度覗いてみたかった。

佐倉さんの部屋は、五階のＣＷ７２だった。

玄関のショーウインドウには、一冊の本と一羽の折り鶴が飾られていた。好きな本はいくつも聞いていたが、そこに置いてあったのは『停電の夜に』だけだった。素直に嬉しかった。

折り鶴は真似をされたと思ったし、本の選択には愛を感じた。それはうぬぼれだとしても、出会いの思い出を大切にしてもらっている気はした。

約束の時間よりも早かったので、彼女はまだ部屋着で家事をしていた。邪魔にならないように、しばらくは部屋の隅でじっとしていた。私の部屋よりも広く感じたが、なるほど物が少なかった。シングルベッドと、ノートＰＣの乗ったコタツテーブルがあるだけだった。それ以外の全ての物は、どうやらクローゼットに納まっているらしい。勝手に開けてみるだけの図々しさがほしかった。

「テレビもないんですね」

洗濯カゴを持って横切っていく佐倉さんに、そう声を掛けてみた。

「見ませんから。映画をたまにパソコンで観るくらいです」

「本さえあれば、ですもんね。本はクローゼットの中ですか？」

「よっぽど気に入った本だけ。あとは売り戻してます。眠らせておくよりは、また誰かに読んでもらえるほうが本も幸せでしょう」

「たしかに。……じゃ、ちょっと見てもいいですか？」

「ダメです。ちらかってますから」

そう言われても開けてしまうだけの強引さがほしかった。

佐倉さんを追うように、私もベランダに出てみた。

空が遠いぶん、十階と比べると明るさは落ちた。ただ、それでも吹き抜けらしい圧迫感は感じなかった。芝生が近いぶん、かえって心が落ち着く気もした。

オブジェも十階よりは大きく見えた。例のマーブルケーキだったが、そこからの角度だと、二匹のジャンガリアンハムスターがじゃれ合っているようにも見えた。二十代の頃に飼っていたムスカとバルスを、ずいぶんと久しぶりに思い出した。

佐倉さんが洗濯物を干している間、私はそんなふうにWの吹き抜けを眺めていた。盆だからだろう、オブジェに花を添えていく人も多かった。

二人で外の世界に触れるのは、そのドライブが初めてだった。

町並みを眺めたり、信号待ちをしたり、途中のコンビニで飲み物を買ったり、そんな何気ない一つひとつのことが新鮮だった。助手席に彼女が座っているだけで、仕事中のドライブとは全く違っていた。

せっかくのロードスターだったが、街中では幌を開けられなかった。陽射しや排気ガスも気になったが、何より気恥ずかしさがあった。それなのにどうして借りてしまったのか、自分でもよく分からなくなっていた。

そんな迷いが吹き飛んでしまったのは、やはり海の中道に入ったときだった。

信号待ちの私たちの少し先に、砂丘が広がっているのが見えた。それを見てやっと幌を開けた。開けないといけない気がした。

視界のほとんどが、眩しいくらいの青空で占められていた。道路が平たく、真っすぐに伸びていた。右手には砂丘が広がっていて、左手には松林が広がっていた。しばらくは信号もなかった。やわらかい潮風に、佐倉さんの髪がなびいていた。

そんなドライブをしばらく楽しんだ先に、私たちの目的地があった。

車は水族館の駐車場に停めた。ついでに水族館に入ってもよかったが、佐倉さんはあまり興味がなさそうだった。

水族館のすぐ隣に、大きなリゾートホテルがあった。その前には芝生が一面に広がっていて、遊歩道が波のように走っていた。

「――きれいなホテルですね」

その真っ白な建物を見上げながら、何の憧れもなさそうに佐倉さんが言った。

抜けるような青空をバックに、なだらかな傾斜で左右に細長く伸びていた。ダイビングの経験はなかったが、水中からマンタを見上げているような気分だった。

「弟が、このホテルで式を挙げたんですよ」

頭の中とは全く違うことを、私は口にしていた。

「へー、素敵ですね」

やはり、あまり憧れはなさそうだった。

「この裏に、テニスコートが並んでましたよね？」

「ええ、たくさん」

「弟と嫁さんとは、もともと大学のテニスサークルで知り合ったんですけどね。大きな試合はいつもここでやってたらしくて、何かと思い出の場所だったみたいです」

「まあ。素敵じゃないですか」

「たしかに、それだけなら、そうなんですけどね。……弟が高二のとき、クリスマスイブに泊まったのがこのホテルだったんです。初めての彼女で、それが初めてのお泊りだったみたいで……、僕もいろいろと手伝わされたんです」

浪人生だった私は、電話予約を任されたうえに、頼まれて二万円も貸した。毎月千円ずつで六千円が戻ってきたときに、祐二はその彼女と別れてしまった。気の毒で、それ以降は請求できなくなった。だからよく覚えていた。

「まあ、家族で知ってるのは僕だけでしたし、わざわざ本人にも言いませんでしたけど。本人たちが式の当日はここに泊まるって聞いたときは、さすがに弟の性格を疑いました」

私と同じように、佐倉さんも苦笑いを浮かべていた。

「でも、やっぱり仲が良さそうですね、弟さんと」

「そんなことありませんよ、特に最近は」

「そうですか？　よくお話に出てきますし、桑田さんも楽しそうに話してますよ」

意識したことはなかったが、実際そうかもしれなかった。だとすれば、少し気を配るべきかもしれなかった。

佐倉さんは、あまり自分の家族のことを話そうとはしなかった。

新潟で生まれて、東京で育ったということは聞いていた。兄と弟が一人ずついることも聞いていた。両親も含めて、家族とは疎遠になっていることも聞いていた。ただ、それ以上の質問をしても、何となくかわされた。顔色も曇っている気がして、むしろ私のほうから控えてしまっていた。

できることなら、そんな彼女の気持ちをほぐしたかった。私が楽しそうに家族の話をすることがプラスに働くのか、まだその判断がつかなかった。

佐倉さんを促して、海のほうに向かった。

海寄りには所々にソテツが植えられていて、所々にベンチが据えられていた。その先に小さな砂浜があったので、私たちは揃って足を踏み入れた。

一面に、博多湾が広がっていた。

ドライブの途中では、二人ともあえてその方角を見ないようにしていた。福岡タワーがあって、福岡ドームがあって、西公園の山が見えた。そこから少し離れた左手に、たしかに二つ並んでいた。

佐倉さんが屋上から思い描いていた景色の、それが答え合わせだった。

「……大きいもんですね」

彼女がぽつりと呟いた。

「ええ。でも、さすがにドームよりは小さいですね。まあ、向こうは五万人とか入るんでしょうけど……」

「ここから見えるってだけで、すごいです。だって、自分の家でしょう？」

「たしかに。この距離から見える自宅って、そうないでしょうね」

その場に突っ立ったまま、私たちはじっと自宅を眺めていた。

「ひょっとして僕だけかもしれないですけど……、あそこの中だけは、何となく外とは空気が違うんです」

佐倉さんが、不思議そうに私の顔を覗き込んできた。

「って何か、訳わかんないですよね。……フードコートとかはまだ半々なんですけど、廊下とか吹き抜けとかは全く違うんです。あ、屋上も八割くらいは違うかな。……って何か、いよいよ訳わかんないですよね」

頷かれはしなかったが、微妙に首を傾げられた。脳みそをフル稼働させて、辛うじて伝わりそうな例えを思いついた。

「例えば、ここがどこか、別の惑星みたいな感じですかね」

「……別の、惑星？」

「ええ。……だから僕には空気が合わなくて、ちょっと息苦しい。でも、あそこの中だけは、僕に合う空気で満たされてるんです。落ち着けるし、安心して呼吸もできる。基地とか、宇宙船の中みたいな感じですかね。……少しは伝わりましたか？」

しばらく返事はなかったが、やがて佐倉さんは一人で小さく笑いはじめた。いやな感じでもなかったが、喜んでいいのかは微妙だった。

「……そんなにおかしいですか？」

「ごめんなさい……、いや、おかしくないです、全然」

言いながらも、まだ一人で笑い続けていた。困っていてもしょうがないので、おさまるまで放っておいた。

「ほんとに、ごめんなさい。頭の中で、いろいろ勝手に想像しちゃって」

「笑いすぎですよ。自分では、わりといい例えだと思ったのに」

「ええ、とっても分かりやすかったです。ただ……、外で働いてる桑田さんが、とっても大変に思えちゃって。だって、船外活動なんでしょう、別の惑星での」

自分でも思い浮かべてみた。たしかに大げさな気もしたが、わりとしっくりときた。伝えたい思いは、大体そんなところだった。

「まあ、命懸けですからね。でも、そうやって外にも出ているから、かえって中の良さが分かるのかもしれませんね」

言いながら、前夜の長谷部さんの言葉を思い出していた。

「佐倉さんも、どうですか？　こうやって外に出てみるのも、悪くないでしょう？」

実は、ドライブの途中でも何度か考えていた。

もし佐倉さんが望むのであれば、いったん燻製屋を忘れてもよかった。エンジニアの仕事を続けながら、２ＬＤＫくらいの部屋を借りて二人で暮らしてもよかった。うまくいく確信も、自信もあった。

一方で、あそこに入居した自分を否定するつもりもなかった。出会いが入居よりも遅れてしまっただけだった。というより、彼女に出会うために入居したのだと思うようにもなっていた。

「……ええ、たしかに、たまになら」

それだけではまだ弱かった。

いっそのこと、そのまま実家に誘ってみようかとも思った。

どういうふうに紹介してもよかった。恋人なのか、ビジネスパートナーなのか、あるいはまだどちらでもないと伝えてもよかった。両親に、それ以上に祐二に会ってもらいたかった。私なりに、何らかの決意表明はできるような気がしていた。

ただ、あくまで佐倉さんの同意があっての話だった。

彼女の顔を覗きこもうとしたときに、先に口を開かれてしまった。

「そろそろ戻りましょう。渋滞に引っ掛かると大変ですから」

「……じゃ、一緒に行きますか？」

さらりと言われたので、私もなるべくさらりと言ってみた。

伝わったはずだった。ほんの一瞬だったが、彼女にはたしかに迷うような表情が浮かんでいた。

「……いけませんよ」

「あ、法事なら気にしないでください。何なら僕も近くの宿に……」

さえぎるように、佐倉さんが首を振った。

どうやらそこまでだった。

「私には、戻る場所はあそこしかないですから」

彼女の視線が、遠く対岸の一点に向いていた。

「私もそろそろ、空気が足りなくなってきたみたいです」

3

実家には夕方遅くに着いた。

祐二たちも、出前の寿司も揃っていた。着くなり夕食に突入しそうだったので、十分だけ時間をもらって庭に向かった。

燻製作りのセッティングをしていると、背後に視線を感じた。

父のパピヨンかと思ったが違った。サッシの隙間から、四歳の姪っ子がこちらの様子を窺っていた。

しばらく動きがなかったので、私のほうから声を掛けた。

玄関から自分のサンダルを持ってきた姪っ子が、私の少し後ろに立って作業を見守ってくれた。

誰に似たのか、おとなしい子供だった。特に質問もされなかったが、何をやっているのかは説明した。覗き込もうともしなかったが、二つ並べていたボックスの、それぞれの中身も見せた。点火するところも見せた。

けむり、とそのときに呟いた。庭で発した言葉はそれだけだった。

それでも食卓に戻ると、姪っ子は桑田家の中心だった。

私も含めた大人たち五人の視線は、何かを口に運ぶとき以外は、ほとんど彼女に向いていた。

話題も八割が彼女についてで、残り二割はパピヨンについてだった。

パピヨンはもう八歳になったらしく、人間なら五十代らしかった。姪っ子が生まれるまでは、間違いなく彼が桑田家の中心だった。話題を独占していた時期もあったが、もはや過去の栄光だった。以前は見向きもしなかったはずなのに、やたらと私の足元にすり寄ってきていた。

何度も席を外すのは避けたかったので、途中で具材をひっくり返すのは見送った。一段落したところで、仕上がった燻製の回収に向かった。

しばらくして顔を出してきたのは、今度は姪っ子ではなかった。

「オレはもう、腹いっぱいになっちまったかも」

祐二だった。

「別に、今夜食べなくてもいいさ。明日でも、明後日でも」

「冗談だって」

笑いながら、私の手もとを覗き込んできた。

「やっぱり、普通は覗き込みたくなるよな？」

「まあ、な」

「美咲ちゃん、さっきは全く覗いてこなくてさ。何にも訊いてこなかったし、ただ黙って突っ立ってた」

「まだアニキのこと怖がってるんだろ」

「……って、どういうこと？　何か、怒ったりしたことあったかな？」

祐二は苦笑いを浮かべながら、首を振った。

「逆だよ、全く喋らなかったからさ。……さっきみたいに美咲を中心に盛り上がってるときでも、前は一人だけ黙り込んでたしさ。自分じゃ気付いてなかったかもしれないけど、時々ものすごく険しい顔になってたりしたんだぞ。……美咲はそのへん、わりと察しちゃうんだ」

たしかに自覚はなかった。以前もそれなりに会話に参加していたつもりだったが、頭の中で喋っていただけかもしれなかった。

「ま、でも、今日はちょっといい感じかもしれないな。さっきもオレに言ってきたよ、おじちゃんの車に乗りたいって」

「……俺の車、って言っても借り物だけどな」

「いいんだよ、別に。赤くて、小さくて、丸くて、かわいいんだってよ。アニキにぴったりだな」

「冷やかしなら、中で待ってろよ。手伝うなら、ほら、これ持って」

地べたに置いていた大皿を、祐二に持たせた。その中に仕上がった燻製を次々と放り込んでいった。

「ま、美咲の真似するわけじゃないけどさ……、アニキ、ちょっと雰囲気が変わったな」

「……別に、変わってないよ。こうやって、家族団らんの場から離れて、一人で燻製作ってるくらいだから」

「でも、オレたちに食わせようっていうんだろ？　美咲を呼び寄せて、わざわざ説明までしてくれたっていうしさ。晩メシのときもたまには喋ってたし……。それこそ、こうやってオレをこき使うなんて、たぶん初めてじゃないか？」

どれも、特には意識していなかった。あらためて指摘されても、どう返していいのか分からなかった。

「……その砂肝、超おすすめ。一つつまんでみたら？」

「じゃ、いただき。……んっ、超うまい。オレはもうちょっと濃い味でもいいけど、オヤジたちにはちょうどいいかもな、これ。あとで焼酎でやろうよ」

「ああ。……美咲ちゃんには味玉がおすすめかな。これ、燻製なのに、黄身が半熟のまんまなんだ」

「へー、これも美味そうだな、色も濃いし。……何か、いきなり燻製とか言われてもピンと来なかったけど、意外と本格的なんだな」

「とんでもない、まだまだド素人中のド素人だって。こだわり始めたら、どこまでもこだわれちゃう世界だよ」

つい、色々と話したくなってしまった。燻製についてだけでなく、屋上での時間や、テナントや試食会についても話したくなった。そして何より、佐倉さんのことを話したくなった。

「ふーん。オレにはよく分からんけど、何か、楽しんでるみたいだな」

「……ああ。毎日が楽しいよ」

そんな言葉を口にするのは初めてだった。

私自身もそうだったが、祐二はいよいよ驚いていた。複雑そうな表情にも見えた。それはきっと、事件のことが頭にあるからだった。

「ま……、たしかに、こうやって会ってみると、そんなに悪くもなさそうに思えるんだけどな……」

言いたいことも、訊きたいことも分かっていた。祐二だけでなく、それは両親も同じはずだった。言われることにも訊かれることにも、いちおうは備えていた。ただ、心配を取り除けるような要素はなかった。祐二のように、私の様子から判断してもらえるのが一番ありがたかった。

「なあ、アニキ……」

「ん？」

「あそこに入居する前かな、オレに訊いてきたことがあっただろ、オマエは長生きしたいか、って……」

私は黙って頷いた。

「実はあのあと、ちょっと嫌なこと考えちゃってさ。……アニキは長生きしたくないんだ、ってね。とっとと殺されても構わないから、わざわざあんな危なっかしいところに入ろうとしてるんだ、って……」

否定をしておくべきかもしれなかったが、できなかった。事件が続いていても、なかなか怖さを感じられない自分がいたのも事実だった。

「他には何も訊かないから、今回は一つだけ訊かせてくれ。……アニキは今、長生きしたいか？」


祐二はちゃんと約束を守ってくれた。

翌日の夕方まで実家で過ごしたが、他には何も訊かれなかった。二人きりの時間がなかったとはいえ、それでも正直ありがたかった。

代わりに、私も約束を守った。

墓参りに向かうドライブで、姪っ子を助手席に誘った。

二つしか座席がないことに驚いていた。幌を開けると、もっと驚いていた。珍しく感情が溢れていて、見ているこちらまで嬉しくなった。

赤いロードスターを借りられたのは、ご先祖様の計らいだったのかもしれない。

4

盆明けの日曜から、あいにくの休日出勤だった。

客先の引っ越しで、複合機の移設とネットワーク設定を手伝った。自力でもできるはずの内容だったが、頼まれて断るわけにはいかなかった。

支店丸ごとの移転だったが、夕方までには終わる予定になっていた。

当日は営業マンも一緒で、例のお中元を完全スルーした梶原という男だった。私たち二人は、燃え尽きているという点だけは似ていた。終業時間前に片付いたら、その時点で直帰してしまうことを示し合わせていた。

引っ越しは順調に進んでいたが、昼過ぎにレイアウト変更が発生した。どうしても一時間ほど待たされることになって、私たちはその間に昼食をとることになった。ファミレスは混雑していたので、裏通りの寂れた喫茶店に入った。

残念な昼食だった。

ビーフカレーは明らかな業務用レトルトで、アイスコーヒーも明らかな業務用リキッドだった。以前なら全く気にもならなかったが、それではもう認められなかった。呼び出しがあるまではその店で過ごしたが、内心はかなり不本意だった。

お互いにスマホをいじりながら、たまには梶原とも会話があった。

彼の話題は、ほとんどが転職についてだった。こちらから訊いてもいないのに、勝手に詳細を話してくれた。すでに何社も応募しているらしく、他の社員よりはたしかに本気を感じた。

転職経験者としてのアドバイスも求められたが、大して気の利いたことも言えなかった。相づちのいい加減さからすると、そもそも興味も期待もなかったのだろう。その点はお互い様かもしれなかった。

「――で、桑田さんはどうなんスか？　このままずっとウチの会社に？」

上っ面だけの会話を続けていた。そのままの流れで処理してもよかったが、ふと気まぐれが生じた。

「いや、考えてますよ、転職も」

その日初めて、梶原が興味を示してきたのが分かった。

「へー、意外。たぶん、社内の誰も思ってないっスよ、そんなこと」

いろいろなニュアンスが含まれている気もしたが、どうでもよかった。私はただ、そのことを外部の誰かに話してみたかったのだ。たまたま梶原だっただけで、どう思われるかも含めて相手には興味がなかった。

「あ、ひょっとして、次もまた同業他社っスか？」

「いや……、実は、店を始めようかと思ってて。飲食系の」

相手はもうじき辞めていく人間だった。特に口止めもしなかった。しなければ逆に広まらないことも分かっていた。

「店？　すげー。じゃ、けっこう貯め込んでるんスね？」

「いや、そっちはまだ全然。……まあ、生活費がわりとコンパクトになったから、何とかやっていけるかなと思って」

「……あ、そっか」

梶原の反応に、少しの間があった。どうやら総務の誰かからの情報と合致したようで、何度か大げさに頷いていた。

「けど、まあ……、こんなこと言うのもなんスけど、桑田さん、よくあんなとこに住めますね。何人も殺されてるのに、ぶっちゃけ怖いとか気味悪いとかないんスか？」

「……ええ。まあ、ふだんは別に」

予想の答えと違いすぎたのか、梶原は呆れたように首を傾げていた。

「オレ、何かの記事で読んだんスけど……、あの事件、実は管理会社も絡んでるらしいっスよ」

「……って、聞いたこともないですけど。どんな内容でした？」

「何か、殺された人たちって全員、死んだら遺産が全部あそこに寄付されることになってたらしいんスよ。保険金殺人みたいな感じ？　あ、ちょっと違うか……」

少し驚いた。

その手の悪趣味な記事には慣れていた。ただ、どうして記事になってしまったのか、それが気になった。

「へー、そんな話、知らなかったですね。ちょっと読んでみようかな、……何ていう雑誌でした？」

梶原はアイスコーヒーをすすりながら、しばらく思い出そうとしていた。

「……あ、いや、やっぱり雑誌とかじゃなかったかも。……うん、やっぱり違う。たしか、どっかのネット掲示板で、誰かが書き込んでたんスよねー」

言いながら、さっそくスマホで探しはじめていた。

呼び出しで中断されて、結局は見つからなかった。それでも彼の探しぶりからすると、そんな情報が存在したのは事実のようだった。

三千人もいれば、そのうちの誰かが漏らしてもおかしくはなかった。ただ、何となく残念な気がした。

「まー、けど、こないだの犯人って、分かりやすい悪人顔っスよね。たしか、元ヤクザっしょ？　やっぱりアイツが勝手にやらかしただけかもなー」

視界の端に、醜く歪んだ笑みが浮かんでいた。湧き上がっていく悔しさは、ほとんど氷だけになっていたお冷で何とか鎮めた。

代休は、その次の水曜に取った。

佐倉さんには伝えていなかった。彼女は夕方まで仕事のはずだったので、そのあたりの時間に部屋を訪ねてみようと企んでいた。いきなりで驚くはずだった。その夜も燻製に付き合ってもらう予定だったが、たまには違う夕食でもよかった。天神に誘い出してみようと思っていた。

午前中は、部屋で燻製作りのデータをまとめた。

試食会の準備は順調だった。レシピもほぼ固まって、最終段階に入っていた。ボックスも六台まで買い足して、温度と時間を細かく調整していた。その設定も月内にはひとまず固まりそうだった。

ガブがいれば昼食を一緒にと思ったが、やはり来ていなかった。

食後はしばらくジムで過ごした。こちらも目当ての人物がいなかったが、それでも久しぶりの筋トレに打ち込んだ。

始めた当初と比べると、マシンの負荷もずいぶんと上げていた。見た目にも明らかに筋肉質になっていたし、それは菅原さんにもよく言われていた。もともと必要な筋力が、ようやく備わってきたのだろう。彼のマッサージを受けられなくなったが、それでも以前よりは肩こりや腰痛が減っていた。

筋肉がついてくるにつれて、さらなる欲も湧いていた。長谷部さんのように身体を黒く、せめて小麦色にしたくなったのだ。

その日の筋トレのあと、しばらく鏡の前に立っていたときに、特にそう思った。ボディービルダーを目指すわけでもなかったが、いくらか健康的には見えるはずだった。そのぶん、並んだ女性の肌が白く見えるはずだった。

私はもともと色白で、焼けても赤くなって皮が剥けるだけだった。スポーツも特にしてこなかったので、真っ黒になるまで日焼けした記憶もない。長谷部さんにサロンを紹介してもらうのが無難だったが、私なりのモットーで動くことにした。「思い立ったが吉日」——何しろたった一年の間に、身にしみる出来事がいくつもあったのだ。

ようやく鏡から離れようとしたときに、その人影に気づいた。いつものマシンに、いつものルーチンで向き合いはじめていた。

鉄人だった。

私がしばらくジムに行かなかったのは、何より彼を避けていたからだ。その顔を見れば、どうしても菅原さんが浮かぶはずだった。店に入っていくのを見かけた、あの夜のことを聞きたくなるはずだった。深入りしていいとは思えなかったが、といって訊けずにモヤモヤを抱えたくもなかったのだ。

だが、そんな気持ちにも変化があった。

脳裏にくっきりと梶原の歪んだ笑みが浮かんでいた。私はやはり知りたかったし、だからこそわざわざジムに出向いていた。

周りに人がいないことを確認してから、初めて鉄人に声を掛けた。

一瞬だけ見上げてきた眼光の鋭さに、怯んでしまいそうになった。それでも今さら引き返せるはずもなかった。

「すみません……、できれば、お訊きしたいことが……」

目線を同じ高さに揃えてから、慎重に続けた。

「菅原さんのことです。……あの夜、あなたのお店に入るところを見かけて……」

手を止めてはくれなかったが、それでも聞いてくれているのは分かった。

「まだ……、いや……、どうしても、信じられません。……何か、ご存じじゃないでしょうか？」

マシンのセッティングを済ませてから、鉄人はようやく私に向き直ってくれた。事件の真相はもちろん、私と菅原さんの関係性も悟っている目だった。

「桑田か？」

初めて聞く鉄人の声には、想像以上の凄みがあった。私が慌てて頷いたのと同時に、意外な言葉が飛んできた。

「六時に、店に来い」

聞き間違いかとも思ったが、どうやらその通りの指示だった。

「いいんですか？　予約も入れてないのに――」

「開店前だ」

鋭く、冷ややかに遮られた。

「あ……、そうですよね、すみません……」

タオルに身を屈めていた鉄人は、そのままの姿勢で呟くように言った。

「あいつから、預かってるもんがある。それを渡すだけだ」


雲ひとつない、絶好の日焼け日和だった。

路面のドラッグストアで、日焼け用乳液とミネラルウォーターを買った。部屋からアルミシートを持ち出して、さっそく屋上に上がった。

太陽は真上から照りつけていて、潮風は真横から吹きつけていた。そのせいか人影も全くない。私はいつもの海寄りに向かった。

出入口からは見えないように、Nの吹き抜けの陰に陣取った。出会った頃に、佐倉さんがよく座っていた場所だった。

アルミシートを敷いて、その上に座った。満たされた気持ちのままTシャツを脱いで、顔も含めた上半身に乳液を塗りたくった。サンオイルのような甘ったるいココナツの匂いはなかった。

塗り終わると、一口だけミネラルウォーターを含んだ。折りたたんだTシャツを枕にして、さっそくアルミシートに寝そべった。

青一面の視界に、きちんと太陽もおさまっていた。

長時間は危険だった。三十分と決めてスマホのアラームをセットした。

それからしばらくは目を瞑っていた。

瞼を流れている血の色なのか、一面が真っ赤な世界だった。たまに目を開けると真っ青な世界で、目玉は動かしていないのに面白かった。サウナと水風呂のように、何度も行ったり来たりを繰り返していた。

その声がしたのは、二十五分が過ぎた頃だったのだろう。

女性の、穏やかで軽やかな笑い声だった。私からは死角になっていたが、そんなには離れていない声だった。

少しだけ上半身を起こして、そちらを見た。

やはり海に向いている手すりに、男女が肩を寄せるように並んで立っていた。

後ろ姿だったが、その女性の服にも帽子にも見覚えがあった。

佐倉さんだった。

笑い声も彼女のものだと分かった。声にぴったりの笑顔を、隣の男性に向けていた。私があまり見たこともない、満面の笑みだった。

男の横顔も見えてしまった。

榎本だった。

他の誰でも認めたくなかったが、よりにもよって榎本だった。三度も私を睨みつけてきたあの男が、長谷部さんを怪我させたあの男が、佐倉さんの隣にいた。似合わないのに笑顔らしきものまで浮かべていた。

身振り手振りを交えながら、佐倉さんは自分から積極的に話しかけていた。ちょうど海の中道のあたりを指差したりもしていた。わざわざ聞き取ろうともしなかったが、私とのドライブを話のネタにしているのかもしれなかった。

私の知らなかった平日の午後が、そこにあった。

音を立てないように、もう一度寝そべった。立ち去るどころか、起き上がることもTシャツを着ることもできなかった。せっかく筋肉をつけたのに、全身の力が抜け落ちてしまっていた。

辛うじてアラームだけは解除できた。ギリギリで間に合ったが、いっそのこと鳴らしてしまえばよかった。切ってしまってから、そう思った。

しばらくはただ、空と太陽を見上げていた。彼女の笑い声が何度も聞こえてきて、そのうちに聞こえなくなった。

5

Ｓａｈａｒａがその新規事業を発表したのはちょうど一ヶ月前、十月に入ってすぐのことだった。

いわゆる人造人間の製造販売で、主に二つの分野から活用しはじめるらしい。宇宙空間を含めた危険作業と、病人や高齢者の介助作業らしかった。

ロボットではなく『レプリカント』と呼んでいることからも、どうやら『ブレードランナー』を意識しているようだった。市販開始予定が二〇十九年というのも、ちょうど映画の舞台がその年だったのと偶然の一致とは思えなかった。

そんな近未来的なニュースを聞いても、私は少しも胸が躍らなかった。

気分的にそれどころではなかったこともあるが、どうしても明るい空想には繋がらなかった。映画のような悲劇は起こらないにしても、格差につながったり、雇用を奪われたりすることしか浮かばなかった。子供の頃に夢見ていたような未来都市は、もう過去にしか存在しなくなっていた。

ともかく、Ｓａｈａｒａが本気を出すのであれば、間違いなく世間には投下されるだろう。すぐには映画のような社会にならなくても、将来のどこかで追いついて、追い抜くのかもしれない。


春以来、私は毎月一回、花を買うようになっていた。

例のバス停前の細長い花屋で、たいていは金曜の仕事帰りに買った。慣れない視線を浴びながら持ち帰って、ひと晩はグラスに挿しておいた。寝ているとき、ふんわりと香ってくることもあった。

土曜の午前中には、四つのオブジェに一本ずつ供えて回った。特に墓参りのつもりはなかったが、それに似た余韻はいつもあった。

花は、何となく毎月変えていた。直感で選ぶときもあったが、先月は店主のおすすめでオレンジのガーベラにした。いつも四本だけで申し訳なかったが、いつもそうだったように丁寧に包装してくれた。素敵な仕事ぶりだった。すでに半年以上買い続けていたし、ずっと買い続けるつもりだった。

だからガーベラの翌週、いきなり店がなくなっていたときは茫然としてしまった。

移転のお知らせも、閉店のお知らせも見当たらなかった。「テナント募集」の貼り紙の奥には、空っぽの細長い隙間だけがあった。

毎月四本しか買わなかった客としては、事前に教えてもらえなかったことにも文句は言えない。ただ、毎月の献花は続けていくにしても、大きなモチベーションを失ってしまったのは確かだった。

ぼんやりとバスに乗り込んだ私に、一通のメールが届いた。

佐倉さんからだった。

まだ火曜だったが、土曜に屋上で燻製を作るのかを尋ねてきていた。「今週は用事があります」という文章は先週と全く同じような気もしたが、特に確認もせずにそのまま送信した。

ほんの数ヶ月しかない、秋の屋上シーズンの真っ只中のはずだった。

それなのに私は、週末のほとんどを天神で過ごすようになっていた。数年ぶりにゲーセンの常連客になって、メダルも二万枚以上預けていた。競馬のゲームはリクライニングシートだったので、丸一日やり続けてもパチンコよりは疲れなかった。

少しも楽しくはなかったが、それは何をしていても同じはずだった。

バス停を一つも過ぎないうちに、またメールが届いた。「今夜は遅くなりますか?」と尋ねてきていたので、「まだ客先です」とだけ返した。それも何度か使っていたはずだったが、効果的なことも分かっていた。それきりメールは止まった。

その夜も天神に立ち寄ることにした。用事も特になかったが、とりあえず新しい花屋でも開拓しておこうと思った。

屋上で二人を目撃して以来、重苦しい日々が続いていた。

年甲斐もなく顔を真っ赤に日焼けしてしまった私は、職場でも客先でも冷笑を買った。それだけならまだよかった。佐倉さんに本気で心配されたのが、正直たまらなかった。身勝手なのは自覚していたが、やはり腹が立った。原因を訊かれても、まともには答えようもなかった。

何も知らない彼女は、試食会に向けて相変わらず熱心に手伝ってくれた。

あの当日はドタキャンした私だったが、さすがに何日も断り続けることはできなかった。心の中に冷ややかなものを感じながらも、なるべく以前と同じように接し続けた。一度だけ、彼女がメールに呼び出されたように途中で帰ったことがあった。そのあとは一人でかなり荒れた。

それでも、彼女の前では悪態をつかないように努めていた。彼女のためというより、おそらくは自分のプライドを守るためだった。

そんな状況で挑んだ試食会は、やはり不発に終わった。

土日の二日間で、予定通りの二百食を住民にふるまった。その場でつまんでくれた人たちには好評だったが、評価は全てポータルから入力されることになっていた。

翌日の月曜にはもう、松尾がデータをまとめてくれていた。彼の部屋で、夕食の弁当を食べながら説明を受けた。
★三つにも届いていなかった。
コメントは様々だったが、圧倒的に多い意見が二つあった。「わざわざは買わないかも」というものと「焼鳥屋のほうがいい」というものだった。三つのメニューの中では、味玉が大差での一番人気だった。

ただでさえギリギリまで待ってもらっていたので、あまり悩んでもいられなかった。その週末には自分で結論を出した。焼鳥屋の検討を進めてもらうよう、染谷氏を通じて宇崎氏に伝えた。

特に返事はなかったが、それからの宇崎氏の動きは早かった。

さっそく試食会が行われていて、県内のいくつかの有名店が参加していた。どの店も若手育成のための出店とはいえ、味は間違いなかった。翌週には味噌バラが名物の一店に決まっていたが、ギリシャコーヒー並みの人気になりそうだった。

あまりの完敗ぶりに、悔しさもなかった。

むしろすっきりしていた。もらったチャンスは生かせなかったが、現時点での評価としては納得していた。ライフワークとして取り組んでいくかぎり、そのうちにまたチャンスが巡ってくるかもしれない。

ただ、一番大きなモチベーションを失いつつあった。

試食会のあと、しばらく燻製作りは休むことを彼女に伝えた。仕事の繁忙期を理由にしたが、それはあくまで例年の話で、今年に関しては暇すぎるくらいだった。

平日の夜はもちろん、週末にも会わなくなっていった。

ほとんどは天神に出向いていたのだが、そうやって無理にでも外出していないと苦しかった。本を読もうとしても、DVDを観ようとしても、すぐに思い出してしまった。ジムで筋トレしていても、フードコートで食事していても、それは同じだった。

ほとんど何もできなかった。

昼下がりは特に辛かった。その時間、いつもの場所で読書をしていることは分かっていた。それだけで落ち着かなかった。気軽にふらっと顔を出せそうだと思っても、いざ立ち上がると顔がこわばった。どうしても実行できなかった。

繁忙期アピールが過ぎたのか、彼女からは体調を気遣うメールがよく届いた。以前なら何よりも元気を与えてもらっていたが、それもなくなっていた。さすがに私の変化にも気付いているはずで、むしろ白々しくも思えた。私がどこかで悪態をつかないかぎり、本性を見せるつもりはないのだろう。そう決め込んでいた。

心の中でだけ、私は毎日そんなふうに悪態をついていた。そんな自分が醜くて、どこまでも惨めだった。

新しい花屋は探しもしなかった。

ほとんど無意識にゲームセンターに立ち寄って、閉店まで黙々と競馬ゲームを続けた。ここに戻ってきた頃には、そろそろ日付が変わろうとしていた。

「――くたびれたリーマンちゃん、今さらのご帰宅かい？」

コンビニの店内をしばらくうろついていると、背後から声が飛んできた。わざわざ振り返らなくても誰なのか分かった。

「繁忙期なんですよ、いちおうは」

私の返事など聞いてもいない。手に持っていたレッドブル二缶を、なぜか私の買い物カゴに放り込んできた。

夕食は忘れていたが、今さら食欲も消えていた。他には燃えるゴミ用のゴミ袋だけを買って、二人揃ってコンビニを出た。

「サンキュー、高給取り。一本は、お前にやるさ」

さっそくレッドブルを飲みながら、長谷部さんは上機嫌で一歩先を歩いていく。つられたわけでもないが、私もレッドブルを開けた。

こうして会うのも久しぶりだった。

コンビニに入る直前に、向こうが雑誌を立ち読みしていることに気づいた。とっさに避けようとしてしまった自分には、さすがに嫌気が差した。自分から声は掛けなかったが、掛けられるのは待っていたのかもしれない。

「順調か？」

ちょうど飲み始めた私に、背中越しに訊いてきた。何についての質問なのかは、もちろん分かっていた。

「……いや、まあ、ちょっと、いろいろと……」

どこまでを、どう打ち明けていいのか、ずっと分からないままだった。だからこそ、最近はサービスカウンターに出向くことも減っていた。

「まー、そりゃ、いろいろあるわな。お前らもいちおう男と女だし」

やけにあっさりと逃がしてくれたことに、拍子抜けしたときだった。くるりと振り返ってきた長谷部さんが、見たこともない真顔で訊いてきた。

「けど、お前……、彼女に手を上げたりはしてないよな？」

そんな心当たりはなかったが、傷つけているという自覚はあった。それを見透かされたのは分かったので、あえて頷きはしなかった。

「手は上げませんけど……、どうしてそんなことを訊くんですか？」

私の真顔をかわすように、長谷部さんは表情を緩めた。

「いや、それなら全然いいんだけどさ……。お前、今週は彼女に会ったか？」

「……いえ」

「そっか。……彼女、右の頬にでっかいアザ作っててさ。ありゃ、どう見ても殴られた感じだったたし、一瞬でもお前かと思っちまってさ」

「……で、本人は何て？」

「ピッキング中に転んだ、ってさ。案外、その通りなのかもしんないな」

長谷部さんは軽やかに笑っていたが、私にはそんな余裕もなかった。頭の中に広がっていく映像は、決して穏やかなものではなかった。

自分の部屋に戻ってからも、私はずっとそのことばかりを考え続けていた。

レッドブルのせいかもしれないが、何かに駆り立てられるような思いだけがあった。さすがに眠ることを諦めて、玄関に向かった。下駄箱の中のボックスから、その中身を一つだけ取り出した。

それは『ブレードランナー』のディスクでも、アルミホイル製のユニコーンでもなかった。上質な和紙で作られた箸袋——うっかりなくしてしまわないように、DVDケースの中に収めていた。

何の装飾もないシンプルな箸袋を、そのまま裏返してみる。筆ペンに慣れていなかったのだろう、ミミズが這ったような字が並んでいる。

『女を守れ　CS19の男からはなせ』

このメッセージを受け取ったのは、屋上であの二人を目撃した直後だった。

菅原さんが、これを鉄人に託してくれた。もしいつか私が訪ねてくることがあれば、これだけを渡してくれと頼まれたそうだ。実際、鉄人はこれをくれただけで、他には何も話してくれなかった。

CS19が榎本の部屋番号なのは、最初にその文字を見た瞬間に思い出した。ただ、そもそも私が知りたかったのは、菅原さん自身の事件についてだった。まさか彼から、あの二人の関係性を明かされるとは思ってもいなかった。屋上で目撃していなければ、にわかには信じられなかっただろう。

もちろん、このメッセージと事件との繋がりも考えてみた。

菅原さんが殺した二人――特に「病的なクレーマー」の女性のほうには、明らかに周囲から疎まれている部分があった。だから他の住民のために、ひいてはこのロンリー・プラネットを守るために彼女を殺したのだとすれば――。

菅原さんは、榎本も殺そうとしてくれていたのかもしれない。

私のために、とまでは考えたくなかった。佐倉さんを守るために、と考えるのが文面からも自然なはずで、だからこそずっと悩まされていた。

屋上でのあんな笑顔を見せつけられたあとでは、守れとか離せとか言われたところで、何の気力も湧くはずがなかった。

例え彼女が殴られていたとしても、それでもまだいくらかの躊躇はあった。

6

架空の中世が舞台の、剣士になりきるオンラインゲームだった。

世界的に流行ったのはもう十年近く前のことで、最近ではかなり過疎化しているらしかった。ソフトも英語版しかなかった。間に合わせの日本語マニュアルは付いていたが、十日間の無料体験だけのつもりだったので、ほとんど読まずに始めた。

カサハラ氏の話では、日本人の初心者が入ってくれば、見つけてすぐに声を掛けてくるとのことだった。どうして見つけてもらえるのか仕組みがよく分からなかったが、実際に入ってみるとすぐに理解できた。

フィールドは広大だったが、凶暴なモンスターたちであふれていた。初心者が一人でもうろつけるのは、限られたエリアの限られた町の中だけだった。同じように、初心者が最初に入手できる装備も限られていた。盾は四種類あったが、そのうちの一つが真ん中から黄色と緑に塗り分けられていた。『WAKABA Shield』という名前の、いかにもな形の盾だった。

私はその派手な盾を手に、ほとんどゴーストタウンのような町をうろついた。何度かフィールドにも出てみたが無謀だった。すぐにモンスターに襲われて、町の教会で目を覚ました。町のメインストリートの真ん中で、奴があらわれるのを待つことにした。

我ながら、冴えない行動だとは分かっていた。

それでも何も動き出せないでいるよりは、いくらかマシだろうとは思った。少しでも相手を知るために、どんな形であっても近づいてみたかった。

そんなことを思いながら突っ立っている私を、たまに通りかかる剣士たちは避けて歩いていた。『hello』とか『hi』とかチャットで声を掛けてみたが、たまにオウム返しをもらうだけで会話には繋がらなかった。バックパッカーをしていた頃を思い出した。初日の夜はいつもそんな感じだった。

剣も盾も兜も鎧も、全てが豪華な剣士も何人か見かけた。そのたびに奴かと思ったが、カサハラ氏に聞いていた名前とは違った。

そんな剣士たちにも一目置かれているのなら、奴はいったいどんな装備をしているのだろうと思った。おそらくは十年以上、ほとんどの時間をそのキャラクターに投じているはずで、それならおそろしく豪華なはずだった。

だから、声を掛けられてもすぐには気付かなかった。

サーバーを転々としていたのだろうか、思ったよりも待たされた。それでも四十分ほどであらわれた奴は、いきなりチャットで声を掛けてきた。

『youkoso』

私とは違って、左手に盾を持っていなかった。右手には剣ではなく、細長い棍棒を持っていた。

兜を被っていなかった。それどころか、奴は全裸だった。

『hajimemasite』

私はそう返した。奴が小さく手を挙げて応えてきた。現実には睨みつけてくるだけなのに、やけに愛想がよかった。

十秒ほどじっとしていた奴は、またチャットで声を掛けてきた。

『kore ageru』

どんな入力をしたのだろう、何も持っていない左手を差し出してきた。

こちらも奴に歩み寄って、マウスをクリックした。ほぼ同時に、アイテム画面が表示された。剣も盾も兜も鎧も、それまでに見たなかで抜群に豪華だった。体力回復用の薬草も九百九十九束あった。何秒かの間に、どうやら全てをプレゼントしてくれていた。

多少もたつきながらも、私はさっそく全てを装備しなおした。どこからどう見ても、初心者には見えなくなった。

『arigato』

また小さく手を挙げた奴は、すぐに次の声を掛けてきた。

『tuite oideyo』

町の出口に向かって、全裸の男が駆け出していった。私は慌ててその後を追った。

久しぶりにガブが来たのは、その週の土曜だった。

夕方にいきなり電話があった。私は部屋にいて、朝から一歩も外に出ていなかった。家事どころか、食事もまともにしていなかった。

『――ねえ、ぼくに何か、お願いしたい？』

自分からかけてきておきながら、そう訊いてきた。何となく風邪をひいているような声だった。

「……って、ガブくん、今こっちにいるの？」

『まあね。早く早く。お願いがなかったら、切っても、いい？』

「……いや。……じゃ、中の日替わり弁当をお願いしようかな、とりあえず一つ」

『何のお弁当か、分かってる？』

「いや、分かんないけど、何でもいいや。好き嫌いもないし」

『いいよ、分かった。ポテトのLも食べたくない？』

「……じゃ、それも」

ポテトは先に注文していたのだろう、ガブは五分も経たないうちに玄関先にあらわれた。

頭のてっぺんからつま先まで、見事にテニスプレーヤーだった。身体より大きそうなラケットケースも背負っていて、肌の見えている部分は真っ黒に日焼けしていた。そして明らかに号泣のあとだった。両目が真っ赤で腫れぼったかった。涙の跡も残っていた。

弁当を受け取って、千円札を渡した。ここで現金を使うのも久しぶりだった。

「何、これ、ゲーム？　大人なのに？」

ガブに見つかってしまった。ログアウトはしていたが、ソフトをサイドボードに置いたままだった。

「十日間だけね。もう、あと何日かで終わり」

ガブはしばらくパッケージを眺めていたが、英語ばかりでうんざりしたのか、また元の場所に戻していた。

「テニスは、どう？　楽しい？」

さっそくポテトを食べようとしていたガブに、ウーロン茶を渡しながら訊いた。

「まあね。……けど、今日はぜんぜん楽しくなかった」

そうだろうとは思っていた。

「だって……、絶対、ずるかったし……」

また涙がにじんできていた。詳しく訊いてもよかったが、かえって刺激してしまうかもしれなかった。何となく、試合に負けて、そのままスクールを飛び出してきてしまったような気がした。

涙をこらえながらポテトを頬張っているガブを、酢豚弁当を食べながらぼんやりと眺めていた。

悔しげな彼には申し訳なかったが、私は少し嬉しかった。いつの間にか正座してしまっているのも、やはり懐かしいガブだった。ここに来なくなってからの三ヶ月間で、私にはいろいろなことが起こりすぎていた。たとえ逃げ出してきていたとしても、おかげで久しぶりに優しい気持ちになっていた。

「今日は、屋上は?」

ガブが訊いてきた。

「……うん、しばらくはお休みしてる」

「秋なのに?」

「うん。夏にいっぱい作りすぎちゃったからね。もうちょっとしてからかな」

「サクラは?」

「ん……、あ、どうかな……」

「屋上?」

「……いや、もう夕方だから。部屋に戻ってるんじゃ——」

「なんで、一緒じゃないの?」

ガブの口調がやけに強くなった。

「何で、って……。別に、今日はたまたま」

「じゃ、ぼく、サクラ呼んでも、いい?」

べちょべちょの指でスマホを掲げてきた。私は何も答えなかったが、実際にかけるまではしなかった。分かりやすいため息をつきながら、べちょべちょのスマホをベッドに放り投げていた。

「……ひょっとして、あの人から何か聞いたの?」

「ぜんぜん聞いてない。聞いてもいいけどね」

スマホをちらりと見ただけで、取りもしていなかった。三十歳も年下なのに、相変わらず遊ばれていた。苦笑いしかなかった。

「屋上と同じで、夏にいっぱい一緒だったからね。ちょっとだけお休みが必要なんだ」

それで納得してもらえるとは思えなかったが、小学生に真剣に打ち明けるような話でもないはずだった。ガブが察してくれることも信じていた。

私のほうが先に、弁当を食べ終わった。話題を変えたいわけでもなかったが、ガブに会ったら話そうと思っていたことを切り出した。

「マッサージのおじちゃん、捕まっちゃったよ」

「うん、知ってる」

ガブは私に見向きもしないうちに答えてきた。

「まあ、大きなニュースにもなったしね。……ガブくん、本当は僕のことを心配してくれてたんだよね、次に狙われるかもしれないって」

相変わらずガブは黙々とポテトを食べていたが、私には確信があった。

ガブは警察と同じように、マッサージの履歴から菅原さんに目をつけていたのだ。そのときに私も彼の常連客だと知ったのだろう、それを伝えるかどうかで迷っていた。「こわいから」と言い淀んでいたことがあったが、あれこそが迷いのピークに違いなかった。

「でもね、ガブくん。あのおじちゃんとは、本当に仲良しだったんだ」

ガブがゆっくりと私を見上げてきた。

「たしかに、そのあとで悪いことをしちゃったけどね。……歳はぜんぜん違ったのに、僕はあのおじちゃんと仲良しだったんだ。ちょうど、僕たちが仲良しなようにね。それだけは、ガブくんにも伝えておきたかったんだ」

珍しくガブは黙っていた。あるいはまた、何かを言い淀んでいるのかもしれなかった。いったん話しはじめたら止まらなくなりそうな、寸止めの表情にも見えた。

「まだ、こわいし……」

やけに慎重に、ガブはそれだけを呟いた。

「ん？　……僕が？」

じっと彼を見つめてみたが、それ以上言わないと決めてしまったようだった。ふっと表情が緩んだかと思うと、腰を浮かしながら明るく言ってきた。

「ねえねえ、ぼくのテニス、ちょっと見たい？」

「……うん。見たい」

最後まで聞かないうちに、ガブはもうラケットケースに顔を突っ込んでいた。そんな彼に、なるべくさりげなくもう一つだけ訊いてみた。

「あ、ガブくん、ピエロは怖くない？」

思いがけない質問だったのかもしれない。ガブは一瞬だけ、私を見上げてきた。

「ピエロ？　……ぜんぜん。ぼく、もう子供じゃないし」

「……そっか。うん」

やがて派手な黄色のラケットを取り出すと、ガブはその場に立ち上がった。

「部屋の中だし、ちょっとゆっくりね」

そう言ったわりには、最初のひと振りからビュンと空を切る音がした。

「ふだんはもっと、ぜんぜん速いし」

何度かはニコニコと振り続けていた。そのうちに表情が曇りはじめて、そのうちに両目が潤みはじめた。涙がこぼれ落ちそうになると、ラケットを置いてベッドに飛び込んでしまった。

「絶対、ずるかったし……」

うつ伏せになったまま、何分かは泣きじゃくっていた。染谷氏からの呼び出しが入るまで、そんなふうに素振りと泣きじゃくりを繰り返していた。


仕事の飲み会は苦手だったが、梶原の送別会となると避けられなかった。

社風なのか、座る場所はいつも自由だった。主役に近い席から、若手社員たちで埋まっていった。私はいつものように、あえてしばらくトイレに抜けた。

戻ってみると、やはり営業部長の隣の席しか空いていなかった。中途入社した身としては、生え抜きの社員たちの盾になることも役割の一つだった。

主役の梶原は上機嫌だった。

次の仕事は美容関係の営業で、主にエステサロンを回るらしかった。職場も客先もほとんどが女性らしく、同世代の連中にうらやましがられていた。思えば私でも、十代の頃は女子高の教師に憧れたりもした。おそらくそんな次元でハーレムを描いている彼らが、その若さが羨ましかった。

すぐにビールから焼酎に移ったので、部長のお酌自体は楽だった。たまにお湯割りを作るだけで、あとは若手営業マンたちへのダメ出しを聞き流していればよかった。すでに無口な人間だと見切られていたので、その点でも気楽だった。

それが盲点で、あまりにも油断してしまっていたのかもしれない。

「――ん、そういや、お前もそろそろ辞めるんだって？」

全く別のことを考えていたときに、部長にそう切り込まれた。

「……え、そんな話になってるんですか？」

「そんな話って、お前……、自分でそう言ってたんだろ、こんな会社辞めて飲食店を始めるって。梶原からそう聞いたぞ」

迷惑な話だった。私の不用意には違いなかったが、せめて若手の間だけにとどめてほしかった。

「で、飲食って、どんなジャンルだ？」

何しろ、梶原に話したときとは気持ちも状況も変わっていた。何とか濁しながら、とうとう燻製のことは話さなかった。

さすがに面白くなかったのだろう、部長はトイレに立った。その間にお湯割りを作って、戻ってきた部長と入れ替わりで今度は私がトイレに立った。

「そのときは早めに言えよ、次があるから」

すれ違うときに吐かれた言葉が、しばらく頭に残った。次に入ってきた人も、また部長の隣が定位置になるのかもしれなかった。

ビルの共用トイレの手前で、梶原を目撃した。

営業事務の子と一緒で、どちらかというと彼女のほうが酔っていた。お互いの腰に手を回していて、何かを囁きあっていた。

梶原とは一瞬だけ目が合ったが、私だけが反射的に会釈をしてしまった。通り過ぎてからも、我ながら全く理解できなかった。

一次会だけで抜けて、急いで帰宅した。

部屋に戻った時点で、無料体験の残り時間が三時間を切っていた。五分でシャワーを済ませて、さっそくログインした。

フレンド登録をしていたので、奴がどこにいるのかはすぐに分かった。どうやら別の初心者をサポートしているらしく、ひとまず町の酒場で時間を潰すことにした。

思いのほか待たされた。

たまに気まぐれでフィールドに出て、ホワイトタイガーを何頭か倒した。報酬目当てで加勢してくる剣士もいたが、一人きりでも倒そうと思えば倒せた。剣も盾も兜も鎧も、店で売られている中では一番高いものを身に付けていた。

その十日間で、私は八十時間以上ログインしていた。

そのうちの八割以上は、奴と一緒に行動していた。いろいろとレクチャーされたし、いろいろとプレゼントされた。そのたびにお礼を伝えていたからだろうか、他の初心者より優先してくれているようにも思えた。

奴は、たしかにヒーローだった。

どのエリアに顔を出しても、ほとんどの剣士から声を掛けられていた。手を挙げて応えるだけだったが、しばらくはどうやらそれが許されていた。余計なことも言わずに、ただ助けてくれる。そんな存在に、わざわざ敵意を向けるはずもなかった。

他のユーザーに気前よくプレゼントをする習慣も、どうやら認められていた。本来なら運営サイドから咎められそうだったが、制限さえ受けていないようだった。

全裸だから、かもしれなかった。

かなり巨大なホワイトタイガーを一人で倒そうとしていたときに、ようやく奴があらわれた。

『ｏｍａｔａｓｅ』

そう言ったきり、奴はしばらく私の狩りを見守っていた。巨大なぶん、さすがに苦戦していた。倒されて教会に飛ばされる心配はなかったが、何しろ時間が惜しかった。

『ｔａｓｕｋｅｔｅ』

そう言った私の横を、全裸の男がすり抜けていった。吠え狂っている巨大なモンスターの目前に歩み出たかと思うと、手に持った細い棍棒をそのつま先に振り下ろした。

痛くも痒くもなさそうな、弱々しい一撃だった。

断末魔の叫びをあげながら、ホワイトタイガーの巨体が崩れ落ちていった。大量の報酬アイテムが地面に飛び散っていった。

『ａｒｉｇａｔｏ』

私は伝えた。あと二時間しかなかった。

『ｂｌｕｅ　ｄｒａｇｏｎ？』

奴の問いかけに、手を挙げて応えた。すぐに二羽のダチョウが駆けつけてきた。私たちはダチョウに飛び乗って、東の谷を目指した。


その夜に限らず、私がログインしたときに奴がいないことはなかった。カサハラ氏も言っていたように、コンピュータか、あるいは運営サイドの人間だと思われても当然だった。むしろそのほうが健全に思えた。

奴自身のステータスも全項目が上限値に達していたが、何よりも凄みを感じるのは持っている棍棒だった。

元々は町の店主たちの防犯用で、初心者でも無料で入手できた。ただ、持ち歩くことはできても、武器としては使いようがなかった。フィールドで最弱のフォックスにさえ、全くダメージを与えられなかったからだ。

武器として使うためには、棍棒自体のステータスを上げるしかなかった。装備品のステータスを上げるためには、その装備品でモンスターにとどめを刺すしかなかった。だから棍棒のステータスを上げようと思えば、南西の沢でひたすらカエルを叩き潰していくしかなかった。

ネット上に、ある海外のユーザーが試算したデータが挙がっていた。

フォックスに通用するまで棍棒のステータスを上げるためには、約五十万匹のカエルを叩き潰す必要があった。一匹一分として休みなく続けても、それだけで丸一年かかるらしい。次のジャッカルに通用するためにはフォックスが三万頭も必要で、そんなふうに一頭一分としての試算が積み上げられていた。それによると、奴の棍棒を作り上げるためには十三年と五ヶ月が必要だった。その試算の時点で、ゲームの発売開始から十六年しか経っていなかった。

だから奴がコンピュータか、せめて運営サイドの人間だと考えるほうが健全だった。

ただ、私はその正体を知ってしまっていた。あの榎本という人間だということを知っていた。せめて棍棒を作り上げたときまでは、運営サイドの人間だったと思いたかった。そうでなければ、あまりにも不健全な話だった。

東の谷に入るのも、ブルードラゴンに挑むのも初めてだった。

奴と一緒に移動していたので、他の剣士たちも追いかけてきていた。最終的に三十人を超えていたが、それでもなかなか倒せなかった。さすがは最強のモンスターだった。教会に飛ばされる剣士も増えはじめていた。

最後の楽しみにとっておいたが、私ももう満たされていた。一人だけ手を出さずに見守っていた奴に、応援を頼むことにした。誰も文句を言わないのも分かっていた。

『ｙｏｒｏｓｉｋｕ』

手を挙げて応えてきた全裸の男が、剣士たちの間からゆっくりと歩み出てきた。ドラゴンの群青《ぐんじょう》色の鉤爪を見上げると、静かに棍棒を振り上げた。

さすがは最強のモンスターだった。奴でも二発が必要だった。

飛び散った報酬アイテムの奪い合いが始まっていた。奴と私だけは、それには目もくれずにまたダチョウに飛び乗った。

特に希望は伝えていなかったが、奴が導いてくれたのは南西の沢だった。

他には誰もいなかった。

私たちはダチョウを解放した。ばしゃばしゃと駆けていったときに、水面から小さな影が一つだけ跳ねた。どうやらそれがカエルだった。ふと五十万という数字が浮かんでしまって、それだけで気が遠くなった。

『tanosii?』

うっかり見逃しかけたが、奴にそう訊かれていた。私はすぐに手を挙げて応えた。

『tuzukeru?』

また訊かれた。正直に答えるか迷ったが、とりあえずまた手を挙げてみた。どう捉えられるかにも興味があった。

奴はしばらく水際をばしゃばしゃ歩いていた。やがて私に向き直ると、何度か棍棒を振ってきた。その言葉が表示されるまでは、意味が分からなかった。

『kore iru?』

どうやら棍棒のことを言っているらしい。

『iino?』

そう返してみた。すぐに奴からも返ってきたが、見たときには一瞬、私自身の独り言かとも思った。それでも間違いなく、奴からの言葉だった。

『mou yameru kara』

私が読み終えたときにはもう、奴がすぐそばまで歩み寄ってきていた。右手の棍棒がなくなっていた。

『ｄｏｕｚｏ』

真正面から、左手を私に差し出してきた。

私はマウスをクリックした。表示されたアイテム画面に、その棍棒だけがあった。

あまりにも重く思えて、すぐには装備できなかった。

『ａｒｉｇａｔｏ　ａ　ｓｏｒｅｔｏ・・・』

ひとまずそう繋いでおいてから、あらかじめ考えていた言葉を打ち込んでいった。

ここで本題に入らなければ、うっかり逃してしまうかもしれない。焦りながらも入力している途中だった。

『ｓａｙｏｎａｒａ』

その文字と、奴がログアウトしたことが表示された。

奴の姿も消えてしまっていた。私だけが沢のほとりに立ち尽くしていた。

『ｈａｎａｓｉ　ｇａ　ａｒｕ　ｆｏｏｄ　ｃｏｕｒｔ　ｄｅ』

伝えられなかった言葉が、まだ入力欄に残っていた。フードコートのスペルまで事前に調べていた自分が、なおさら情けなく思えた。

何をするわけでもなかったが、しばらくはログインしたままにしていた。そのうちに無料体験の期限が切れた。正式なユーザー登録を求められても、今さらする気にはならなかった。

ベッドに入っても、なかなか寝付けなかった。

できることなら、今夜のうちに直接会って話しておきたかった。

もとより、彼に対してはフェアではなかった。素性を隠して接していたことも、佐倉さんとの交際を密かに掴んでいたことも、今さらどう切り出したところで向こうは不愉快だろう。それでも会うべきだと思っていたし、謝ったうえで真正面から挑むつもりだった。菅原さんを信じていたし、あらためて佐倉さんを信じてみたかった。

暗闇にふと思い浮かんだのは、榎本の部屋のショーウインドウだった。

あのピエロのマスクを思い描きながら、それでも勢いだけで訪ねようとは思わなかった。明日でも明後日でも、それこそ会えるまで何度でも、三階のサービスカウンターに通えばいい。あの棍棒を託されたのだから、もう拒絶されることもないはずだった。

7

翌々日の土曜に、松尾の部屋を訪ねた。

先に事務所を覗いてみたが、休みだったのでわざわざ出向いた。案の定、自室でも仕事をしていたので、かける迷惑にも大差はなかった。

調べてほしいことを伝えると、彼はさっそくノートPCで検索してくれた。

「……うん、辞めてはいないね。今日もシフトに入ってるし。十三時からだから……、あと一時間ちょっとだね」

「そっか、ありがとう」

「……何か、……僕が、訊いてもいいような問題かな？」

松尾には話してもいいような気はしたが、まだ用心しておきたかった。

「まあ、いつか話せるかも。……それより、お礼に昼飯でもおごらせてよ」

「ほんとに？　じゃ、よかったら、ここで食べない？」

「うん、松尾さんがいいなら、それでもいいけど……」

「六階に引っ越すことになったから。こうやって芝生広場を楽しめるのも、あとちょっとなんだ」

どうやら、高齢の希望者に三階を譲るらしかった。新しい部屋は、私と同じSの吹き抜けに面しているとのことで、いくらか親近感も増した。引っ越しは月末の日曜らしかったので、当日は手伝うことを約束した。

フードコートでピザセットを仕入れて、松尾の部屋に舞い戻った。

そのときの彼は、ちょうど缶ワインのモニターに当選していた。冷蔵庫の中に大量に並んでいたので、スパークリングを中心に遠慮なく次々と開けていった。

ベランダで芝生広場を眺めながら、のんびりとランチを楽しんだ。酔うにつれて、お互いに口も軽くなっていった。

私は珍しく仕事のことも話していた。

例の、部長にチクられたことにも触れた。あっけらかんと話したが、それでも同情してくれたし、梶原を非難してくれた。たしかに一人で抱えているよりも、そうやって誰かに話してしまったほうが楽だった。

「……まあ、もう辞める気なのがバレちゃったからね。このまま業績が落ちていったら、真っ先にリストラされるかもしれないな」

「大丈夫だとは思うけど……。何かしら考えておいたほうがいいかもね」

ワイングラスもなかったので、缶のまま飲んでいた。ジュースみたいな感覚だったが、身体は芯から熱くなってきていた。手すりがひんやりとしていて気持ちよかった。

「管理事務所は、どう？　もう半年は経ったんじゃない？」

「うん、あっという間だったけど。……細かく指示が出るわけじゃないから、自分で考えて動かないといけないかな。それが楽しいと思えるなら、まあ、わりといい職場だと思うよ。給料は安いけどね」

「でも、松尾さん、ずっと顔色悪かったけどね、サービス残業ばっかりで」

「まあ、それはね。まだまだ僕の要領が悪いんだと思う」

表情からすると、どうやら本心のようだった。

「宇崎さんとか、染谷さんとか……、苦手じゃない？」

「……苦手。本当はね」

松尾は弱々しく笑った。

「でも、他の会社みたいな付き合いは求められないから。すごくクールな職場。もちろん、僕にとってはいい意味でね」

「まあ、たしかに僕も、そっちのほうがいいな」

「所長も染谷さんも、仕事ぶりもクールすぎるくらいクールでね。……ただ、速い。判断も実行も、とにかく速くて。年下だけど、その点は尊敬してるよ」

それも本心のようだった。しばらく管理事務所の求人は見かけていなかったが、次に出たときは少し考えてみようかとも思った。

「燻製屋の件……、あんなに嬉しそうな所長は初めて見たんだけどね……」

「……嬉しそう？」

「うん。桑田さんが呼ばれたときも、そんな感じじゃなかった？」

「……まあ、少しはね。何となく、小馬鹿にされてるような気もしたけど」

共感してくれたのか、松尾は愉快そうに笑った。

「まあ、あんな人だからね。……でも、染谷さんに引き継ぐときも声がすごく明るかったよ。染谷さんが面倒くさがってたら、じゃ自分で進めるって言いはじめて……。さすがに染谷さんが折れてたけどね」

初耳だった。松尾も含めて、そのときまで誰一人として話してくれなかった。匂いすらなかったが、それこそがクールということなのかもしれない。

「いつか、本当に店が出せるといいね」

「……まあ、ね」

言わされてしまった。それを確認してから、松尾はいったん室内に消えた。

私は吹き抜けを見上げた。五階の、どのベランダなのかも分かっていた。そこに自分が立っていたこともあったはずだが、誰も、何も見当たらなかった。

酔いがあっさりと醒めていく。

このあとで榎本と話せたとして、彼女とはどうなってしまうのだろう。「守る」というのがどういうことなのか、そもそも私に求められているのか、よく分からない。彼女を信じられなくなっている自分には、その資格がないような気もしていた。

マーブルケーキのオブジェの前に、人影があった。

かなり腰の曲がった男性だったが、大きなポリ袋を抱えていた。よく見ると、どうやら枯れてしまった花を回収しているようだった。

毎月花を供えていながら、そちらは考えたこともなかった。たしかに、すぐには朽ちてなくなるはずもなかった。誰かが処分してくれていたからこそ、私たちは気持ちよく花を供えることができていた。

「……あ、木下さんだ」

私の視線を追ったのだろう、戻ってきた松尾がそう言った。

「……って、知り合い？　清掃業者の人？」

「いや、業者とは花の回収までは契約してないよ。……あの人は住民ボランティアで、運営委員。だから事務所にもよく座ってるんだ」

「へー。運営委員か……」

花の回収を終えた男性が、吹き抜けから廊下に戻っていった。おそらくは四つの吹き抜けを巡回してくれるのだろう。

心の中で礼を言いながら、私たちはそのまま運営委員の話を続けた。もちろん聞く側だったが、知りたいことはいくつもあった。松尾の話に含まれていないことは、いい機会なので訊いておくことにした。

「有志のみ、って聞いてるけど、実際にはどうやったら運営委員になれるの？」

「あ、僕に言ってくれれば、取り次ぐよ。何なら、今すぐにでも」

「速いね。……じゃ、事務所に申し出ればいいってことかな？」

「うん、事務所でもいいし、運営委員の誰かでもいいし。その点、信国さんがベストかな。何しろ運営委員長だから」

「たしか、三代目だったよね。その委員長っていうのも、どうやってなれるの？　成り行きで、って本人は言ってたけど……」

「じゃ、やっぱり成り行きなんじゃないかな。選び方も任期も、特に決まってないはずだから。投票とかは噂にも聞かないし、一人だけ手を挙げたか、前任者に頼まれたか、じゃないかな？　今度、信国さんに訊いておくね」

「あ、うん。……ちなみに、前任の二代目って知ってる？」

「名前は忘れたけど、たしか女性。二階のクリーニング屋を始めた人で、僕たちが入ってくる少し前に引退したみたい。ババアってみんな呼んでたよ、失礼な気もするけど」

「へー、女性か。じゃ、その前の初代は？」

すっかり酔っているはずの松尾が、少しだけ言い淀んでいた。お互いに一口ずつワインを飲んでしまってから、彼が静かに言った。

「やっぱり女性でね。……井伏さん、って名前に覚えはないかな？」

「……井伏、晴江さん？」

一つだけ浮かんだ名前を、私は口にした。松尾が静かに頷いた。


井伏晴江という名前は、三年以上前から知っていた。

足立利夫という名前とセットで、たびたび報道されていた。入居を考えていた私は、とりわけ熱心に追いかけていた。だから覚えてしまっていた。

二人とも六十代で、同じ四階に暮らしていた。

井伏晴江は、かつてはエステサロンを経営していた。ここへの入居を見越して閉店したらしく、常連客からの惜しむ声も多かったようだ。人柄についての評判も、入居の前後を通じてよかった。

一方の足立は、総じて評判が悪かった。

ふだんはおとなしく物腰も低いが、酔うと攻撃性が見られた。四十代半ばでリストラにあって以来、定職には就かなかったようだ。しだいに酒に溺れるようになって、周囲とのトラブルも増えた。両親が亡くなっては地元にも居辛くなったのだろう、半ば追い出される形で入居してきたようだった。

入居後も、他の住民とのトラブルが絶えなかったらしい。殺された彼に対しては、同情の声が少なかった。むしろ、殺した井伏晴江に対する共感の声のほうが多かった。彼女の殺人の前科が掘り起こされたあとも、それはほとんど変わらなかった。

ただ、彼女が運営委員長だったという情報は、当時もなかったはずだった。

「――まあ、そうだろうね」

松尾はいかにも当然のように答えてきた。

「だって、委員長どころか、運営委員の存在自体が、当時はまだ固まってなかったはずだから。知らない住民も多かったんじゃないかな」

松尾の話によると、こんな感じだった。

最初に入居した千人のうち、井伏晴江を中心とした百人前後が、しだいに目立つ存在になっていったのだという。暮らしてみての不具合を管理事務所にフィードバックしていたのも彼女たちで、それが運営委員の原型だった。その他の住民たちは無関心で、それゆえに無干渉だった。

「井伏さん、とにかく明るくてパワフルな人だったみたいでね。面倒見もよくて、誰にでも気軽に声を掛けるような人だったみたい。まあ、そういうのが苦手な人もここには多いけど、救われた人は多かったんじゃないかな。……彼女がいてくれたからこそ、僕たちもこんなふうに過ごせてるのかもしれないね」

「……こんなふう、って、それはいい意味で？」

私がそう訊くと、松尾は意外そうな顔をしていた。

「もちろん、いい意味だけど。どうして？」

「あ、いや……、結局、彼女を真似たような犯行が、こんなふうに続いちゃってるわけだから……。そっちの意味もあるのかな、と思って」

「そっか、ごめん、紛らわしくて。そっちは全くなかったよ」

松尾が見上げた空から、ぽつぽつと雨粒が落ちてきていた。室内に戻るのかと思ったが、彼はそのまま空を見上げていた。

「桑田さん、秘密は守ってくれるよね？」

よく分からなかったが、真面目な口ぶりだった。私が頷くと、松尾はゆっくりと話しはじめた。

「井伏さんと足立さん……、恋仲だったみたいなんだ」

それも初耳だった。彼女の自供にも含まれていないはずだった。

「たしかに、足立さんは酒癖が悪かったらしい。ただ、それは本人も自覚してて、なるべく飲まないよう頑張ってたみたいなんだ。井伏さんに応援してもらいながらね」

事実だとすれば、報道の印象とはずいぶん違っていた。

「そのぶん、結局また飲んでトラブルを起こしてしまう自分に、誰よりも彼自身が嫌気が差してたみたいで……」

松尾の言葉はそこで途切れた。

二人とも雨粒が当たりはじめていたが、そのままで待った。少し経ってから出てきた彼の言葉は、先ほどの続きだとは思えなかった。

「僕がどうして、今まで三階にいたのかっていうとね……」

そこで一つ深呼吸をした松尾が、言葉を継ごうとしたときだった。

彼のズボンのポケットが震えはじめた。

私は頷いて、彼を促した。いったん室内に戻りながら、彼はその電話に応じていた。緊張した言葉遣いから、おそらくは宇崎氏だろうと直感した。結果として当たっていたが、その内容は全く予想もしていなかった。

「……あ、ひょっとして、呼び出し？」

通話も終わっていた松尾の後ろ姿に、ベランダから気軽に声を掛けた。ゆっくりと振り返ってきた彼の表情を見て、私も一瞬で酔いが醒めた。

「どうしたの？」

松尾はしばらく青ざめたままだったが、ようやく私に目を合わせて言った。

「うん、今から事務所に」

「……何か、あったの？」

松尾は小さく頷いた。

「いちおう、桑田さんには先に伝えておこうと思う……。榎本さんがね……」

先に目を瞑ってしまってから、彼は言った。

「亡くなったよ。自殺みたい」

第四章

1

見つけたのは信国さんとのことだった。

木曜とその土曜の二回連続で、榎本は無断欠勤していた。電話にもメールにも応答がないとのことで、配送センターから管理事務所に問い合わせが入った。出勤していた信国さんが確認のために部屋を訪ねて、第一発見者になっていた。

バスルームのドアノブに、首を吊っていたらしい。

その時点で、死後一日から一日半が経っていた。遺書は見当たらなかったが、他殺の可能性も見当たらなかったようだった。

聞き込みもなかったし、メディアの取り扱いも小さかった。気付かなかった住民がいたとしても、別に不思議ではなかった。

榎本の使っていた部屋は、死後事務委任契約に沿って片付けられた。不人気な外向きでエレベーターからも離れていたが、月内には代わりの住民が移り住んでいた。松尾の話では、一つでも下の階がいいとのことで、それでも六件の申し込みがあったらしい。

榎本の死の直後、私には二つの思いがあった。

一つは、今さらながら佐倉さんの心配だった。

純粋に心配と呼べるのかは微妙だったが、おそらくは彼女も知っているはずで、だとすれば少なからずショックを受けているはずだった。

その状況は気になっていた。といって私からどう切り出していいのか、どう接していいのかは分からなかった。気軽に話すことさえ長らくためらっていたのに、よりによって一番難しい話題だった。冷静さを保てるかどうかも不確かで、かえって彼女を傷つけてしまうことにもなりかねなかった。

だから、ひとまず待つことにした。必要とされるなら、必ず連絡が入るだろうと思った。

もう一つは、榎本本人に対しての思いだった。

こちらはいくつもの感情が入り混じっていた。一人の人間に対してというより、二つの人格に対しての感情ともいえた。

十日間だけだったが、奴について回った時間は楽しかった。平日は夜更かしを続けてしまったし、週末はすっかり引きこもってしまった。当初は憎しみしかなかったはずが、うっかり忘れてしまうときもあった。ログインしていること自体、当初は向こうも彼女と過ごしていないという安心でしかなかった。それすら忘れてしまうときもあった。

あくまで、架空の世界での人格だった。

もちろん全てだとは思わないが、それでもいい部分があることは知ってしまった。例えば私にも、職場では発揮できていない、いい部分があるのかもしれない。その点で上司や同僚に誤解されているのだとすれば、榎本にも同じことが言えるはずだった。彼は少なくとも、私には誤解されていた。たとえ全てではなくても、いい部分があることさえ否定されてしまっていた。

佐倉さんへのわだかまりはまだ残っていたが、榎本に対してはほとんど消えていた。それは死んでしまったからでも、それこそ自ら命を絶ったからでもなかった。その前から消えていたのだと思う。だからあのとき会いたかったし、きちんと話したかった。いきなりだろうと真夜中だろうと、やはり会っておくべきだった。

あの十日間がないままで彼の死を聞いていたと思うと、正直ゾッとした。自分がどう思ったかを想像するだけでも、底知れない寒気がした。

ゲームには二度とログインしなかったが、ネット上のユーザーのコミュニティを眺めて回ったことはあった。『奴は死んだのか?』というような意味合いのコメントも見かけた。彼らならきちんと弔ってくれそうな気もしたが、どう書こうとしても悪趣味に思えてしまって、結局は伝えることができなかった。

あの棍棒も、私がもらったままにしておいた。


久しぶりにカサハラ氏と会ったのは、榎本の死の翌週だった。

平日の夜でスーパー銭湯も混雑していたが、サウナはちょうど空いていた。彼のほうから隣に並んできた。やけに近かったので、それだけでも緊張してしまった。

「――何か、匂いませんか？」

並んで間もなかったが、鼻を鳴らしながらカサハラ氏は訊いてきた。特に変わった匂いもなかったが、念のために周辺をぐるりと嗅いでみた。

「……いえ、特に、何も」

「そうですか、それはよかった」

やけに嬉しそうに、彼は事情を話してくれた。どうやら『ネクタル』の改良版をこっそりとモニターしているらしかった。なるほど、言われてみれば、秋口に見かけたときはもう少し顔がふっくらしていたはずだった。

前回のモニター調査では、やはり体臭面が一番問題視されたようだった。念のために腕を匂わせてもらったが、限りなく無臭だった。順調にいけば、来春にはＳａｈａｒａでの先行販売が始まるらしかった。

「……あ、そういえばニュース見ましたよ、レプリカントの」

ちょうどそんな話題だったので、私のほうから触れてみた。

「あー。いや、前にここで会ったときに教えたかったんですがね、さすがまだちょっと早くて。……桑田さん、ああいうの好みでしょう？」

「ええ、まあ」

明るいイメージが浮かばないことは、わざわざ言わなかった。

向かいに座っていた胸毛のすごい男性が、サウナから出ていった。私たち二人だけになったが、それでもカサハラ氏は真横から離れなかった。

「ビジュアルは全く公開されていませんでしたけど……、やっぱり見た目とか、かなり人間にそっくりなんですか？」

さすがに教えてもらえない気もしたが、なるべく気軽に訊いてみた。カサハラ氏はなぜか、不思議そうに私の顔を覗き込んできた。

「え？　……ってことは、気付かなかったの？」

「……って、何にですか？」

「今、ここから出ていったの……、あれが、そうですよ」

まさか、とは思った。ドアのほうに目を向けたが、さすがにもう姿もなかった。

「え……、でも、胸毛が……」

「胸毛が不思議？　じゃ、サウナなんて、もっと不思議だね」

横顔が愉快そうに笑っていた。

「……驚きました。もっと、よく見ておけばよかったです」

「ま、今のは冗談ですがね。三年後にはそんなレベルになるらしいですよ」

ややこしくて、どう返していいのかも分からなかった。

「来年のうちには、ここにも一体だけ連れてきますから。……あ、目が疑ってる。でも、これは本当ですよ。介助用のプロトタイプを、世間より一足先に、みんなに使ってもらおうと思ってるんです」

「へー。じゃ、僕でも使えるんですか？」

「もちろん。ま、なるべく病人やお年寄りが優先でしょうがね。空いてるときは、ちょっとしたおつかいでも頼んでみてください」

ふと、小さな彼のことが思い浮かんだ。

「向こうで実物を見てきましたがね、小型でなかなか可愛いんですよ、すばしっこいし。名前は『ガブローシュ』だったかな。小説かミュージカルから取ったみたいでね」

カサハラ氏とジャグジーで並んでいると、どうしても前回のことを思い出した。掃除を手伝おうとした私を、腕をつかんで制していた。あのときはカサハラ氏を理解できなかったし、事件の起きたあとはなおさらだった。私がそのままを世間に話せば、カサハラ氏は非難を浴びるだろうとも思った。だから話せなかった。

何を考えているのか、つかみきれない人だった。

「――桑田さん、そういえば燻製を作ってるって？」

呑気に声を飛ばしてきたが、どうして知っているのかが謎だった。

「……ええ、まあ」

「あ、また目が疑ってる。……試食会をした、って宇崎くんに聞いてね。戻ってたら私も食べたかったなー。今度、いっぺん食べさせてよ」

想像だけでも緊張してしまったが、とりあえず頷いておいた。

そろそろ、どちらが上がってもおかしくなかった。私は思い切って、彼と話しておきたかったもう一つのことを切り出した。

「……榎本さんの件、聞かれましたか？」

そのために連日サウナに通っていたはずだったが、彼の明るさに引っ張られて、それまではなかなか触れられなかった。いったん口にしてしまうと、かえって少し落ち着いてきた。

「うん。先週だったね」

やけにあっさりとしていた。

「前も話したかな……、彼はちょっとしたヒーローでしてね。私はしばらく離れちゃってますがね、棒切れでドラゴンを倒しちゃうような人だったなー」

「……しかも、全裸ですしね」

「あ、ひょっとして桑田さんも？」

カサハラ氏にしては、珍しく驚いてくれていた。

「ええ。前回、そのことを教えてもらいましたから。無料体験だけでしたけど、ちゃんと会えました」

「そう？　あの姿を最初に見たときは、私も嬉しくなっちゃってねー」

「前回うかがった、バックパッカーの先輩たちみたいですよね」

「うん。だから彼のことも本物だと思ったなー」

思わず苦笑いしてしまった。

カサハラ氏の口ぶりは、どこまでも明るかった。おそらくは自殺ということも知っているはずなのに、それを全く感じさせなかった。事件のあった夜に、フードコートで呑気に盛り上がっていたこともあった。非常識で、不謹慎で、特に彼のような有名人としてはあまりにも不用意な気がしていた。

「……何か、明るいですね」

つい、勢いだけで言ってしまった。非難を込めたつもりはなかったが、そう取られてもおかしくなかった。

「あ、すいません、変なこと言って。……悲しいからって、必ずしも暗くならなくてもいいですよね。すいません、本当に」

「悲しくはないよ」

カサハラ氏は言った。私の言葉に煽られたわけでもなく、それまでと同じようにあっさりと明るく言い放った。

「悲しむと、足が止まっちゃうからね。……私たちは走ってるか、せめて歩いてないといけないんだ。亡くなった人たちを思えばこそ、ね」

少なくとも、カサハラ氏はそうやって生きてきたのだろうと思った。

2

屋上に上がったのは二ヶ月ぶりだった。

穏やかな秋空が広がっていた。

土曜の昼下がりを過ごしている住民の姿もあれば、ちょうど見学中の入居予定者たちの姿もあった。その日の引率係は信国さんだった。いくらか表情も明るさを取り戻していて、それには安心させられた。

風は少し吹いていた。桜色のナイロンパーカーを着ていて、ちょうどよかった。

以前のように、海寄りの一角に向かった。近づいていきながら、なるべく自然にNの吹き抜けのあたりを眺めた。

佐倉さんの姿はなかった。

あまり期待しないようにしていたが、やはり落胆はあった。来ていないのがその週だけなのか、それともずっとなのかは知りようもなかった。

以前と同じ場所で、私は一人きりで燻製作りを始めた。

カサハラ氏と約束したあと、さっそくあの夜から仕込みを始めていた。再開のメニューは、やはり砂肝とささみと味玉にした。分量はいちおう二人分にしていたが、余れば管理事務所に差し入れするつもりだった。

久しぶりに本も読んだ。

何を読もうかで迷ったが、『たったひとつの冴えたやりかた』にした。一度だけ佐倉さんが読んでいたことがあって、なぜかそのタイトルが忘れられなかった。Ｓａｈａｒａのレビューでも高評価だった。表紙のイラストが私には可愛すぎる気もしたが、あえて表紙も外さなかった。

燻製が仕上がるまでの間に、第一話を読んだ。読み終わったとき、私は佐倉さんに会いたいと思った。心からそう思った。

自分用の酒を持ち込んでいなかったのは、彼女がいたときに、きちんと素面《しらふ》で話したかったからだった。代わりの飲み物を忘れたのはうかつだったが、それでも屋上で食べることに意味があった。

三種類とも一つずつ食べてみた。味玉はさすがに彼女には及ばなかったが、久しぶりにしてはどれもまずまずの出来だと思った。

食べ終わった私には、もう一つやるべきことが残っていた。

一本だけ持ってきていた缶ワインは、松尾に分けてもらったものだった。ようやく手に取った私は、海に向いている手すりの、そのポイントに向かった。

あの夏の日の昼下がり、彼が立っていた場所だった。

葬式も墓も知らないし、おそらくどちらもなさそうだった。あの社会不適合な性分からすると、わざわざ吹き抜けのオブジェに身を寄せるとも思えない。それならば私なりに、あっさりとでも弔っておきたかった。

あのときの私には歪んで見えたが、わずかながら笑顔もあった。だからこの場所が一番ふさわしい気がした。


まだ日は沈んでいなかったが、少し冷えてきていた。

残りの燻製をボウルに一緒くたに放り込んで、ボックスも解体しはじめていた。諦めて部屋に戻ろうとしていたところで、近づいてくる気配に気付いた。

手を止めて、そちらを向いた。たしかに人影が近づいてきていた。足取りには何の躊躇もなかった。間違いなく、私を目指して歩いてきていた。

私は小さく頭を下げた。

鉄人だった。

もちろん招待したわけでもなかった。その日の午前中もジムで見かけていたが、会話どころか視線も合わせてもらえなかった。

屈んでいる私のすぐ脇に、鉄人が立っていた。

私は立ち上がって、あらためて頭を下げた。挨拶もしたつもりだったが、唇を動かしただけで、まともな声は出なかった。

鉄人からも挨拶はなかった。私と入れ替わりで屈み込むと、さっそくボウルを手に取っていた。一緒くたになった燻製たちを、それぞれ眺めたり嗅いだりしていた。崩れかけのボックスや、余っていたスモーキングウッドの匂いも嗅いでいた。スモーキングウッドは、かけらを指先でさらにほぐして、それもまた嗅いでいた。

私はただ、呆気にとられて眺めていた。どうして鉄人が知ったのか、来たのか、さっぱり分からなかった。何をしているのかも分からなかった。

鉄人が立ち上がった。

私に向き直って、砂肝を一つだけ掲げてきた。私は小さく頷いた。

鉄人が砂肝を口に入れた。真顔のまま、しばらく口だけがゆっくりと動いていた。

緊張しながらコメントを待ったが、食べ終わっても鉄人は何も言わなかった。ささみを細く裂きはじめて、断面をまた眺めたり嗅いだりしていた。細いほうを口に入れたが、すぐに飲み込んでしまった。味玉には手もつけなかった。

どうやら全てが終わったようだった。

鉄人は真顔のまま、ボウルを私に手渡してきた。お辞儀をしながら受け取ると、彼はそのまま背を向けて帰りはじめた。

「あの……」

さすがに声を掛けてしまった。鉄人の足が止まった。

「今日はたまたまですか？　それとも、ひょっとして毎週――」

「たまたまだ」

そのぶっきらぼうな響きは、どことなく菅原さんに似ていた。やけに懐かしく、嬉しく感じた。

「もしよかったら……、何か一言でも、アドバイスをお願いします」

鉄人の背中を見つめていた。ほんの一瞬だけ、こちらを振り返って言ってくれた。

「続けろ」

離れていく鉄人の後ろ姿に、私はしばらく頭を下げていた。

3

残りの燻製は、管理事務所には差し入れなかった。

エレベーターは五階で降りていた。その廊下をその向きに歩くのも久しぶりだった。細く真っすぐに伸びていて、他の誰ともすれ違わなかった。一人で時間をさかのぼっているような感覚だった。

玄関のショーウインドウは、『停電の夜に』と折り鶴のままだった。それを見ただけで、きちんと蘇ってくる記憶と感情があった。もっと早くここに来ればよかったと思った。きっとそうするべきだった。

何度か深呼吸をしてから、ゆっくりとチャイムを押し込んだ。

ドアのわずかな隙間を見つめながら待った。

そこにどんな表情があらわれるのかも分からなかったし、そもそもあらわれるのかも分からなかった。口角を上げようとしても、頬が引きつってしまった。泣くつもりはなかったが、泣きそうな表情になっているのは分かった。そのくせに燻製のボウルを持っているのが間抜けなはずで、まずはそれを見てくれればありがたかった。

しばらく待ってみたが、ドアの隙間に動きはなかった。

もう一度だけ鳴らそうと思いながら、そのままじっと待ち続けた。ようやくチャイムに手を伸ばしたのは、もう諦めてしまってからだった。深呼吸も要らなかった。事務的にチャイムを押し込もうとしていた、そのときだった。

静かにドアが開きはじめた。

その真っ暗な隙間に目を凝らした。ドアを支えている黒のニットしか見えなかった。やけに細く見えた。ドアは三分の一ほど開いたまま、弱々しく揺れていた。私は手を差し入れて、それを支えた。

顔を見たときに、目も合った。

ほんの一瞬だけだったが、それは間違いなかった。私が彼女の顔を見つけたときにはもう、彼女は私の顔を見ていた。だから、一瞬で目が合った。燻製のボウルでも桜色のパーカーでもなく、彼女は私の顔を見ていた。

だから私は、佐倉さんを追った。

たしかに、彼女は憔悴しきっていた。私がドアを支えたことに気付くと、何も言わずにゆらゆらと室内に戻っていった。拒絶とは思わないことにした。彼女を追うように、私も部屋に入った。

もう日も沈んでいたが、電気は点いていなかった。

もともと物の少ない部屋だったが、いよいよ少なく見えた。生活感というよりも、人が生きているという空気に乏しかった。

そこが定位置になっていたのか、彼女はベッドの上で膝を抱えていた。

私はベッドの前に立っていた。床に座るくらいなら、彼女の隣に座っていた。それができないまま、ぼんやりと突っ立っていた。

聞きたいことはたくさんあった。

きちんと食事をとっているのかも、きちんと眠っているのかも心配だった。気分がどうかも、体調がどうかも心配だった。ただ、どれも聞かなくても答えが分かっていた。

何か私にできることはないか、とも聞きたかったが、それをわざわざ聞かずにやるのが私の役目のはずだった。そのために来たつもりだった。

「……思い上がってたんです」

独り言なのかも、寝言なのかもしれなかった。ずいぶんと時間が経ってから、彼女がぽそりとそう呟いた。

「自分では、うまくやれてると思ってて……、何も分かってませんでした……」

勝手に妄想してしまう部分は、たしかにあった。それでも、私はきちんと受け止めるつもりで、その日の屋上に上がっていた。彼女も、私も、吐き出してしまえるものは全て吐き出してしまえばよかった。

「そんなことは、ありません」

私は口を挿んだ。

「……あるんです。あなたには話せませんけど……」

言いたいことがあったが、彼女を見下ろしながら言いたくはなかった。私はベッドの端に腰を下ろした。彼女がこちらに顔を上げたのを確認してから、静かに伝えた。

「佐倉さんが思い上がってたんなら、僕なんてもっと……、もっともっと思い上がってました。一人で思い上がって、舞い上がって、すっかり勘違いして……。身の丈どおりに、正直になればよかったんです。それなのに、佐倉さんとちゃんと話せなくて……、つらく当たってしまって……」

ずっと目を見ながら話したが、最後のところで彼女が顔を覆ってしまった。漏れてきた嗚咽は、私への天罰だと思った。しっかりと受けるつもりだったが、もう放ってもおけなかった。

私は彼女を抱きかかえた。

丸く身を固めていた彼女を、丸ごと抱きかかえた。その震えを感じられるように、やわらかく彼女を包み込んだ。冷たさも、温かさも、どちらも伝わってきた。ナイロンパーカーまで着ているのに、何も着ていないみたいだった。

何も考えないようにしていた。

嗚咽がおさまってからも、しばらくはそのままの形で過ごした。

一晩中そのままでも構わないと思ったが、それが引き金になった。長い夜を思ったとたん、私の腹が鳴った。細長く、かなり情けなく私たちに響いた。

いつもそうだった。

二人で静かに身を寄せているときに、そうやってよく私の腹が鳴っていた。いつも恥かしくて笑ったし、いつも笑われて嬉しかった。あれが私たち二人の、何気ない平和なひとときだった。

以前なら、私が照れ笑いを浮かべながら、玄関の燻製でも取りに行くところだった。

私は立ち上がりもしなかった。

ほんの一瞬だけでも、腹の虫のおかげで二人が同じことを思ったはずだった。頭の中が揃ったはずだった。そんな機会を逃すわけにはいかなかった。

「しばらく……」

久しぶりの自分の声を確認してから、私は言った。

「何年でも、何十年でもいいし、それは佐倉さんが決めたらいい。……しばらく、ここを離れましょう。僕と、一緒に」

意外だったのかもしれない。彼女は一瞬、さらに固まった。

それが緩んだかと思うと、ゆっくりと首を振りはじめた。断ろうとしているのか、諦めようとしているのか、それでも両腕はしっかりと私にしがみついていた。その力が、首を振るたびに強くなっていた。

私は初めて、彼女を強く抱き締めた。

弾かれたように、彼女もそれ以上の強さで抱きついてきた。しっかりと抱き合っていながら、彼女はそれでも首だけは振り続けていた。

4

長谷部さんを訪ねたのは、今夜の十時頃だった。

彼はちょうど、同僚から業務の引き継ぎを受けていた。どうやらそれからの夜勤だったが、できればその前に少し話したかった。

私はサービスカウンターに歩み寄った。

平静を装っているつもりだったが、隠しきれていなかったのかもしれない。目が合うなり、彼は同僚に言葉を残して、私のところに来てくれた。

「どうした？　スーツ姿なんて珍しいな、彼女に忙しいアピールか？」

お互いに一瞬だけ笑顔は作った。いつもどおりの軽口も、いつもより手短に切り上げてくれた。

「で、何だ？」

「すいません、忙しいときに。ちょっと訊きたいことがあって」

長谷部さんは一瞬だけ、眩しそうな顔をした。待たせている同僚をいったん振り返ってから、そっと私に言った。

「ここじゃなんだろ。連絡通路で待ってろ」


松尾の引っ越しは、先週の日曜だった。

約束どおりに手伝ったが、大きな荷物も少なく、簡単な引っ越しだった。

昼過ぎには片付いて、二人でささやかな引っ越し祝いをした。そうなることを見越して、前日には燻製を多めに作っておいた。焼酎も私が用意したが、奮発して『百年の孤独』にした。せっかくなので、ロックかストレートで楽しんでいた。

彼の新しい部屋は、六階のＤＳ６１だった。

私と同じ吹き抜けで、向きもほぼ同じだった。違うのは高さだけで、空気の薄さは五階の佐倉さんの部屋とよく似ていた。

その日は天気もよかった。

三階でそうしていたように、ベランダの手すりに並んで飲みたくなった。使い捨てのプラコップもあったので、一杯くらいはそうやって飲もう、と松尾に提案した。粋なアイデアだと思っていたが、彼の反応は悪かった。嫌がりはしなかったものの、明らかに困っていた。酔って軽口になっていたのに、急に無言になった。なかなかベランダに出てこなかった。

「……ひょっとして、高所恐怖症？」

思い当たって訊いてみた。少しの沈黙のあと、松尾は申し訳なさそうに頷いた。

「あ……、そっか、それで三階に……」

つい言い当ててしまったが、馬鹿にしたように聞こえたのかもしれない。腰が引けたままの不格好で、彼はベランダに足を踏み出そうとしていた。

「え、無理しなくていいよ、別に中でも……」

「いや、せっかくだからね」

そう言って、松尾はたしかに一瞬だけベランダに立った。すぐにその場にへたり込んでしまったので、私もその隣に腰を下ろした。

「大丈夫?」

「うん、大丈夫。さすがに久しぶりだったから……」

声が震えていた。吹き抜けを覗き込んでいたが、手すり越しでも怖そうだった。

「……みっともないよね、これぐらいの高さで」

「そんなことないよ、苦手な人も多いし。これから、すぐに慣れるよ」

「うん……。別に、高さが怖いわけじゃないんだけどね……」

意味がよく分からなかったが、酔っ払っているわけでもなさそうだった。私の突っ込みも待たずに、彼は言葉を続けた。

「こうやって、高いところにいる自分が怖いんだ。どうしても、信用できなくて。すぐに飛び降りたくなっちゃうんだ……」

連絡通路は、ここと配送センターの二階どうしを繋いでいる。

学校の廊下が一本だけ宙に浮いているようなものだが、高所恐怖症でもなければ気楽に渡れた。上半分がガラス張りなので、圧迫感も全くない。

私はしばらく、配送センター側の渡り口で長谷部さんを待った。

待ちながら何度もスマホを確認したが、何にも動きはなかった。

最後の通信は昼過ぎのもので、佐倉さんとのメールのやり取りだった。いつものように夕食に誘ったが、今夜は用事があるらしかった。そうやって振られたあとも二往復、くすぐったいやり取りを続けていた。突発の残業で遅くなってしまったので、結果的に今夜は振られて正解のはずだった。

私たちは元に戻りつつあった。

週末はもちろん、平日の夜にも会うようになっていた。燻製作りも、読書も映画鑑賞も一緒にできるようになっていた。お互いを求め合うことにも、同じ汗をかくことにも、余計な感情が割り込まなくなっていた。弾けるような楽しさはなかったが、落ち着きと安らぎは少なからずあった。

それはおそらく私以上に、佐倉さんの努力によるものだった。

あの日以来、彼女は涙を見せなかった。もちろん泣いてもよかったが、そんな素振りもなかった。次の朝にはもう落ち着きを取り戻していたし、次の週にはもう明るさを取り戻していた。

その姿はどこか健気で、私には何よりも大切な存在だった。口にこそ出さなかったが、あらためてそう感じていた。口にこそ出さなかった

「──お、いたいた、こんなところに」

あらわれた長谷部さんは、大げさな手振りで私を通路の奥へと促した。

「悪りいけど、あんまり時間とれないからな」

「ええ。ありがとうございます」

通路のちょうど真ん中あたりまで来たところで、私たちは立ち止まった。

「このへんなら、ひとまず大丈夫だろ。……で、何だよ？」

「あ、はい……」

珍しい長谷部さんの真顔に緊張したが、私も真顔で返した。

「教えてください。……どうして、菅原さんはあの夜、鉄人の店に入ったんですか？」

「──あ、今は大丈夫だよ。酔ってるけど、しっかりしてるから」

私の顔色から察したのだろう、松尾はそう付け加えた。

おかげで少し酔いが醒めた。彼が室内を振り返っていたが、あまり立ち上がらせた

くなかったので、グラスは私が取りに立った。

「飛び降りたくなる、ってのも大変だね。……子供の頃から？」

「ううん、二十代の終わりぐらいから。こんなふうにしててジワジワ思うこともあるし、ベッドに入ってて急にそう思うこともあるし……。落ちたくない、っていう怖さならまだ防ぎようもあるんだけど、落ちたい、っていう怖さは、ね」

「……アイ・キャン・フライ、か」

「うん。もう一人の自分が、ものすごくポジティブにそう囁いてくるんだ。毎日がうまくいってないときほど、うっかりその誘惑に……、いや、あれは引力かな、それに吸い込まれそうになってた。高さが怖くないことが、すごく怖かったんだ。この先も何千回、何万回と戦わなきゃいけないなら、あっさりと一回負けちゃったほうがいい、って。こっちの自分まで囁きはじめて……」

言ってやりたくなることもあったが、あえて口は挿まなかった。吐き出せるときに吐き出しておけばいいはずだった。

それでも、私の表情が曇っていたのかもしれない。松尾はいったん話を止めていた。続かないことを確認してから、私は彼に言った。

「でも、結局はくぐり抜けたんだから。それに、こうやって自分で少しずつ克服しようとしてる。もう大丈夫だよ」

吹き抜けを見下ろしたまま、松尾は小さく頷いた。

「僕も、それを伝えたくて。一人じゃ、絶対に乗り越えられなかったから」

「……伝える、って、誰に？」

「うん。……やっぱり、桑田さんにはあんまり隠し事はしたくないからね。この前も、話そうと思ってたんだ」

松尾は私に向き直った。

「全部、ある人のおかげなんだ。その人がずっと見守ってくれたおかげで、僕はやっと、アイ・キャン・フライの引力から抜け出せたんだ……」


「――って、そんなこと、おれに訊かれてもさ……」

長谷部さんは、少し拍子抜けしたような顔をしていた。

「あくまで菅原さんと鉄人の話だからな。お前も言ってたみたいに、せいぜい別れの挨拶とか、そんなもんだろ」

「……ってことは、やっぱり事件とは関係があるんですよね？」

「だから、な。いくら情報通だからって、おれでも知らんことは知らんし、分からんことは分からん。鉄人の店だって、暖簾のかかってるときしか興味ないね」

「店の中で、何をしてたんですかね？」

「だからさ……」

呆れられるのも当然だったが、頼れるのも彼しかいなかった。困られているのも分かったが、じっと彼の目を見つめていた。

「とぼけてるんじゃなくて、本当に知らないんだって……。まあ、わざわざ予約してなくても、余り物で茶漬けぐらいは食わしてもらったんじゃないの？　……って、こんなこと話したって、あくまでおれの推測だからな」

ちょうど人が通りかかった。私は言葉を選びながら訊いた。

「じゃ、これも、あくまで長谷部さんの推測でいいです。……いつも、そうすることになってるんですよね？」

長谷部さんの目の色が、少し変わった。


「――その、ある人って……、ひょっとして、僕？」

松尾がじっと私を見ていたので、思わずそう訊いてしまった。

「いや、違うよ」

彼はあっさりと言い放った。

「もちろん、桑田さんにも感謝してるよ。引っ越しを手伝ってくれたから、とかそんなのじゃなくてね」

そうやってフォローされるほうが恥かしかった。

「もったいぶるわけじゃないけど、その人自体は、あくまで桑田さんの知らない人だろうから。名前を言ったところで、ピンと来ないと思う」

「……じゃ、聞かないけど。見守ってくれてる、っていうのはどんなふうに？」

「向こうからは、特に何も。リクエストしないかぎりはね。……僕のほうから連絡して、会って、話して、あらためて約束を確認して。基本、その繰り返しかな」

「……約束？」

「うん」

「……よかったら、訊いても？」

「うん」

頷くのは早かったが、それから少しためらっていた。一つ深呼吸をしてしまってから、松尾は一気に吐き出した。

「……僕が、自殺をしない約束。そのかわり、どうしても死にたくなったら、いよいよ本当にそれが避けられなくなってしまったら……、そのときは殺してもらえる約束」

目の色は変わったものの、長谷部さんは答えてくれなかった。

それが答えなのかもしれない。そう理解して質問を変えた。

「菅原さんと鉄人は、どうして仲良くなったんですかね？　二人とも、あんなに人を寄せつけないオーラを出してるのに……」

ようやく、長谷部さんの頬が緩んだ。

「最近も仲が良かったのかどうかは知らんけどさ……、ここが出来たての頃は、今よりもまだ人数も少なかったからな。おまけに仕切り屋のおばちゃんもいたから、主なメンツはしょっちゅう顔を合わせてたんだ」

「……井伏さん、ですよね？」

「よく知ってるな。……って、さすがに事件で知ってるか」

「初代の運営委員長ですしね」

「ほう。やけに詳しいじゃないか……」

長谷部さんは苦笑いを浮かべた。

「ま、よく言えば、面倒見がいい人だな。悪く言えば、おせっかい。放っておいてくれないんだよ。ある意味、ここには一番なじまないはずの人だったな……」

そう言いながらも、やけに懐かしそうな顔をしていた。

「おれみたいなチンピラはもちろん、鉄人や菅原さんまで、すっかりペースに巻き込まれちまってさ。いちおうは運営委員だったはずだぞ、二人とも」

初耳だったが、驚きはしなかった。わざわざ調べていなかっただけで、それも想定には含まれていた。

「じゃ、足立さんも運営委員だったんですね？」

あえて、いきなり名前を挙げてみた。その目を見ただけで、長谷部さんが諦めかけているのが分かった。私を探るような鋭さがなくなりかけていた。

「まあ、な」

松尾には申し訳なかったが、匿名で協力してもらうことにした。

「二人はたしか、恋仲だったんですよね？」

「——そんな約束、間違ってる、って言いたいよね？」

私の思っていたことを、松尾は自ら その通りに言いあらわしてくれた。

「……って、僕じゃなくても普通、そうだよ。殺人はダメだとか、今さらそんなことから言うつもりもないけどさ……。いつでも殺してもらえるから恩人だ、っていうのは、さすがに違うんじゃないかな」

お互いに、かなり酔いは醒めていた。少し強めの口調になったが、それも意識してのことだった。

松尾も真正面から受け止めてくれた。

「うん。たしかに、間違ってるとは思う。……でも実際、そうなんだ。いつでも殺してもらえるから、かえって自殺を考えなくなったんだよ」

きちんと聞こうとすればするほど、頭が混乱してきた。飛び出してくる言葉はどれも、あまりにも耳になじまなかった。彼の口ぶりは落ち着いていたが、そのぶんだけ逆に心配な気もした。

「あくまで僕の場合だけど……、うっかり飛び降りるのが怖いのは、たぶん一人きりで終わっちゃうからだと思う。もちろんそのあとは人目にもついて、いろいろと迷惑もかけちゃうんだろうけどね。誰も意識してない、気付いてないところで死んじゃうのが、やっぱり嫌なんだと思う。それが怖いんだと思う」

「……それは、少しだけ分かるよ。僕も、一人きりの部屋に帰りたくないときがあって、やっぱり似たような怖さがあった気がする」

話を合わせたわけでもなく、それは本当だった。

「ただ、それでもやっぱり殺されるほうが怖いよ」

「うん。桑田さんがそう感じるのも、もっともだと思うよ。……でも、僕はやっぱり、殺されるほうが怖くない。だって、殺人は一人きりじゃ成り立たないからね。少なくとも、自分以外の誰か一人に見届けてもらえる」

「でも、殺されるんだよ？」

「殺される、っていっても、憎まれたり恨まれたりしたわけでもないしね。自分からお願いした、信頼できる相手に見届けてもらえるんだ。たぶん、一人きりよりは温もりがある。そう思ったから、僕の中でそっちの引力のほうが強くなったんだ」

松尾にしては毅然としていたが、といって理解や共感を求めてくるような様子ではなかった。私に打ち明ける時点で、とっくに割り切れていたようだった。

「もちろん、実際に殺してもらうとなったら、その人に迷惑をかけるわけだからね。それはそれで、もう一つの抑止力になってたんだね、きっと」

おかしな言いかただった。

わざわざ殺人を実行するような人物に、迷惑も何もないはずだった。嫌なら約束を破ればいいだけの話で、それならまだ理解もできた。その後のフォローは別として、一時的な抑止力としては認められる気もした。

「……迷惑、ってその場合、どういうこと？」

納得できる気もしなかったが、あえて訊いてみた。

「僕の場合、その人も決して人を殺したいわけじゃなかったからね。単純に、それを実行してもらうことが申し訳なくて……。あとはやっぱり、罪を償ってもらうことがね。僕自身はむしろ感謝してても、社会的にはそうはいかないし。僕のほうから頼んだ、っていう嘱託殺人の形にはしない約束だったから」

辛いことを思い出した。

思い出していたし、同時にふと思ってしまった。そう思ったほうが、ずいぶんと分かりやすくなった。松尾が前回、どうして井伏さんと足立さんの話を聞かせてくれたのかも、そのときにようやく分かった。

「……ってことは、こういうことかな」

真っすぐに松尾の目を見て、訊いた。

「ここには、何か、そういう仕組みがある。だからこんなふうに事件が続いてきた、ってことなんだよね？」

「――たしかに、二人はそんな仲だったかもな」

かなり諦めてきた口ぶりで、長谷部さんは言った。

「まあ、足立さんのほうは、普段は目立つタイプじゃなかったからな。お前らみたいに、大っぴらにいちゃついてることはなかったよ」

「……足立さんは、飲んだらよくトラブルを起こしてたんですよね？」

「ああ」

「入居当初は、何度か自殺未遂で運ばれたこともあったんですよね？」

「……ああ」

「しばらくは落ち着いてて、事件の直前にまた怪しくなってたんですよね？」

「……ああ」

「だから、井伏さんが殺してあげたんですよね？」

向き合ったままだったが、長谷部さんは目だけを逸らした。

「足立さんに自殺を考えさせないために、井伏さんはある約束をしていたんです。結果として、彼女はそれを果たしたんでしょう？　足立さんに、自分自身を殺させないために。一人きりで死なせないために、彼女が手を下してあげたんでしょう？」

長谷部さんは答えてくれなかった。

配送センターのほうから、若い二人組が歩いてきた。

彼らが通り過ぎていく間、私たちはお互いに気持ちを整えていたのかもしれない。同じように話しはじめようとして、もちろん彼に譲った。

「ま、あくまで、お前の推測だよな。別に、いいんじゃないの？　自分でそう思ってるぶんには、誰にも迷惑かけないしさ」

他には誰もいなかったが、やけに空々しい響きがあった。そう来るのなら、私も少しだけ付き合わせてもらうことにした。

「じゃ、あくまで推測の続きですけど……、後に続いた五件の殺人にも全部、同じような約束があったんでしょうね。ここにはそういう約束がたくさんあって、それぞれの自殺の抑止力として機能してる。ただ、そのうちのごく一部が、結果的にそうやって実行されてしまったんでしょうね」

私が言い終えると、長谷部さんは小さく頷いてから言った。

「実際にどうなのかは分からんけど……、おれは嫌いじゃないよ、そういうの」

かなり力んでしまっていたぶん、その一言で転がされてしまった。

ちらりと腕時計に目をやった長谷部さんは、すぐに自分から話しはじめた。

「そういえば、菅原さんにマッサージ師になるように勧めたのも、あのおばちゃんだったしな」

「……井伏さんが？」

長谷部さんは頷いた。

「菅原さん、最初はこっちの二階で働きはじめてさ。よっぽど合わなかったんだな、初日から我慢できずに暴れちまってな。警察はギリギリで呼ばなかったけど、けっこうな騒ぎになったんだぜ」

どうりで、本人は一度も話してくれなかったはずだ。

「あの人もまだ五十代だったし、堪えてないようで堪えてたんだな。一階でサロンを始めてたあのおばちゃんに誘われて、やけにすんなりと従ってたよ。そのうちにサロンで働きはじめてたしさ……。お前みたいな常連客まで付くようになってたんだから、まあまあ頑張ってたよな」

「……はい」

長谷部さんは小さく笑った。

「せっかくだから、お前の推測にちょっと乗っかるぞ。……菅原さん、あのまま全員、自分が殺すつもりだったのかもな」

何を言っているのか、すぐには分からなかった。

「……あのまま、って、どういうことですか？」

「ん？　……だから、おとどしと、今年の春先と、二人続けて殺してたとしてさ。たまたま最初から引き受けてたとも限らないだろ。いよいよ危うくなった案件を、わざわざ引き継いでたのかもしれないぞ」

「……って、おとどしのも春先のも、もう一人が自供しましたよね？」

「設楽さんがな。……おばちゃんも菅原さんも前科持ちだったのに、彼だけは初犯だろ。それについてはどう思う？」

スーパー銭湯で見かけた、あの姿が思い浮かんだ。すでに二人を殺していたとは思えなかったが、それは菅原さんでも同じことだった。

ただ、思った。

「長谷部さんが言うように……、もし、菅原さんが二人続けて殺してたとしたら……、それでも自首しなかったのは、たしかに、その役目を続けようとしてたのかもしれません。他の人に……、特に、まだ罪を犯したことのない人に、それをさせないために……」

言いながらも、頭の中でいくつかのことが繋がっていった。

菅原さんはもちろん、ガブや松尾の顔も浮かんだ。そう考えるほうが、たしかに分かりやすかった。

「……ってことは、あの設楽さんって人は菅原さんをかばって……」

「まだ報道じゃ見かけたこともないけどさ……、設楽さん、春先に末期ガンの宣告でも受けてたりしてな」

ガラス越しに、長谷部さんは遠く海を眺めていた。

「まあ……、とはいえ、よかれと思ってやったことが裏目に出ることもあるわな。放っておきゃよかったのに、かえって菅原さんに堪えちまったり……。ま、あくまで、おれの推測だけどな……」

「――ただ、分からないよ、実際にどうだったのかは」

松尾は念を押すように、もう一度そう言った。

「僕はあくまで、自分のことしか知らなくて。今までの内容も、その人に教えてもらったことをそのまま話してるだけなんだ」

私は頷き返した。

松尾には結局、その人との詳細まで教えてもらっていた。それまでの話を聞くかぎり、ある程度の確信はあった。六件の殺人事件の全てが、彼らと同じような約束による嘱託殺人に違いなかった。

「桑田さんは覚えてるかな、僕たちにとっての最初の事件」

春先のことを言っているはずだった。

「覚えてるよ。最初に松尾さんの部屋に入った、ちょうどその夜だったね」

「うん。……僕はあのとき、まだ全然自分が怖くてね。正直、わりと揺れてたんだ」

「そうは見えなかったけど……」

「昼間はまだマシだったからね。夜はよく、一人でパニック起こしてたよ。せっかく三階にしてもらったのに、結局は屋上に上りたくなっちゃって……。その人のことは信頼してたんだけど、だからこそ約束が信じられなかったのかもしれない。いざとなったら破られちゃうんだ、ってね」

「普通は、そうなるはずだしね」

「まあ、そうだよね。……だから、あのとき実際に事件が起きて、少しだけ安心できた面もあったんだ。あー、やっぱり約束はちゃんと守られるんだ、って。殺された人のことを思っても、悲しくはならなかった。逆に、殺した人のことはすごく心配になって……」

松尾の話しぶりは、いまだに心が痛そうだった。

「警察はしょうがないとしても、ガブくんや桑田さんがいろいろ調べてたときは、内心やめてほしかったんだ。犯人は分からなくても、構図は分かってたからね。なるべくそっとしておいてほしかった。ものすごく勝手だけど、それ以上誰が迷惑するわけでもないと思ってたし……」

しばらく落としていた視線を、私に向けてきた。

「でも、やっぱり桑田さんに隠し事を続けるのは嫌だった。いつかはこうやって話そうと思ってたんだ、信じてもらえないかもしれないけど……」

「信じるよ」

「……ありがとう」

ベランダでは一杯だけのつもりだったが、何度も注ぎ足してしまっていた。松尾へのそのひと注ぎで、ちょうど『百年の孤独』もなくなった。日も傾きはじめていた。頃合いかもしれなかった。

「でもね……、だからこそ、榎本さんの件は悲しかったよ」

松尾が呟くように言った。

「何しろ、自殺だったから……。うっかりしたら自分がそうなっていたかもしれなくて、そう思うと怖くなった。それ以上に、彼が一人きりで死んでしまったことがかわいそうで……。僕がもう少し早く卒業できていれば、代わりにその人に彼のケアをしてもらえたかも、って。そうすれば防げたかも、って……」

言いながら、松尾は涙を拭っていたのかもしれない。

私はそれどころではなかった。彼のその話を聞いていて、ふと連想してしまっていた。もしそうなら、後悔は彼にも負けないものがあった。

「ねえ、松尾さん……」

私は慎重に言葉を投げた。松尾が顔を上げた。

「榎本さんには、そういう存在の人がいなかった、っていうこと？」

「……分からないけど、そうじゃないかな、と思って……」

「どうして？」

「……いや、自殺しちゃったから」

「例えば、そういう存在の人がいたんだけど自殺しちゃった、ってことは？」

自分で言いながら、寒気が走った。

「ありえなくはないけど……、もしそうだとしたら、見方がちょっと変わってくるかな。かわいそうっていうよりも……、いや、亡くなった人を悪くは言えないけど、彼よりもずっとかわいそうな人がいると思う……」

「……って、誰？」

「それはもちろん……、彼を見守っていた人だろうね」

私も、長谷部さんに並んで海を眺めていた。

「……菅原さん、そうやって何人も見守ってきてたんでしょうね、ずっと」

「まあ、少なくとも、最後は二人は見てたんだろうな。それでも、さすがに同時に三人も四人も見れるもんじゃないだろ」

菅原さんのことを訊きながら、私は違う人のことを考えていた。

「その人たちどうしは、面識はあるんですよね？」

「さあな。……ま、引き継いだりとかしてるんなら、それなりにやり取りはあるんだろ。睡眠薬の入手とかもあるだろうし。それこそ鉄人の店に顔出すってのも、何かしらのルールなのかもしれんな」

相変わらずとぼけているようにも、本当に詳しくないようにも聞こえた。もう一つだけ、松尾の情報を使わせてもらうことにした。

「……じゃ、長谷部さんは、あくまで入口だけの担当なんですね？」

「って、どういうことだよ？」

長谷部さんが、私に顔を向けてきたのが分かった。

「入居初日のオリエンテーションです。あれも起点の一つなんですよね？」

彼と目を合わせた。

確信はあった。

松尾もオリエンテーションのときに、引率者から心身面の不安について質問されていた。長谷部さんとは全く違う、落ち着いた男性だったらしい。心を開いた松尾は、例のアイ・キャン・フライを打ち明けた。それがきっかけのはずだった。

「それだけ知ってりゃ十分だろ。わざわざおれに訊いてくるな」

長谷部さんは、鼻だけで小さく笑った。

「最初のときにも言ったろ、おれは気を遣うのも遣われるのも嫌いでさ。気まぐれに、やりたいことをやりたいときにやるだけだ。そんな柄じゃないよ」

思い出して、私も少し笑ってしまった。

「……でも、噂で聞きましたよ。信国さんが、四代目は長谷部さんに頼んである、ってみんなに言ってるそうです」

「んなもん、引き受けるかよ。死ぬまで断り続けてやる」

また鼻だけで笑ったが、すぐに真顔に戻っていた。

「……でも、長谷部さん」

「ん？」

「こうやって僕たちが話してることが本当だったとして……、どうして全く表に出ないんでしょうね？　だって、かなりの人数が知ってるわけでしょう？　聞き込みだって、それぞれ毎回のように受けてるのに……。僕なら動揺してしまいそうな気がします。どうして秘密を守れるんですか？」

「……お前、どうして嘘や隠し事がバレるのか、知ってるか？」

考えようとしてみたが、うまく言いあらわせそうもなかった。首を傾げているうちに、長谷部さんは言ってくれた。

「その嘘や隠し事が、何かしら自分のためのものだからさ。どこかで自分を守ろうとしてるから、無意識でも挙動がおかしくなる。お前もしょっちゅう、目が泳いだりしてるんじゃないか？」

「……ええ、なります」

「気にするな、そういうもんだ。……それがもし、百パーセント誰かのための嘘や隠し事なら、そんなお前でも目は泳がないよ、絶対に。ただ堂々としてりゃいいさ」

長谷部さんにならって、私も頷き返した。

「お、悪りい、そろそろ戻るぞ……」

腕時計を見て動きはじめた彼に、私は慌てて声を掛けた。

「あ、長谷部さん、最後にもう一つだけ……」

「ん？　……何だよ？」

「あ、はい……。井伏さんの玄関って、ショーウインドウに何が入ってましたか？」

「……って何だよ、お前また、知っておれに訊いてるんだろ？」

「いえ、知らないです」

長谷部さんは不思議そうな顔をしていた。

「そりゃ、お前……、千羽鶴だよ」

驚きはしなかった。

かなり核心に近づいてしまったが、ある程度は覚悟していたことだった。

ふと気付くと、長谷部さんに顔を覗き込まれていた。

「大丈夫かよ？　何か、まだ話があるんじゃ――」

「大丈夫です。……ありがとうございました。仕事に遅刻させちゃったぶんは、今度晩メシでもおごりますから」

目が泳いでいるかもしれなかったが、なるべく自然にそう言った。長谷部さんも察してくれたようだった。

「朝までは、おれもカウンターにいるから。何かあったら、な」

私は目だけで頷いた。

配送センターに戻っていく長谷部さんの背中を、しばらく見ていた。盆前の眠れなかった夜に、彼から言われたことが浮かんだ。入居初日だけでなく、ずっと見守ってもらっていたことに気付いた。

5

長谷部さんと別れて、そのまま十階に上がった。

真っすぐに自分の部屋には戻らなかった。同じフロアの部屋を、なるべく近所から順番に見て回った。

松尾は言っていた。

オリエンテーションで不安を打ち明けた彼は、引率者からある指示を受けた。「玄関のショーウインドウに何も入れるな」という指示だった。彼はそれに従ったことで、例の見守ってくれた人と知り合うことができていた。その対面のあとで、ようやくショーウインドウにチェスの駒を入れたらしかった。

見つけた。

私の部屋からだと、エレベーターとは逆方向に位置していた。並びでは十五軒と離れていなかったが、曲がり角を挟んでいることもあって、めったに通ることがなかった。

迷いはじめる前に、チャイムを鳴らした。

しばらく待った。そのうちにドアスコープで見られている気配があった。ゆっくりとドアが開きはじめて、私はその隙間に注目していた。

あらわれたのは、やはりあの小柄なおばあちゃんだった。

「何か……、ご用？」

あのときと立ち位置が入れ替わっただけのようなやり取りだった。

「あ、夜分遅くにすみません……」

スーツ姿だったので、自分でも怪しいセールスマンのように思えてしまった。

「こんな格好ですけど、この階の住民です。……以前、私がここに入居してきた初日の夜に、部屋を訪ねてくださいましたよね？」

じっと私を見上げているだけで、おばあちゃんは頷きもしなかった。

「玄関の窓に、何も入ってなかったから、っておっしゃって……」

おばあちゃんは、ようやくぼんやりと首を傾げた。

「さあ……、昔のことは……」

それが演技なのか、判断がつかなかった。ただ、ふと、その人が二代目の運営委員長だろうと思った。何の根拠もなかったが、そんな気がした。さらに昔のことなので、無駄だと思って訊かなかった。

「あ、それじゃ、人違いかもしれません。……失礼しました。おやすみなさい」

私は小さく頭を下げた。

丁寧なお辞儀を残して、おばあちゃんはゆっくりとドアを閉めた。

その場を離れる前にもう一度だけ、私はショーウインドウに目をやった。

一羽の折り鶴が入っていた。


いったん自分の部屋に戻って、シャワーを浴びた。

酔ってしまいたい気もしたが、念のために酒は控えた。代わりにコーラを流し込んで、とりあえず燻製の仕込みを済ませておくことにした。

今週は、手作りのベーコンに初挑戦していた。

冷蔵庫からフリーザーパックを取り出した。先週からソミュール液に漬け込んでいた豚バラブロックは、見た目にもいい感じになってきていた。

揉み込みは、今夜が最終回だった。

さっそく始めた。ミニキッチンに立ったまま、フリーザーパックごと揉み込んだ。慣れてくると手もとは見なかった。肉の塊のぬっとりとした手応えだけを感じながら、全く別のことを考えていた。

日曜の、松尾とのやり取りも思い出していた。

榎本の話をしていたとき、私は一つだけ彼に頼みごとをした。住民の一人の、入居応募時のデータを調べてほしかった。その人の犯罪歴が知りたかった。

松尾はその場で、無理だと答えてきた。犯罪歴については、選考が終わった時点でデータを削除してしまうそうだ。ただ、応募者のその欄に「殺人」という文字を見たことは、松尾自身、何度もあるらしかった。実際に入居したのかは気になったが、彼もそこまでは追っていなかった。

入居しているだろう、とは思った。

説明会のときに、宇崎氏がそんなことを匂わせていた。カサハラ氏の受け売りらしかったが、「人は変われるから」とか言っていた。

だとすれば、私も変われるのかもしれなかった。

フリーザーパックを揉み込みながら、どうするべきかを考えた。

鉄人の店に向かうことも考えた。いきなり踏み込んでもよかった。

五階に向かうことも考えた。ドアにもたれて眠り込んでもよかった。

そして結局、どちらも選ばなかった。

たっぷりと揉み込んだフリーザーパックを、あらためて冷蔵庫に戻した。明日は塩抜きをするつもりだった。明後日の午前中はベランダに干して、午後には燻製に仕上げるつもりだった。いつものように、屋上で彼女と一緒に作ることになっていた。当日のできたてと、翌日の乾かしたのと、両方を食べてみることになっていた。彼女もそれを楽しみにしていた。

だから、心配しないことにした。

彼女を信じられない自分にだけは、もう戻りたくなかった。そしてそれは、面と向かっているとき以上に、離れているときに試されるはずだった。ほんのこれくらいの距離で、慌てふためいてはいけないと思った。

それでも、眠れるはずも、そのつもりもなかった。ベッドには入らずに、そのままフードコートに降りてきた。

まだ日付の変わる前だったが、そろそろバックパッカーたちが飲みはじめていた。ホットコーヒーを買って、正面口近くのこの席についた。

Ｓａｈａｒａのレプリカント事業の最新ニュースを探したり、ポータルでカーシェアリングの予約状況を眺めたり、しばらくはそんなふうにスマホと過ごした。

周りのバックパッカーたちがしだいに盛り上がっていくなか、私はしだいに物思いに沈んでいった。それでもいくつかのシミュレーションを済ませてしまうと、ぼんやりと眠気も覚えはじめた。

ダウンジャケットを着てきていた。冬用に長谷部さんに選んでもらったばかりで、今夜初めて実際に着てみた。きれいな紫色で、見た目以上に軽くて暖かかった。明日も普通に仕事だった。眠れるのなら、ここで眠ってしまってもよかった。

それでもやはり眠れなかった。三時にフードコートの照明が半分落ちたときも、私はまだ起きていた。

照明が減ったぶん、外の夜景がいくらかくっきりとしていた。

それでも闇には沈んでいたが、遠く一面に博多湾がひろがっていた。きっと海の中道だろう、点々と明かりが水平に走っていた。

三年前のあの夜のように、私はそれをただぼんやりと眺め続けていた。

エピローグ

誰なのかは分かっていた。

エスカレーターを下りてくる気配だけで、背中越しに確信していた。

頭よりも先に、身体が気付いてしまったのだろう。両足の裏から、何かが勝手に漏れはじめていた。どうやら大切に抱えていたはずの、ほんのわずかな期待だった。寝小便のように、もう止められないものだとすぐに気付いた。

私は目を閉じた。

いったん立ち止まった気配が、ゆっくりと私の背中に近づいてきていた。足音も匂いもない。それでも一歩一歩は感じとれた。

脈も鼓動も乱れていたが、その感度だけは失わなかった。細く、長く、静かに息を吐きながら感じ続けていた。

そんな私の斜め後ろで、気配は静かに立ち止まった。

声も、手も、すぐには掛けられなかった。

私は目を開けた。自分から振り返るように、ゆっくりとその人を見上げた。

やはり、佐倉さんだった。

表情はなかった。

青白さを通り越して、半分透けているようにも見えた。薄手の黒いコートに身を包んでいるだけで、帽子も手袋もつけていない。

胸の前に揃った指先が、微かに震えている。

すぐには言葉が見つからない。隣のイスを引いてみたが、私の指先も震えていた。

それとなく見上げただけで、促すこともできなかった。

彼女は突っ立ったまま、少しも座ろうとはしなかった。

「……コーヒー、飲みませんか？」

何とか搾り出してみた。震えすぎていて、自分の声だとも思えなかった。

「……いえ」

そう言ったように見えた。ほんの少しだけ唇が動いていた。

ゆっくりとその場に立ち上がってみる。長く座っていたからだろう、両足にうまく力が入らない。テーブルに両手を付いたまま、フードコートを見回した。彼女がそうしていたので真似をしてみた。

私たち以外、何もかも眠っていた。

酒宴もとっくに終わっていた。テーブルの上はそのままだったが、フロアに転がっている寝袋の数は増えていた。

静かだった。

物音も、いびきの一つも聞こえない。奥の厨房にいるはずの一人も、あるいは居眠りしているのかもしれない。

「……いつも、こんなふうですか？」

さっきよりは少し言葉になっていた。ちょうど寝袋の群れを眺めながら、彼女はぼんやりとそう訊いてきた。

「ええ、いつもです」

私のほうも、さっきよりは少し言葉らしくなった。

「初めて見たのは、まだ入居する前でしたけど……。僕も、このあたりで寝かせてもらいました、スーツ姿のままで」

その一角を指差しながら、私はなるべく気軽に話した。

「まあ、いくら旅慣れたバックパッカーでも、普段はなかなかこんなふうには。何しろ、世界で一番安全な――」

言いかけてから、気付いた。もちろん悪意はなかったが、我ながらひどい冗談としか思えなかった。

「あ、いや……、今日は何だか眠れなくて、ここで昔を懐かしんでました。今もずっと、入居してからのことを振り返ってたんです……」

嘘ではなかったが、ごまかそうとして早口になった。潰した紙コップはそのままポケットに突っ込んだ。残っていたコーヒーを一息に飲み干した。潰した紙コップはそのままポケットに突っ込んだ。

佐倉さんを見ると、すでに彼女が私を見ていた。

「……偶然、じゃないですよね？」

それが質問ではないことは、もちろん分かっていた。

「はい」

頷くだけでもよかったが、あえてそう口にした。

「見かけたのは偶然でした。仕事から戻ってきたときに、ちょうどそのあたりから……、エスカレーターを下りた佐倉さんを見かけました。ただ、鉄人の店まで追いかけたのは、あくまで僕の意志でした」

悪趣味を謝りはしなかった。真っすぐ見つめながら伝えた。

その言葉だけで、どうやら全てを察してもらえた。お詫びでもなかったが、小さく頭を下げた。彼女は苦笑いを浮かべながら、何度か小さく首を振った。気のせいかもしれないが、ほんの少しだけ顔色が戻ったようにも思えた。

それがおさまってしまうのを待ってから、私は言った。

「地下の車を予約してます。さすがにロードスターじゃないですけど……」

今度は促したつもりだったが、彼女はすぐにまた首を振った。今度は一往復だけで、ゆっくりと大きかった。とっくに諦めていたのかもしれない。私に向けてきたのは、穏やかで迷いのない表情だった。

「歩きます」

「……じゃ、歩きましょう」

小さく頷きあった。

私から手を伸ばして、彼女の手を取ろうとした。互いの指先が触れかけたとき、彼女は咄嗟に手を引っ込めた。

両方の掌を、自分の胸の前で組んでいた。

握り締めているはずなのに、それでもまだ震えていた。私以上に、彼女自身が驚いているのだろう。声もなく私を見上げていた。

「……すいません。余計なことを」

左右それぞれの自分の手を、ダウンジャケットに突っ込んだ。ポケットの中で、潰れた紙コップをさらに握り潰した。

先に歩きはじめた彼女に、私もすぐに並んだ。ゆっくりとした足取りだったが、もちろんそれにならった。むしろありがたかった。何なら止まってもよかったし、引き返してもよかった。

正面口から外に出た。

まだ夜は明けていないが、空は黒から青に変わりつつあった。

「何か、同じ色だな……」

ダウンジャケットの両腕を広げながら、私は呟いた。明らかに違っていたが、せめて何かを切り出したかった。

「……いい色ですね」

か細い声だったが、たしかに返ってきた。

「そうでしょう？　いつものように、長谷部さんが選んでくれたんです」

彼女にも促すように、私は配送センターを見上げた。

「今日はあの人、夜勤だから。まだあそこで働いてますよ」

たしかに彼女も見上げていたが、目線が少し低い気もした。四階ではなく、二階を見上げていたのかもしれない。何年働いたのかを思ったが、数えはしなかった。もちろん訊きもしなかった。

「よく似合ってます」

おそらくは二階を見上げたまま、彼女が呟いた。

フードコートの明かりから遠ざかるように、彼女はまたゆっくりと動きはじめた。どうやら海沿いを歩こうとしていた。低い車止めは点在していたが、私は海側に回り込んだ。

話したいことは、いろいろあるはずだった。

ベーコンの仕込み具合も教えたかったし、おととい借りた本の感想も伝えたかった。『百年の孤独』の味わいについても、そういえばうっかり話し忘れていた。

ただ、今はどれもふさわしくない気がした。

訊きたいこともいろいろあったが、やはりどれもふさわしくない気がした。彼女にどう響くのかを考えてしまうと、口にしないほうが無難だった。

うっかり暗い海に落ちないように、彼女を守ることくらいしかできなかった。なるべくゆっくりと、とりあえず海側を歩き続けていた。

「……シングルマザーの方でした」

立ち止まりはしなかったが、それでも一瞬だけ身構えてしまった。彼女が何を話しはじめたのか、何となく分かった。

「おひとりで、息子さんを大学生まで育て上げて……。それなのに三年前、その息子さんが亡くなられて……」

歩いているというより、ほとんど足踏みにもなっていた。だからこそ私も、彼女の話にしっかりと耳を傾けていた。

「自殺だったそうです。就職活動でかなり悩んでいたらしくて……」

遠く暗い海を見つめている、そんな彼女の横顔を見つめていた。

「三年間……、私はその半分しか知りませんが……、あと三十年頑張りましょう、なんてさすがにもう言えなくなりました……」

言いたくなることはあったが、余計な口を挿むつもりもなかった。彼女が何を話しておきたいのか、それだけを優先したかった。

「……先月、五階で自殺があったことはご存じですよね？」

「ええ。たしか、私と同じ歳の」

それだけしか言わなかった。

佐倉さんは小さく頷いてから、静かに続けた。

「私のせいなんです。私が、彼を殺してしまったんです……」

今さら耳を塞ぐつもりもなかったが、それでも目は瞑ってしまった。

「なかなか心を開いてもらえなくて……。それでも、玄関の窓に、何か楽しいものを入れましょうと勧めてみたら……、ピエロを入れてくれたんです。だから、いつかきっと、彼にも笑顔を取り戻してもらえると思って……」

あの赤鼻のマスクが浮かんだ。最初に見たときには、とてもそんなふうには捉えることができなかった。

「部屋から連れ出してみたり、配送センターで働くことを勧めてみたり……、余計なお節介だったでしょうね。それどころか、素人考えで、逆に危険なことをしていたのかもしれません」

たまらなかった。彼女にそう思わせてしまった全てに怒りを覚えた。

「彼からのサインにも、気付いてあげられませんでした。人助けをしているものだと、すっかり思い上がっていましたから……」

「あれは自殺です」

さすがに、もう言わずにはいられなかった。

「彼が弱かっただけです。結局自殺するんなら、佐倉さんを巻き込む前にやってしまえばよかったんです」

彼女は明らかに戸惑っていたが、私は構わずに続けた。

「もし彼との間に何か約束があったとしても……、やっぱり間違ってます。そんなものは約束なんかじゃありません」

言わないつもりだったが、言い切ってしまっていた。

佐倉さんは呆然としていた。立ち止まった私たちは、目が合ってからも動かなかった。お互いに触れもせずに、こんなに見つめ合うのも初めてだった。

「……たしかに、間違っていたのかもしれません」

視線を外した彼女は、また海を見つめていた。

「でも、自ら死にたいっていう人もみんな、なりたくてそうなったわけじゃないんです。……また思い上がりかもしれませんけど、それだけは認めてあげたかったんです。私も、なりたくて人殺しになったわけじゃありませんでしたから……」

一瞬だけ、また目を閉じてしまった。そのまま腰が沈んでしまいそうになった。辛うじて持ちこたえて、何とか彼女に目を向けた。

「ただ……、桑田さんの言うように、やっぱり私たちは弱かったんです。弱い者どうし、そうやって慰めあうための約束だったのかもしれません……」

彼女の横顔は、いくらか自嘲気味に微笑んでいた。それがかえって胸に刺さった。榎本も佐倉さんに対して、そういう微笑みを見せていたのかもしれない。だとしたら、私もそうだった。同じように思い上がっていた。

私は、佐倉さんの手を握った。

思いもしていなかったのか、彼女の反応は遅かった。引っ込めてしまう前にしっかりと握った。握り締めてしまった。

「それなら僕たちも、弱い者どうしです」

振り払われはしなかった。また歩きはじめた彼女の手が、かすかに握り返してきたのも分かった。

空はいよいよ青みを増してきていた。

地平線と水平線も、かなり鮮明になってきていた。海の中道も見えた。ホテルや水族館の位置も分かった。

「一つ、訊いてもいいですか?」

彼女の口が動かないので、私から声を掛けた。

「はい」

「答えたくなかったら構いません。……最初からそのつもりで、ここに入ってきたんですか？」

「……はい。……井伏さんのことは、ご存じですよね？」

「ええ」

「彼女と刑務所で一緒になった方と、外でお会いする機会があって。そのときに、この話を聞きました」

「……じゃ、その人もここに？」

「はい。……私とは違って、今でも三人の方をしっかりとケアされてます」

私が意識しすぎているのは分かっていたが、それでもまた胸に刺さった。

「出所後の心配をしていたその方に、井伏さんのほうから勧めてくれたそうです。一人で生きていくのが不安なら、自分の代わりにここで頑張ってほしい、って。その方の入居のために、いろいろと手も尽くしてくれたそうです」

「……噂でしか知りませんけど、面倒見のいい方みたいですね」

「ええ。……私は、別に誘われたわけでもなかったんですけどね。話を聞いているうちに、私もそんなふうに生きてみたいと思いました」

当時を思い出しているのか、少しだけ遠い目になった。

「ですから全て、私が自分の意志で、自分の判断でやってきました」

きっぱりと、佐倉さんはそう言い切った。

松尾から話を聞いたあと、嘱託殺人については私なりに調べたりもしていた。それを元に彼女を説得するケースもシミュレーション済みだったが、それは諦めるべきかもしれなかった。

「……何か、僕にも手伝えることはありませんか？」

やっと絞り出せたのは、そんな言葉だった。

彼女は目線を逸らしたまま、小さく首を振ってから言った。

「本さえ読めれば、私はそれで十分ですから」

微笑んだのかもしれなかったが、私にはそうは見えなかった。信じたくもなかったが、信じてあげるべきなのかもしれなかった。

いつの間にか私たちは、ロンリー・プラネットを大きく回り込んでいた。彼女に導かれるままに、海沿いから歩道へと戻った。

まだ夜は明けていなかった。

左手の低い空には赤みが差しはじめていたが、あの三色のグラデーションまではもう少し時間はありそうだった。フードコートの照明も半分落ちたままで、明かりの点いている部屋もまばらだった。路面のコンビニだけがやけに眩しかった。

他には人影もなく、私たちは手を繋いだままだった。

バスも走るこの道路は、真っすぐ天神にも繋がっている。

海沿いのようには時間を稼げそうもなかった。彼女に手を引かれながらも、なるべくゆっくりとは歩いていた。それでも一歩一歩が速すぎて、一歩一歩が重すぎた。まともに話さないうちに、ロンリー・プラネットの区画を離れようとしていた。

「鉄人のお店……」

ようやく口を開いたのは、彼女のほうだった。

「やっぱり、早く行っておくべきでした」

その声よりも言葉よりも、私はその彼女の横顔に見とれていた。こうやって喋っている彼女を、いつまでも見ていたいと思った。

「……昨日は、何を出してくれたんですか？」

「玉子焼きをお願いしました。あと、お漬け物を少しだけ」

「……やっぱり、卵なんですね」

思わず笑ってしまったが、やはり顔がこわばった。彼女の微笑みのほうが、はるかに自然だった。

「とにかく尊敬しました。桑田さんも、できれば早く行ってくださいね」

こわばったままの笑顔で、私は頷いた。

「あと、これも桑田さんに言っておきますね……」

私から半分顔を背けながら、彼女はそっと続けた。

「四十四です。……ニュースで知られるのは嫌ですから」

前半はどうでもよかった。後半を聞いたとたん、いきなり気が遠くなった。もちろん覚悟はしていたが、いよいよ現実として迫ってきた。全身の力が抜けていくのが分かった。せめて手だけは強く握るべきだったが、それも緩んでしまっていた。

私の手を離れた佐倉さんの、小さな背中が目の前にあった。

その輪郭がぼんやりと滲んでいくなか、辛うじて唇を動かすことを思い出せた。

「へ……、へー、てっきり四十二、三かなって……」

「ふーん。それはどうも、ありがとうございます」

お互いに、それが精一杯だった。足を止めた彼女がこちらに振り返るまでの間に、何とか表情だけは作った。

ここで、と彼女の口が動いたような気はした。

よく見えなかったし、聞こえなかった。全く力も入らなかったし、夢なのかもしれないとも思った。ただ、地下駐車場のワゴンRのことは浮かんだ。今ならまだ間に合うかもしれない。映画みたいに、このまま二人でどこかに消えてしまいたかった。

「一つだけ、約束してください」

つかの間の空想を消し去ったのも、やはり彼女の声だった。

何も言えないまま、私はただ彼女の顔を見つめていた。それを返事だと捉えたのかもしれない。彼女は私の目を見て、きっぱりと言った。

「私のことは、忘れてください」

驚きはしなかった。

言われるかもしれない、とは思っていた。佐倉さんだからこそ、私のことを考えて、そう言いそうな気がしていた。そんな佐倉さんをよく知っていたし、そんな佐倉さんを愛していた。誰よりも、何よりも愛していた。

「言われなくても、忘れますよ」

彼女の目だけを見て、きっぱりと言った。

「すぐに忘れます。佐倉さんとの思い出も、勝手に思い描いてた将来も、全部きれいさっぱり忘れます。そんなもの、いちいち抱えながら生きていたくないですからね……」

彼女も目を逸らしていなかった。

「もう、燻製も作らないし、本も読まないし、映画も観ない。適当に誰かを好きになって、適当に遊んで、適当に別れて……。長生きなんて、これっぽっちもしたくないですからね。たっぷりと不摂生して、あっさりと死んじゃいます。だって僕は……、僕は、佐倉さんなんかを待ち続けるために、ここに来たわけじゃないですから……」

目は泳がなかったと思う。

何とかそこまでを言い切って、私はやっと楽になった。何もない素のままで、佐倉さんと向き合えていた。

「だから……、だから安心して、ここに戻って来てください」

真っすぐに私を見つめていた彼女の視線が、そのときほんの少しだけ、私の後方を見上げていた。

（了）

ロンリー・プラネット

雄太郎

発行日　2017年 10月 15日　第1刷

Discover

Book Designer　國枝達也
Format Designer　bookwall

Publication　株式会社ディスカヴァー・トゥエンティワン
〒102-0093　東京都千代田区平河町2-16-1
平河町森タワー11F
TEL　03-3237-8321(代表)
FAX　03-3237-8323
http://www.d21.co.jp

Publisher　干場弓子
Editor　塔下太朗

Proofreader　株式会社鷗来堂
DTP　アーティザンカンパニー株式会社
Printing　株式会社暁印刷

ISBN978-4-7993-2179-9